铃木牧之木像

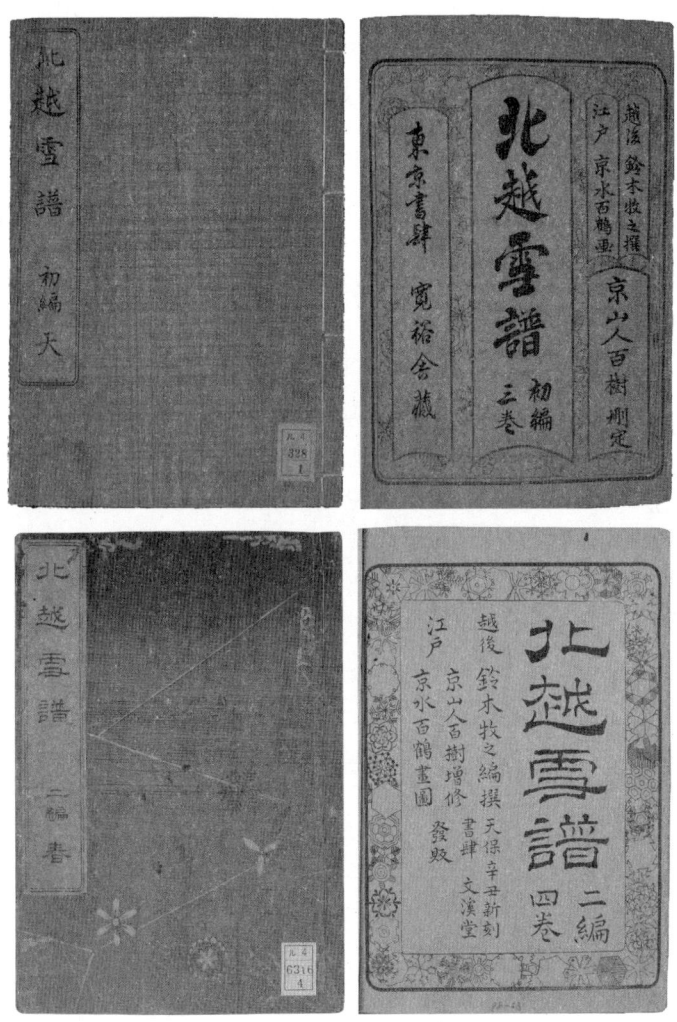

日文版《北越雪譜》

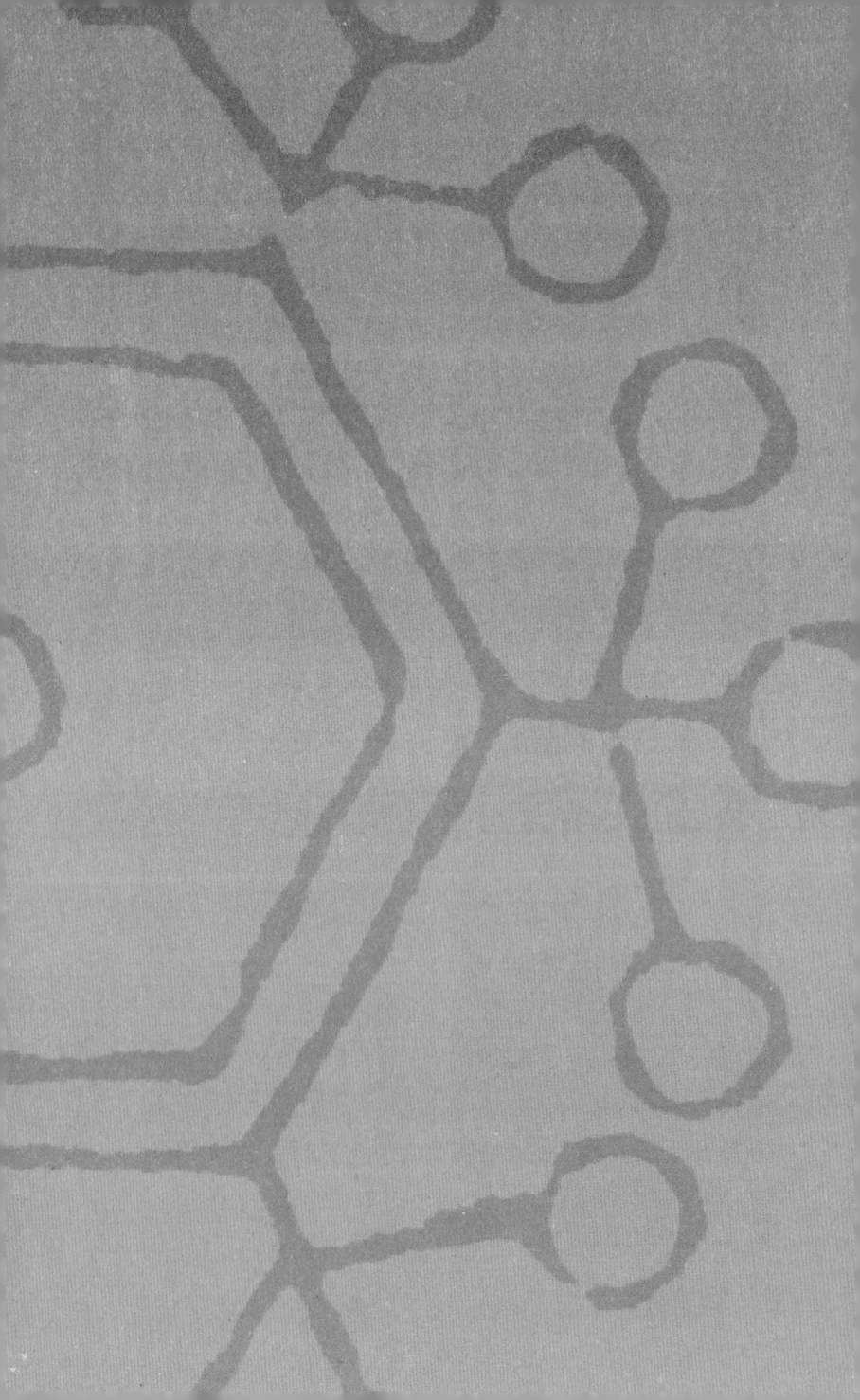

大家小书 — 译馆

北越雪谱

[日] 铃木牧之 著

邱岭 吴芳玲 译

北京出版集团
北京出版社

图书在版编目（CIP）数据

北越雪谱 /（日）铃木牧之著；邱岭，吴芳玲译. —北京：北京出版社，2024.1
（大家小书．译馆）
ISBN 978-7-200-14003-3

Ⅰ.①北… Ⅱ.①铃… ②邱… ③吴… Ⅲ.①散文集—日本—江户时代 Ⅳ.①I313.63

中国版本图书馆CIP数据核字（2018）第072116号

总 策 划：高立志　王忠波	选题策划：王忠波
责任编辑：王忠波	封面设计：吉　辰
责任印制：陈冬梅	责任营销：猫　娘

·大家小书·译馆·

北越雪谱
BEIYUE XUEPU

［日］铃木牧之　著　邱　岭　吴芳玲　译

出　　版	北京出版集团
	北京出版社
地　　址	北京北三环中路6号
邮　　编	100120
网　　址	www.bph.com.cn
总 发 行	北京出版集团
印　　刷	北京华联印刷有限公司
经　　销	新华书店
开　　本	880毫米×1230毫米　1/32
印　　张	11.125
字　　数	231千字
版　　次	2024年1月第1版
印　　次	2024年1月第1次印刷
书　　号	ISBN 978-7-200-14003-3
定　　价	48.00元

如有印装质量问题，由本社负责调换
质量监督电话　010-58572393

总　序

"大家小书"自2002年首辑出版以来，已经十五年了。袁行霈先生在"大家小书"总序中开宗明义："所谓'大家'，包括两方面的含义：一、书的作者是大家；二、书是写给大家看的，是大家的读物。所谓'小书'者，只是就其篇幅而言，篇幅显得小一些罢了。若论学术性则不但不轻，有些倒是相当重。"

截至目前，"大家小书"品种逾百，已经积累了不错的口碑，培养起不少忠实的读者。好的读者，促进更多的好书出版。我们若仔细缕其书目，会发现这些书在内容上基本都属于中国传统文化的范畴。其实，符合"大家小书"选材标准的非汉语写作着实不少,是不是也该裒辑起来呢?

现代的中国人早已生活在八面来风的世界里,各种外来文化已经浸润在我们的日常生活中。为了更好地理解现实以及未来,非汉语写作的作品自然应该增添进来。读书的感觉毕竟不同。读书让我们沉静下来思考和体味。我们和大家一样很享受在阅读中增加我们的新知,体会丰富的世界。即使产生新的疑惑,也是一种收获,因为好奇会让我们去探索。

"大家小书"的这个新系列冠名为"译馆",有些拿来主义的意思。首先作者未必都来自美英法德诸大国,大家也应该倾听日本、印度等我们的近邻如何想如何说,也应该看看拉美和非洲学者对文明的思考。也就是说无论东西南北,凡具有专业学术素养的真诚的学者,努力向我们传达富有启发性的可靠知识都在"译馆"搜罗之列。

"译馆"既然列于"大家小书"大套系之下,当然遵守袁先生的定义:"大家写给大家看的小册子",但因为是非汉语写作,所以这里有一个翻译的问题。诚如"大家小书"努力给大家阅读和研究提供一个可靠的版本,"译馆"也努力给读者提供一个相对周至的译本。

对于一个人来说,不断通过文字承载的知识来丰富自己是必要的。我们不可将知识和智慧强分古今中外,阅读的关键是作为寻求真知的主体理解了多少,又将多少化之于行。所以当下的社科前沿和已经影响了几代人成长的经典小册子也都在"大家小书·译馆"搜罗之列。

总之，这是一个开放的平台，希望在车上飞机上、在茶馆咖啡馆等待或旅行的间隙，大家能够掏出来即时阅读，没有压力，在轻松的文字中增长新的识见，哪怕聊补一种审美的情趣也好，反正时间是在怡然欣悦中流逝的；时间流逝之后，读者心底还多少留下些余味。

刘北成

2017 年 1 月 24 日

汉译《北越雪谱》序

长谷川 端

《北越雪谱》作者铃木牧之是日本近世末期越后巨贾,生于盐泽。盐泽去东京不远,乘上越新干线六十七分钟可由东京抵越后汤泽,再换上越旧干线十五分钟即可抵盐泽。以今日火车速度计,两地相距不过一个半小时路程,但这一个半小时的沿途景观却与东海道新干线沿线迥然不同。由东京乘新干线到热海为一个半小时,到名古屋近两小时,两地与东京距离都较盐泽远,但沿线自然景观、居民生活却与东京几无差别,冬天都不积雪,而越后冬天却遍地是雪。我少年时家住群马县,过了上越国境(即今群马县与新潟县交界处。因明治初年废藩置县前分别为两个藩国,故有此说相沿至今。县境上有旧干线的清水隧道与新干线的新清水隧道可以穿越,川端康成《雪国》开篇第一句所描写的长长国境隧道是前者,即旧干线的清水隧道)便到处都是滑雪场。

记得一年冬天我初次去越后，忘了下车站是汤桧曾还是土樽或者汤泽，只记得一出国铁车站，迎面就是大片的滑雪场，不由得大吃了一惊。我的家乡在高崎，去东京一百零五千米，温差二三度，冬天纵有积雪也总不过数厘米，因此初次乘上越线穿越上越国境到越后滑雪时感受到的那种新奇与惊讶，至今仍记忆犹新，而铃木牧之就在这令我惊讶不已的豪雪之地出生、成长，度过了一生。

在牧之家乡盐泽，"一年中生活于雪中时间凡八月，不见雪仅四月，而完全蛰居雪中时间却长达半年"。这种与世隔绝的雪国生活当时鲜为人知。为让江户等都市人也能了解家乡雪国人的生活，牧之决心描写家乡大雪，出版《北越雪谱》。为此他——一个朴实认真的乡村文人倾注了自己后半生的全部心血，数易其稿，绘制了成册的许多插图。有关《北越雪谱》的出版过程，有关牧之为之所付出的努力与艰辛，市岛春城（谦吉）曾于1921年在《北越新报》上以长达二十五次的连载随笔形式撰文做了详细介绍，又经修改、润色后，以"《北越雪谱》出版始末"为题收入了《市岛春城古书谈义》一书。据是文介绍，当时有山东京传为江户一流文人，声名远扬，作品一脱稿便为各书肆争相刻印。牧之最初将初稿、插图并雪中生活用具模型寄他，拟请他创作描写北越人雪中生活的作品，以"山东京传著述，北越铃木牧之校合"形式出版。这意味着作品问世时，事实上的作者铃木牧之将成为素材提供者，而署名作者却是山东京传。这在现代人看来可怜而且可悲，但在当时，对一个名不见经传的乡村文人来说却别无选择。若能支付刻版、印刷等出版费用及编者礼金或另当别论，否则无法出版自己的作品。这计划搁浅后，牧之转而求泷泽马琴，并也寄去了书稿与插图。但马琴当时正埋头于毕生大作《南总里见八犬传》的创作而无暇他顾，却又不退还书稿与插图，出版事因此不了了之。其间牧之还求过友人大阪画家冈田玉山与江户文人铃木芙蓉，均无果而终。眼看山穷水尽疑无路，出版或将无望，幸而于京传去世后其弟京山（原名岩濑百树）插手此事，这才使出版事柳暗花明又一村，终于得以顺利进展。1837年，初编三卷由京山百树与其末子京水百鹤作序后结集出版（序后所署日期为1835年），时牧之年六十七，已中风卧床，轻易不能外出了。

由作品二编序可知，初编"一举贩七百余部，刷版装本至不暇给"，可见作品之受欢迎。观其内容，三卷六十八篇大致可分三大类，即科学随笔类、奇谈·惨事传闻类与雪国生活·产业实录类；而其代表者，则随笔类有卷上之"雪之形状""雪竿""雪中之虫""裂缝山"与卷下之"涩海川蝶""鲑之一生"等，传闻类有卷上之"白熊""熊助人事""雪中之火"与卷下之"渔夫溺死""寒中苦行威德""雪中幽灵"等，实录有卷上之"过街雪洞""雪中洪水""暴风雪"与卷中之"越后绉布"、卷下之"座头天降"等。这六十八篇中，堪称"科学随笔"的一类自不待言，就是"冰溜""笈挂岩冰柱""瀑上冰柱""雪中儿戏"等卷下所收各短篇也都为作者之耳闻目睹或亲身经历，其真实性不容置疑。

初编三卷既大获好评，"于是乎书肆频乞嗣撰"，紧接着又刊行了二编四卷。但其中一些是编者京山于初编时舍弃不用的，编辑方针也转而以异闻奇谈为主,如"雪崩得熊"(卷二)、"北高和尚"(卷三)与"怪兽"(卷四)等。或是为了凑数,颇多篇幅短小而内容纯为人物介绍或其他方志话题者,与雪并无任何关系,如卷一的"越后城邑""和歌古迹",卷二的"芭蕉遗墨",卷三的"越后人物",卷四的"弘智法印""石打明神""娥眉山下桥柱"等,甚而至于还插入了全由山东京山撰写的篇目,如"美人"(卷四)等,说明作品《北越雪谱》中也收有不少非作者亲历的传闻。但尽管如此,至少初编是以作者的北越人雪中生活实录为主,且其余传闻虽非作者亲历,却也大多真实可信,可谓是北越民俗的生动记录。

重读作品《北越雪谱》,再感作者为人处世之诚信认真,实无愧于雪科学家与民俗学家之称。而这亦即作品之价值所在、魅力所在。今得中国学者邱岭君与吴芳玲君将之译作中文,传于大陆,使北越之雪得飘过大海,舞于中华,实作者铃木牧之之大幸、北越豪雪之大幸,亦必有助于两国之间的相互了解与理解,使知近世日本于江户、京都的花团锦簇之外,还有僻地越后的盈丈豪雪;于井原西鹤创造的都市彩色世界之外,更有铃木牧之为我们所记录的山村银白世界。

(作者系日本中京大学文学部教授、图书馆馆长)

再版序

《雪国》是日本首位诺贝尔文学奖获得者川端康成创作的一部最重要且最为世人所知的中篇小说,但它最初于1935年1月开始陆续发表于各文艺杂志时不是一部中篇,而是标题各异且形式相对独立的几部短篇。1937年6月首次结集并冠以"雪国"之名发表后,又经多次修改并于1948年12月推出了新版《雪国》,这才形成了今日常见的、取消了原有各章标题的一部作品。尽管仍有人感觉作品似乎"随处可以中断"(福田清人等《川端康成——人与作品》,清水书院1969年版),但主题已基本统一,艺术结构也已趋于完整。作品《雪国》的这一成长过程从一个方面说明了其所讲述的故事是虚构的,但并不否定故事发生地的实际存在。实际上,作者本人在第二年,在1949年6月新潮社为他出版的全集第六卷后记中就曾明确说明:故事发生在越后的汤泽温泉。

越后是日本古代的一个地名。但在古代日本，不仅有越后，还有越中、越前。三地原是一个国家，国名为"越"。

"越"在日语中读作こし（kosi），是动词こす（kosu）的名词形，意思与中文"越"相同，都为"翻越，越过"等。或即因此，它与我国春秋战国时的越国一样，都地处偏远，都相对远离政治、文化中心，都有山川阻隔，都需要翻山越岭才能到达，只不过是一在国土东北，一在国土东南而已。

古代日本的越国是于天武天皇（673—686年在位）时一分为三的。当时的日本国都在飞鸟净御原宫，南面临近太平洋，北面紧邻奈良。由奈良再往北横穿日本到日本海，并沿海岸线绵延展开的、地形狭长的藩国就是越国，因此在日本，越地后来又称北陆地方。越国一分为三后，距国都最近者称"越前"，不远不近者称"越中"，最远者叫"越后"。因为越后于三地中纬度最高，最靠北方，所以又叫"北越"。铃木牧之细致观察记录了家乡越后之雪，又搜集了众多雪国民俗、民间故事等汇集而成的著作因而也就取名"北越雪谱"。后来越后又几经沿革，明治维新后废藩置县时被分作新潟、柏崎两县，1873年两县合并而成新潟县并延续至今。

由1873年至今，时间已过去了一个半世纪，越后一名也早已成了历史，但越后之雪却依然故我，让人不能不为之惊叹。据报去年新潟一些地方的积雪依然厚达三米多。

每年长达半年多的降雪与厚达数米的积雪，于16世纪的日本战国时期曾是固若金汤的铜墙铁壁，保护了越后领主、战国一雄上杉谦信，让他在与当时的一流战略家、战术家、在远江三方原之战中大败德川家康·织田信长联军的武田信玄的长期较量中得到了喘息休整、东山再起的机会。但在其余的更多时间里，它却是一道难以逾越的艰难险阻，阻隔了越后与外界的联系，铃木牧之生活的江户时代后期自然也不例外。

在铃木牧之生活的18世纪后半叶至19世纪前半叶，日本的文化、经济中心已由首都京都转移到了幕府所在地江户（明治维新后改称"东京"），大大缩短了越后与文化中心的距离。尽管如此，在当时以江户为起点、连接江户与其他主要地区的东海道、中山道、甲州街道、日光街道与奥州街道等五大干道中，仍然没有一条通往越后，越后仍是一个与文化中心近在咫尺的天涯海角。

越后距江户不过二百余千米，"无雪时脚力健者四日便能到达"（二编卷一"雪中元旦"），但每年长达八个月的降雪与厚可盈丈的积雪却让它成了被遗忘的角落，生活其间者每年有半年多只能"蛰居雪中苦挨时光"，相与为伴者惟熊而已（初编卷上"雪中蛰居"）。不过，铃木牧之可能是个例外。因为他交友广泛，朋友遍布各地，多达二百余人，仅在江户就有名留日本文化史的作家山东京传、山东京山、泷泽马琴、十返舍一九、俳句歌人雪中庵蓼太、狂歌歌人大田蜀山人、画家葛饰北斋与谷文晁等多人。

但铃木牧之的热情似乎有些一厢情愿，有时甚至适得其反，被讥为"有好名闻之癖"（《马琴日记》）。或也因此，当他为出版《北越雪谱》事而四处求助时就始终未获成功，泷泽马琴甚至既不帮忙又不归还书稿等所有资料，只束之高阁，未予理睬。

铃木牧之的出版求助，有时甚至是愿意放弃署名权的出版求助（见"汉译《北越雪谱》序"），充分表现了他作为一个偏远乡村文化人的无奈与悲哀，而从泷泽马琴对他的讥讽与不予理睬中则不难看出中央文化人对僻地文化人的不屑与傲慢。但具讽刺意味的是，《北越雪谱》经不懈努力终于问世后却大受欢迎，不仅"一举贩七百余部，刷版装本至不暇给"，而且各地书商还"频乞嗣撰"（二编序），以飨读者。为满足读者的强烈要求，山东京山续编了《北越雪谱》二编四卷，并于其中不仅捡回了这个江户名作家当初自以为是地舍弃不用的章节，而且还塞入了一些自己的作品（见"汉译《北越雪谱》序"）。

是什么让这部原本被视为"呕哑嘲哳难为听"的"山歌与村笛"能如此地大获好评，能让大家"如听仙乐耳暂明"（《琵琶行》），以至于自以为是的名作家也改变了自己的看法，原本的铃木牧之助力者竟成了《北越雪谱》的搭顺风车者呢？或许原因就在于它是"山歌与村笛"，是作者对自己的亲眼所见、亲耳所闻、亲身所感的如实记录，是作者对自己所生活地方的山川雨雪、风土人情的认真观察与详细记述。他的记述是如此客观与翔实，以致有不少人不以《北越雪谱》为散文作品，而以之为"具散文风格的地方志"（小学馆《国语大辞典》）。与之相反，当时的日本文学界却给人以"不食人间烟火"的感觉。

当时的日本文学界已进入了读本时代，并经历了以上田秋成为代表的初期读本、以泷泽马琴为代表的后期读本以及洒落本（代表作家山东京传）、滑稽本（代表作家十返舍一九）与人情本

（代表作家为永春水）等不同文学时代的演变。根据日本京都书房《日本文学史辞典》、小学馆《日本古典文学全集》、京都书房《新修日本文学史》以及复旦大学的《日本文学辞典》等，可以知道这些代表性作品的内容大致如下：

上田秋成《雨月物语》：1776年刊。自序称完成于"雨霁月朦胧之夜"，因名。由取材自《剪灯新话》《警世通言》《古今小说》等中国白话小说集与《万叶集》《源氏物语》等日本古典文学作品的九个短篇神怪小说构成。

泷泽马琴《南总里见八犬传》：陆续刊行于1814—1842年。作品讲述了日本室町幕府末年（16世纪中叶），安房领主里见义实兵败被困，情势危急。爱犬八房夜入敌营，咬死敌军主帅，解了主人之围，因此得与里见爱女伏姬同入深山共同生活。不久伏姬感八房犬精气，剖腹诞出彩链一条。彩链腾空后断裂成玉珠八颗，星散八方，投胎出世，出生时各带有着仁、义、礼、智、忠、信、孝、悌字样的玉珠一颗，是为八犬士。八犬士长大后相聚里见家，齐心协力大败关东管领与公方联军，复兴了里见家族，年老后隐入深山，成仙而去。一如作品的发端很容易让人联想到广泛流传于湖南瑶、苗等少数民族的盘王传说与《水浒传》的开头，作品末尾的关东大决战几为《三国演义》中赤壁大战的翻版等所显示，作品中的中国影响，尤其《水浒传》《三国演义》等中国演义小说的影响痕迹十分明显，以至有日本学者麻生矶次说："倘若没有对《水浒传》等的借鉴，作品《八犬传》将事实上无法成立。"

山东京传《通言总篱》：1787年刊。洒落本。"总篱"为吉原内最高级青楼名，"通言"本意为通用的语言或内行的语言，于本处指"只通行于吉原的隐语"，因此作品内容是通晓吉原青楼隐语的自以为是浪子艳次郎，随带仆从北里喜之介、恶井志庵夜游总篱的所见所闻。

十返舍一九《东海道中膝栗毛》：陆续刊行于1802—1814年。滑稽本。书名中的"膝"指腿，"栗毛"指栗色毛马，书名意思为以腿代马，沿东海道徒步旅行。作品主人公是江户佬弥次郎兵卫与喜多八（也写作北八，读音相同）。前者年近不惑，长得粗黑肥胖，满脸麻子；后者二十出头，长得个子矮小，铜铃眼睛蒜头鼻子。两人都身份低下却又讲面子好虚荣，爱财贪色却又吝啬小气，胆小如鼠，孤陋寡闻却又自以为是，爱耍小聪明，爱贪小便宜，唯一的优点是两人都性格开朗，乐天快活。两人结伴由江户出发，沿东海道西行。参拜了伊势神宫后转而北上，游览了京都、大阪等。一路上或因不明洗澡方法而踏破了旅馆的澡桶锅底，不得不赔礼赔钱方得离去；或因冒充十返舍一九却被识破，惨遭驱逐。如此出尽了洋相，闹尽了笑话，读来让人捧腹不已，但笑后缺少让人回味的余甘。

为永春水《春色梅儿誉美》：1832年，初编、后编；1833年，三编、四编。人情本。作品于一组四角恋爱与多组恋爱中表现了年轻女子的痴心爱情。吉原一青楼主人家养子、美男子丹次郎遭人陷害，被逐出了家门。但未婚妻与两个艺妓仍对他痴心不改，热烈追求。在三人的鼎力相助下，丹次郎东山再起；而在他落难期间或明或暗帮助过他们的艺妓等也都与心上人喜结良缘。

由以上简介不难看出,这些作品所设定的舞台或是青楼或是旅途,或干脆穿越时空,设定在了遥远的古代日本、异域中国,乃至更加遥远、人类根本无法到达的神鬼世界。故事的情节虽各不相同,故事的舞台却同样地都远离日常,远离时人每天都生活其中的现实世界,都非日常乃至非现实。很显然,作者们都只愿引领我们离家外出,去往遥远的地方,去寻找异样的快乐与刺激。与这些主流作家迥然不同的是铃木牧之。他不引我们去往远方,而只拉着我们的手,带我们到他日常生活其间的房前屋后、村子周围去走走看看,为我们讲述他身边的有趣故事。他的讲述朴实无华,没有激动人心的跌宕起伏,但却真实可信,让人备感亲近。这,或许就是作品《北越雪谱》所以能够大受欢迎的一个重要原因。这,其实也正是我们所以愿意将之再次呈献给大家的主要原因。因为,在今天这个人工多于自然、虚拟精彩于现实的时代里,一片洁白无垢的冰雪世界或许能稍稍平静我们的躁动,清净我们的心灵,能让我们更加认真地思考人生,更加深入地探求人生的真谛。

作完了"再版序",关了电脑,却一直感觉意犹未尽。可这未尽之意是什么呢?想来想去,还是作品的翻译问题。譬如在日文中,"艺妓"又说"艺者"("艺者"也作"歌妓",读音一样,意思一样,譬如本书二编卷三篇三"地狱谷之火"的原文中就多处可见用例),两者用字不同,读音不同,但意思相同,都指的是"以歌舞、陪酒为职业的妓女"(1978年商务馆《日汉辞典》),是"以唱歌舞蹈为宴会助兴的职业妇女"(2002年译文社《日汉大辞典》),相关常用词或词组有"芸者買""芸者遊"(意

"招妓游乐")和"芸者を揚げる"(意"招妓陪酒")等,其中的"芸者(歌妓)"也明显是妓女,所以两部辞典都将之统一译作了"艺妓"。

但有人反对这一译法,认为依据《现代汉语词典》,此译不符合中文习惯,应译作"艺伎",对此笔者不敢苟同。首先从词意层面看,汉语中的"伎"通"技",强调表演技巧,所以指的是"以歌舞为业的女子"(《现代汉语词典》),是演员;而日语中指称演员的是"俳優",是"役者",从不用"艺妓",因为"艺妓"是陪酒女,以陪酒、助兴宴会为业,与演员性质迥异,无法混为一谈。上引两部辞典都译作"艺妓",表现了编者对日文原词的深刻理解和对传统用法、客观现状的尊重,同时也为了明示区别,避免误解。因为若译作"艺伎",无疑将丢失"艺妓"所包含的重要文化信息,抹杀"妓"与"伎"的巨大区别,对读者产生严重误导。

其次从语法层面看,"艺妓"与"艺伎"的构词方法相同,不可能一对一错。更何况1978年版的商务印书馆《日汉辞典》是1959年初版的第6次印刷。如所周知,词典的主要功能是为使用者的阅读理解和写作表达提供帮助,沟通表达者与接受者,实现思想、情感等信息在两者之间的正确传递。因此,词典所提供的信息一般都是已被人们普遍认知并广泛接受的。这说明,最晚在上世纪五十年代,译词"艺妓"就已经被人们广泛接受,就已经融入了我们的语言生活。不仅如此,早在上世纪初,随着留日高潮的掀起,大量日本书籍被译成中文,介绍到国内,以至于"日本文译本遂充斥于市肆,推行于学校,几使一时之学术,浸成风尚"（诸宗元《译书经眼录序例》。参见王晓秋《近代中日文化交流史》中华书局1992），而"1911年刊行的《普通百科新大词典》的凡例也承认'吾国新名词大半由日本过渡输入'"（王晓秋《近代中日文化交流史》）。如果考虑到这一历史背景，则"艺妓"一词的传入中国，融入中文，至今很可能已逾百年，超过了一个世纪。传入中国的历史如此之长，融入中文的程度如此之深，以至于迄今为止国内最主要的、流行最广的上引两部日汉辞典都先后将之选作了译词，怎么突然就"不符合中文习惯"了呢？

或曰与《现代汉语词典》的相关说明不符。但查遍《现代汉语词典》，并未发现所谓的相关说明。其实，是否存在相关说明并不重要。重要的是，《现代汉语词典》只是一部中型词典，它可以满足中等以上文化程度读者的一般需求，但无法满足专业工作者的专业需求，专业需求的解决必须也只能借助各种各样的专业辞典。

要而言之，语言是约定俗成的，所以必须尊重语言的历史与现状，不可以也不应该随意进行人为干涉，否则就等如上所述般将"妓女"定义为"演员"，对接受者产生严重误导。（"艺妓"一词于日本开始流行于江户时代中期，约18世纪，它的出现与日本江户时代身份制度的严格实行有关，囿于篇幅，于此无法展开，只能从略。）同时，语言既是约定俗成的，就必然会产生许多意思相近的词语或说法。但一切存在都是有其道理的，这些词语或说法虽然意思相近，却都彼此有着细微差别，而这些细微差别就使得语言变得更加生动，更加精确，更加丰富多彩，因此都必须尊重，不可随意偏废。譬如"攀援"与"攀缘"，两者都意为"抓着东西往上爬",但由于"援"意"以手牵引",所以更注重手部细节;"缘"意"沿着,顺着",所以更注重运动者的身体全部,一个是对局部的特写,一个是对全景的整体把握,二者各有侧重,并不完全一样。又如"备感"与"倍感","备"意"完全",所以"备感"意"深深感到";"倍"意"加倍",所以"倍感"意"加倍感到",一个是对状态的描写,一个是对变化的强调,二者明显不同,同样不可合二为一。如此等等,不一而足。《现代汉语词典》对异体字词、不同写法字词的同时收录反映了编者对语言"约定俗成"演变历史的尊重,反映了编者对语言客观现实的尊重,同时也反映了编者对在语言生活中推行"废黜百家,独尊儒术"做法的否定,这无疑是值得充分肯定并加以实践的。因为只有这样,才能为更准确、更细腻、更生动的语言表达提供更多的选择性与可能性,才能更好地继承和发扬汉语及其所承载的民族文化传统,因为"语言是文化的载体"(吕必松《对外汉语教学概论》,国家教委对外汉语教师资格审查委员会办公室,1996年),它甚至"本身就是一个文化系统"(刘静《文化语言学研究》,中华书局,2006年)。

  感谢为本书的再版提供了机会的北京出版集团有限责任公司。我们等待着各位朋友的批评与指正。同时,本书再版过程中的大量工作主要由福建师范大学海外教育学院的吴芳玲老师完成,于此也特作说明。

译 者

2018 年清明于榕城仓山

目 录

《北越雪谱》初编

《北越雪谱》初编·序
《北越雪谱》初编·卷上

- 5- 地气成雪辨
- 6- 雪之形状
- 7- 雪之深浅
- 8- 降雪之兆
- 9- 雪前准备
- 9- 初雪
- 10- 雪量
- 11- 雪竿
- 11- 扫雪
- 12- 沫雪
- 13- 雪道
- 14- 雪中蛰居
- 15- 过街雪洞
- 16- 雪中洪水
- 18- 猎熊
- 20- 白熊
- 21- 熊助人事
- 25- 雪中之虫
- 26- 暴风雪
- 29- 雪中之火
- 31- 裂缝山
- 32- 雪崩

《北越雪谱》初编·卷中

- 54- 雪崩伤人
- 57- 寺庙雪崩
- 58- 玉山翁雪图
- 59- 越后绉布
- 60- 绉布种类
- 61- 绉苎
- 61- 绩苎
- 62- 捻线
- 63- 织娘
- 64- 织娘发疯
- 65- 御机屋
- 65- 御机屋神威
- 68- 绉布漂晒
- 69- 绉市
- 70- 雪啸
- 71- 雪中花水祭
- 75- 菱山奇事
- 77- 秋山古风
- 86- 狐火
- 87- 猎狐
- 89- 雁食标记
- 90- 天网
- 91- 大雁哄起
- 92- 涩海川之渡

《北越雪谱》初编·卷下

- 108- 涩海川蝶
- 109- 鲑字考
- 111- 鲑之食法
- 112- 鲑之产地
- 113- 鲑之一生
- 116- 竹墙鱼篓
- 118- 网鲑
- 118- 渔夫溺死
- 121- 总瀑
- 121- 渔鲑之法
- 122- 鲑走沙洲
- 122- 冰溜
- 124- 筱挂岩冰柱
- 125- 瀑上冰柱
- 125- 雪中苦行者
- 127- 寒中苦行威德
- 129- 雪中幽灵
- 132- 关山村毛冢
- 134- 雪中逐鹿
- 135- 宿山遇大虎
- 136- 山间隐语
- 137- 雪中儿戏
- 138- 座头天降

《北越雪谱》二编

《北越雪谱》二编·序
《北越雪谱》二编·卷一　　　《北越雪谱》二编·卷二

161- 越后城邑	206- 雪崩得熊
162- 和歌古迹	208- 雪崩之难
165- 雪中元旦	209- 雪中葬礼
166- 雪中正月	210- 龙灯
167- 雪球	212- 芭蕉遗墨
168- 羽毛毽	220- 化石溪
169- 暴风雪中卖饭团	221- 龟化石
171- 雪中剧场	222- 夜光玉
174- 室内冰溜	229- 饼花
175- 雪中步行具	230- 斋神劝化
177- 雪橇	232- 斋神祭
181- 春寒之力	235- 天麸罗故事
182- 雪霜	236- 熬羊羹起源
182- 初夏雪	238- 雪中之狼
183- 削冰（刨冰）	
187- 雪量	
189- 浦佐堂舞	

《北越雪谱》二编·卷三

- 252- 驱鸟台
- 253- 雪霜
- 254- 地狱谷之火
- 258- 越后人物
- 260- 无缝塔
- 262- 北高和尚
- 264- 贺年之歌
- 265- 逃入村之奇
- 278- 田代七釜

《北越雪谱》二编·卷四

- 288- 怪兽
- 291- 火浣布
- 292- 弘智法印
- 294- 土中之舟
- 294- 白乌
- 295- 双头蛇
- 295- 水中草岛
- 296- 石打明神
- 296- 美人
- 299- 娥眉山下桥柱
- 301- 苗场山
- 305- 三四月雪
- 306- 仙鹤报恩

译后记
附 作者与作品

《北越雪谱》初编

越后盐泽　铃木牧之　编撰

江　户　京山人百树　删定

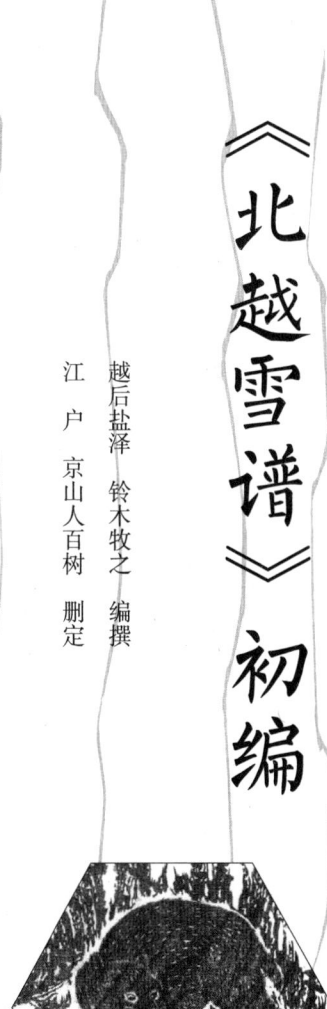

此书稿本中插图或为别册，或为附其说后略图，皆牧之翁自笔勾画。因原不为梓行，故大小详略不一，且多重复。今临梓篇幅有限，不能尽载，以故舍其过半，仅留新鲜清晰者插印卷中，所有取舍由删定者决定。余尝阅原图，见描绘潦草，雪中诸状混杂而不甚了然，有如隔靴搔痒，无助读者[1]。余无良策，惟效翁之草图尽量真实描画而已。或以原图付印则略加修饰，或有说无图则据说作图添之。盖余未践越（后）地，于越雪真景茫然不知，所作雪图或有错漏亦不可知，望勿咎其责于编者（牧之翁）。

　　　　乙未秋　　京山男少年・京水百鹤

---

[1] 其实不然。插图多是《北越雪谱》的一大特点。且作者善画，由其《秋山记行》中的大量亲笔彩图也可知作者之画其实十分明白，达意，绝非"潦草""混杂""无助读者"。

《北越雪谱》初编·序

世之农商而嗜文雅者，或不知所以文雅为文雅，徒企羡韵士墨客之风流，沉酣文酒、流连花月而置生计于不问，因此倾其产业者间或有之。是岂嗜文雅之罪哉？其人特自取之耳。铃木牧之翁者，北越盐泽之老农也。性嗜文雅而能尚节俭、抑骄惰，不绝诵读于经营之中，而务铅椠于会计之余，以交远近之墨客，尝以"堪忍"二字铭自守，以故其名久布远邑而生业亦因以致丰饶矣。呜呼，若翁者不徇文雅之名而能务其实者，非耶？余于翁得一面之识于江户，而后特以书订交者有年矣。今兹乙未，远寄示其所著《北越雪谱》六卷，并嘱以校订。时方盛夏炎威如焚，乃就北窗下试翻而阅之，则越雪恍如耳闻骚屑之声，目见纷飞之影，使人顿忘瓿中之苦。读到积叠埋屋、行旅不通、人以穷乏、柴米或不给，则凛凛然寒战肌肤为之粟生矣。余因以谓纨绔轻薄子弟，当微雪俄下、纷纷舞空之际，雕鞍宝勒飞玉尘于郊野，或毡帽棕鞋蹈琼瑶于街衢，或画舸载妓或高楼呼酒，直以为胜游乐事，曾不知饥寒为何物。若令其人读此书，依以想其种种冻馁之苦状，然则安知不有能省悟非宴安之公共，而戚戚焉生戒惧之心者哉？宁梓而行之，其有裨益世教者盖非鲜小也。间者稍得秋凉，聊削其驳杂，校订方毕者三卷，书贾文溪堂见而喜之，谋梓行之。余寄简以告翁，翁曰雪中闭户漫笔，岂敢欲梓耶。于是乎不复俟请之于翁，举以付之。翁之嗜文雅而能务其实，此必笑领之而已。翁之稿本国字之间汉字者，尝不添音训之假名，余今尽添之以便童蒙云尔。

天保六年乙未，秋园菊初开日
江户京山人百树并书

《北越雪谱》初编·卷上

地气成雪辨

自然界中，形成于天而降落于地者有雨、雪、霰、霙、雹。露与霜虽形状各异，但露为地气所聚，霜为地气所凝，惟所遇冷气强弱不等而已。地气上升，至天遇冷形成雨、雪、霰、霙、雹，若得暖气则成水。水、地一体，故此水返地上。地深必有温气，地得温气则向上吐出，蒸腾上天有如人之呼吸般昼夜持续，片刻不止。天又吐气下地，是为天地之呼吸，与人之呼吸无异。天地呼吸以生养万物，天地呼吸失常则寒暑违时，变异发生，于是有大风大雨等种种天变即天地之病。天有九层，故称九天。九天中最近地者称太阴天（据称去地四十八万二千五百里）。太阴天与地之间又有三层：近天称热层，中间称冷层，近地称温层。地气上升只届冷层，不达热层，冷、温两层去地不甚远。富士山高出温层而近于冷层，故此山顶温气不达，草木不生，纵夏季亦寒，可俯视雷鸣雨暴于温层之下（雷与阵雨为温层现象）。云由地中温气生成，初起时状如蒸汽，其理同于水沸而蒸汽升腾。云以温气升天，至冷层温热消散形成为雨，一如蒸汽遇冷结成露珠（云若不达冷层则自行散去，不形成雨）。雨、露皆呈颗粒状，因俱生于天地之气中缘故。草木之实不失于圆，亦因生于气中之故。云达于冷层将化雨，此时天若至寒则凝作雨雪颗粒降下，天寒则粒大，天不甚寒则粒小，是为霰、霓（雹发生于夏季，其辨从略）。地之寒甚时，地气如微温蒸汽般不成形而升于天，天于是阴。上升地气多，则天呈灰色，将欲雪。阴云上升至冷层先成雨。冷层寒气若无力冻雨成冰，则成花粉状落下，是为雪，一如地寒弱则冰薄、强则冰厚。天有温、冷、热三层，理同人之皮温肉冷脏器热，因气中万物之生育悉随天地之气格缘故。此非余之发明，而乃散见诸书之古人说法也。

雪之形状

人视物因目力所限，只见其状而不能同时见其他。以人肉眼看雪花，其状有如一片鹅毛，但数十百片雪花能拼成一片鹅毛。置之于显微镜下，可见雪花由天工造化，千姿百态，一如后图（图1，见34、35页）所示。雪花形状所以多样，是因雪之形状随气而异，而雪成于冷层，冷层气运各不相同缘故。但雪花极微小，为肉眼所不见，故昨日之雪与今日之雪看去皆白茫茫一片。

图1所临，是天保三年许鹿君《高撰雪花图说》[1]中雪花五十五品之部分。雪为六出。《图说》称"凡物体方（具四角者）则以八围一，体圆（圆形）则以六围一，此为定理定数，必然不诬"。据此可知雪为六出之花。余以为圆乃天之正象，方为地之实位。万物活动于天地之气中，因此不失方圆之形，譬如人之身体方而无角，圆而多变。生长于天地方圆之间，自然不离天地之象，有如孩子必像父母。雪所以六出，是因万物之数偶则成阴、奇则成阳缘故。譬如人体，男为阳所以九出（头、两耳、鼻、两手、两足、男根），女为阴所以十出（无男根而有双乳）。九为奇数所以是阳，十为偶数所以是阴。然阴阳和合而为人，故此男有无用双乳以似女阴，女有不用阴舌以像男子。万物活动于气中，因皆守此理。雪非生物，但因变化处有活动之气在，故于六出之阴中或有状阳为圆形者。水为极阴之物，但一滴落下时必呈圆形，因其落处有活动之兆，故为阴而不失阳之圆形。天地之气中万物构造皆有定数，其中奥妙非余笔力可以尽述。

雪之深浅

《左传》"隐公八年"项中称平地积雪盈尺为大雪，系因其地

---

[1] "天保"为日本古代年号，起止于1830—1844年。天保三年为1832年。"许鹿君"为下总古河藩第十世藩主，姓"土井"，名"利位"，号"许鹿君"。生于1789年，卒于1848年。于江户幕府中官至老中。《高撰雪花图说》通称《雪花图说》，为利位与属臣鹰见忠常撰于1832年，1840年两人又有《续雪花图说》刊行问世。

温暖，故有此说。唐代韩愈以雪为丰年祥瑞，此亦暖地居者论。然据《五杂组》[1]载，唐土也有寒地于八月降雪。暖地积雪不盈尺，山川村落银装素裹，一片银白。于此之时，放眼漫天飞舞雪花，将之喻作花朵、比作白玉备加欣赏，又饮酒奏乐，作画咏歌，尽情赏玩，此乃古今和汉之通例。但此乐只限雪浅地方，若是如我越后般年年积雪数丈，则何乐之有？为雪而耗尽精力，费尽钱财，其中千辛万苦，读过以下各段后当可推知一二。

降雪之兆

我越后降雪之兆不同暖地。每年约于九月中旬开始霜降，而后便天寒日甚，至九月末则已风寒刺骨，草木枯萎，树叶落尽。此时若天色阴霾，连日不见阳光，则大雪将至。天阴不开数日后，远近高山上可见有白雪点点，此当地人称"岳回"（音 takemawari）；近海则有海啸，深山则有山鸣，其声隆隆若远方响雷，当地人称"胴鸣"（音 dounari）。岳回既见，胴鸣又闻，不

---

[1] 笔记。明谢肇淛撰，也作《五杂组》。共十六卷，分天、地、人、物、事五部，由此组合而成，故名。书中对明代政治、经济、社会、文化有较多论述证辨，清代列为禁书，传本少，四库不收。明刊本或只传于日本，是明代人所撰随笔中最为日本人所熟悉者，江户时代不论汉学者或国学者，多引是书以立己说。谢氏字在杭，福建长乐人，万历二十年进士，官至广西右布政使。除《五杂组》外，还有《文海披沙》《尘余》《长溪琐语》《方广岩志》等著，藏书颇丰，散失后不少传入日本，至今散见于书陵部与内阁藏书等。谢氏传附《明史》文苑传二（卷二百八十六）郑善夫传后。

日必将降雪。年份不同,冷暖或异,岳回、胴鸣也有迟有早,但必发生于秋分前后,每年不变。

雪前准备

如上所述,见大雪将至,便须立即修缮屋顶,加固梁、柱、檐(当地人称房檐为廊架)及其他单薄易受损处,以免房屋被大雪压塌,居者遭雪所害。庭院树木也须依其大小或将枝干弯曲捆绑,或支以杉木棍、竹竿等,以免被大雪压折。冬草之类可以菰草席覆盖,水井须建小屋遮蔽,厕所也须做好准备,以防积雪期间粪满外溢。积雪期间寸草不长,以故须按家中人数备足食物(可埋土中以保持温度,或以稻草包裹后装入桶中,以防冻坏)。此外降雪前须做准备甚多,难以尽述。

初 雪

暖地人赏雪事已如前所述。江户气候亦暖,并非年年有雪,初雪因而尤受赞美。每当此时,或携歌妓登赏雪之船,或招宾客赴雪中茶会;青楼以雪为留客之由,酒店以雪为来客嘉瑞,如此等等,为雪而乐事不胜枚举。赏雪如此风行,是地方繁华使然,雪国人见之闻之无不称羡。然我越后初雪与之相较,其苦乐之别有如霄壤。越后虽地处北方之阴,域内阴阳却正相反。何也?因天不足西北，故以西北为阴；地不足东南，故以东南为阳。然越后西北临大海而具阳气，东南连高山而带阴气，故此西北郡村雪浅而东南诸邑雪深，恰似颠倒了阴阳一般。余所居鱼沼郡在越后东南阴地，其间既有卷机山、苗场山、八海山、牛岳、金城山、驹岳、兔岳、浅草山等高山及外人不闻其名之群山如万顷波涛般连绵起伏，又有大小河流纵横交错，密如蛛网。村落散于深山，阴气充盈其间，降雪之多、积雪之深因此可想而知。（此与冬季日行于南方故北国益寒，纵于一家之内朝北也更寒，朝南则稍暖等同样道理。）越后初雪之迟早随当年气候之冷暖而变化，但总在九月底十月初时。越后之雪不呈鹅毛状，降落时必碎为粉末，又兼风大，一昼夜常可积雪六七尺乃至一丈，且年年如此大雪，至今尚无例外。暖地人吟诗游乐赏初雪，如此乐趣越后人做梦也不曾想过，每年都只为雪而悲，哀叹今年又只能与茫茫大雪相陪伴。此乃生于偏僻寒国者之大不幸，又岂能不羡生于繁华暖地者能赏雪游乐之大幸！

雪 量

据与我居地相邻六日町俳友天吉老人云，他曾往妻有庄访友，闻当地人说千曲川畔有一雅士，于天保五年初雪至十二月二十五日，每有降雪即以尺测量某一特定处积雪深度，累计竟达十八丈。此话说来连雪国人也不敢信，细细算来却一点不为过。每年由十月初雪至十二月二十五日共约八十日，若每场降雪五尺则有二十四丈。只因或随下随扫雪不堆积故此不见，或融进地里故此积雪略减。由此推想，我越后深山幽谷积雪之深，实不可测。天保五年是我越后近年大雪之年，天吉老人话想必不诬。

雪 竿

高田城正门前广场上立有一方木，长一丈，上有刻度，是为雪竿。因积雪深浅与税收相关，故此立之。据高田俳友枫石子来函称，天保五年仲冬，雪竿被埋入雪下一丈有余。雪竿为越后一景，有关歌咏可见于俳句等，但过去如何不得而知，今日于越后立此无用雪竿者只有高田。为追风雅而游我越后者，皆避降雪季节而于三夏时来，故此不知越路之雪，所言越路雪多属凭空想象，有违事实，常令我越后人闻之但觉可笑。

扫 雪

扫雪与扫落花同属风雅之举，和汉诗词多有咏之者。但要扫越后大雪，却毫无风雅可言。初雪之后若不扫除而任其堆积，则再降一场大雪，积雪即可厚达丈余，故此每雪必扫（量少可待下次降雪后再扫）。越后扫雪如同掘土，因而俗称"掘雪"。雪不掘去，则房舍被埋，出入道路被堵，人不能进出；且房舍再是牢固，也难承受数万斤积雪重压，故此本地人家无不掘雪。（图2，见36页）掘雪用木制锄头，当地人称木锄。木锄以榉木制成，榉韧而轻，斫成木锄轻而不折，形似锄而锄板较宽，为雪中住家所必备。山里人制成后售于乡里，家家户户无不购而备之。乡人掘雪状如图所示（图3，见37页），掘出雪如小山般堆于空地不碍人处，此俗称"掘扬"（音horiage）。家大者可尽出青壮劳力，不够则更雇掘夫，数十人齐心协力，一举掘尽积雪。若不如此，正掘雪间一场大雪降下，厚雪立时积起，则非人力所能及。但掘雪图中略去了人数，右为大家，左为小家。小家贫者须雇掘夫却无钱财，只能男女老少齐上阵，举家掘雪。非惟我乡，凡降大雪之处皆如此。有时花费几多人力，几多金钱，由晨至夕好不容易掘尽了积雪，入夜一场大雪，次日早起但见四周又积雪如昨。此时主人自不待言，下人等也只能低头叹息，无可奈何。大抵每降一场雪必掘雪一次，故此俗称"一番掘""二番掘"等。（图4，见38、39页；图5，见40页）

沫 雪

春雪易融，因称"沫雪"。和汉诗人常咏春雪之易融，但此乃暖地之事；若是寒冷地方，则以冬雪为沫雪。何也？因冬雪再厚也不冰冻，松软有如淤泥。故此冬季行走雪中须穿"橇、缒[1]"

---

1 两者区别在于：橇为实底而缒为网状底。

等雪鞋,俗称"划雪"[1],以着雪鞋行走状有如涉水或涉深水田故名。但到初春,积雪冻结,路上犹如铺了石板,来往倒较冬季容易。只是路滑,木屐齿上须钉钉以防摔跤。同为沫雪,寒地也与暖地季节先后有异。(图6、图7,见41页)

雪　道

冬雪松软,须循他人踏实之路方才易行。但来往旅行者或夜宿客栈遇大雪,前人踏实之路被埋没,此时处身郊野便四顾茫茫,不辨东西与南北,只好雇乡人数十,脚穿雪鞋踏路于前,自己则随行于后。此费颇贵,须数百文,贫穷旅行者或不能负担,便只能候他人踏出路来再走,因此徒然浪费许多时日。雪中行路,纵善行邮差亦日行不过二三日里[2],因脚套雪鞋走不便,而积雪又深及膝盖,是故冬季于雪中行路为一大难事,但春来雪冻后坚如铁石,可以雪车(也写作"雪舟")载重运输,却又给人不少方便。乡人以雪车载物,自己也乘车上,车

---

[1] 所谓"划雪",完全不同于滑雪。滑雪者是手持滑雪杆,脚蹬滑雪板,杆与板并不相连;划雪者是手抓竹竿(当地人称"鞋拐"),脚穿草靴,外套鞋套(当地人称"走雪鞋"),竹竿与鞋套紧紧相连。此大不同之一。滑雪者是双脚并立,靠双手后撑滑雪杆滑行于积雪之上;划雪者是同手同脚,一步一步艰难跋涉于积雪之中,双腿没入雪中可没膝,行走状态有如左右交替划桨,行船水上,故名"划雪"。此大不同之二。如此行走雪上,既可借手的力量帮助拔腿于深深积雪,又可防止拔出腿时脱落草靴,因此被当地人广泛使用。

[2] 一日里约合四千米。

行雪上如舟行水中。雪中牛马不能行走，因此都用雪车。春天运送重物，雪车远胜牛马（雪车造法另记。其状大小各异，大者俗称"修罗"），是雪国最便利之交通工具。然非雪冻坚硬时不能使用，故此乡人多盼春来雪冻，雪舟路成。

雪中蛰居

每年九月末初雪降过，雪季开始，大地便一片雪白。银装素裹中过了春节，积雪于元月二月依然极深，三月四月渐次融化，到五月化尽，露出土地（每年气候冷暖有变，积雪化尽时间也略有迟早），而春之百花须到四五月时方才竞放。如此一年之中约有八个月生活雪中，无雪时间仅四个月，蛰居雪中时间竟长达半年而有余。我越后人因而盖房建屋自不必说，万般事情也都只为御雪，为此耗尽财力事不胜枚举。由夏初到秋末，农家又须收获五谷，其忙碌之甚，以至有雪中割稻者，其辛苦自然百倍于暖地农家。尽管如此，蓼中之虫不知辛辣，雪国人自幼生于雪中长于雪中，不知暖地安居之乐，不以雪中生活为苦。女子自不必说，男子亦十之有七如此。况久居为安，纵长年服务于繁华江户，老后亦十之有七回归雪国故里。胡马依北风，越鸟栖南枝，乡情难忘乃世之常情也，人畜皆然。再说雪国之家于廊檐（江户人称"店下"）垂挂雪帘（以茅草编成）以挡风雪，窗上也挂，不降雪时可卷起采光。降大雪时，路上积雪可厚及屋顶，窗门被雪埋没不透光亮，室内终日暗如黑夜，只好点灯照明。好不容易挨至雪停,掘雪开出小窗,室内骤见光明,则有如转世降生到了光明赫奕之佛国。此外,雪中生活还有诸多艰辛事,不能一一言表。鸟兽因雪中无食,多迁往雪少地方。蛰居雪中苦挨时光者,惟人与熊而已。

过街雪洞

驿站街两旁大小人家都将房檐伸出较长,降雪时自不必说,平日里檐下也让人行走。为此雪季大道中央被弃不用,成了堆雪场所。雪越堆越高,渐渐就于道路两侧住家之间筑起了一道雪堤。堤下处处挖有雪洞供人过街,此俗称"胎内潜"(音tainaikuguri),又称"间夫"(音mabu,意思"情夫")。"间夫"原是金矿工人用语,指妻妾奸情。出了驿站街没了人家,也就没了檐下路,行人只好行于高低不平之雪堤上。无路便开路,春来后则于雪堤上挖出台阶以便上下。雪阶状如匣阶[1]。当地人走惯此路,上下自如,从不摔跤。外来者不惯此路,战战兢兢,小心翼翼,反而时有踩空滑落、埋入雪中者。旁观者或笑其笨拙,摔落者却怒其道路。然当地人并非有意设卡以劳外人,只因扫除积雪太费人力财力,当地人不堪重负,只能如此挖台阶以便过往。由初雪至翌年雪化,其间种种异事趣事不能一一详记,于此不得不忍痛割爱。

---

[1] 于楼梯下依势修成的阶梯状匣柜。

雪中洪水

大小河流附近村落，常于初雪后遭洪灾之苦。洪水俗称"水扬（音 mizuagari）"。一年余借宿邻近关驿一卖油亲戚家，时值十月之初，积雪已达八九尺。一日半夜正酣睡间，忽为左近呼喊吵闹声惊醒。心中惴惴，不知半夜三更缘何如此喧闹，急穿衣起床外出探看，刚出卧室便撞见家主人双手提物迎面而来，"发大水了，快避往后门高处去！"说完也不待回答，径自提着东西急急送上二楼去。余急往后门，途经厨房时见家中男女正乱作一团，疯了似的左奔右跑，抢救家产，抓到什么就抢出什么，努力不让大水冲走。而大水却如潮涌般朝着低处滚滚而来，已漫过房间地板，灌满了院子。积雪被大水冲击，逐渐充满各处，黑暗中但见雪光映着水流，阴森森，凄惨惨，可怖之状无法言表。余得人帮助逃上高处，遥望驿站街道，见远处许多男人正高举灯笼火把，手提木锄，翻过雪堆，涉过水流，高声呼喊着奔跑而来。此是未遭灾邻乡人正赶来帮忙挖雪排水。夜黑不见人影，或远或近只有妇啼儿叫之声不绝于耳，让人心碎。不远处一支火把将灭未灭，微弱火光中隐约可见水上漂着两颗脑袋，仔细一看，却原来是一人在牵马涉过不断高涨的水流。一边水中，一妇人怀抱小儿，手提灯笼逃上了高处，近前来时却见她腰带未系，前身袒露，为活命也只能如此置羞耻于不顾。洪水中可笑可怜可怖之事此外还有极多，不能尽记。好不容易挨到拂晓，大水退去，众人这才如释

重负,放下了心。(图8,见42、43页)

于我乡里,雪中洪水多发生于初冬与仲春。而此关驿街左右住家前各有一河通往鱼野川,河水清澈,水流充沛,纵三伏天大旱也从不干涸。为此各家各户都以之代井,取水日用,又兼可以桶汲取,平日里方便远甚于井。但每年初雪降过至十月前后,两小河为大雪所埋,水在雪下,各家各户只好挖雪取水。若一夜大雪过后,取水处被埋,便只好再挖。如此屡挖屡埋,屡埋屡挖,几成家常事。住家附近河流尚已如此,若两河水源被雪埋没,则不仅无水可用,且有河水泛滥之虑,为此当地人要齐心协力挖开积雪,疏通河道。但有时或因各人忙于生计误了时机,或因一夜大雪水道被堵,河水便溢出河床,冲往低处。驿站街上平日里人来人往,积雪被踏实变低,泛滥河水便冲入街道,灌进人家,酿成如上所述洪灾。此时若不动员数百人齐心协力挖开水道,引走洪水,则难免家产被冲,人员溺亡。

仲春洪水大抵发生于春分前后。此时积雪未融,山上田间仍白雪茫茫,枝川也覆盖着积雪,河水只在雪下流淌。这枝川为一大河,入冬后河水由岸边开始冻结,冰上积雪,积雪又冻硬有如岩石。岸边结冰渐次扩大、增厚,最终两边会合,河面便与陆地一样成了雪地。如此冬去春来,寒气渐消,到天暖雪停的二月前后,因水气对冷暖变化较地气敏感,水上积雪便自下而上开始融化。近水面积雪融化后,其上未化积雪便下沉水中堵塞河道。河道因此变窄,水流因此变急,而此时积雪得了阳气变得松软,汹涌河水便如决了堤般从雪下冲出,酿成洪灾,此即所谓梦中耳朵灌水之灾[1]。雪中洪水是寒地一大患，暖地人当可怜之。雪中洪水因地势不同而各不相同，以上所记仅为其一，其余无法一一详记。

猎　熊

越后西北临大海，无高山；东南为崇山峻岭，横跨越中、上、信、奥、羽五地[2]，起伏连绵数十里，多大小野兽出没。入冬后，野兽或为避雪而远徙他方，或不迁徙，但于原处雪中穴居者惟熊而已。熊胆以越后产为上品，尤以取于雪中者为珍贵。为获重利，出羽地方猎户常于春暖雪停后五七人结成一伙，随带三四头猛犬，背了米、盐、锅等翻山越岭来越后猎取。水与薪柴山中有之，可以不带。到了越后，昼则猎兽为食，夜则和衣宿于树根岩窟，燃烧木块以御寒并照明。其由头至脚所穿所戴，全以兽皮缝成，远看如猿，惟脸是人。所谓"枕戈寝甲"者或即彼等。他们为猎我越后熊，到我越后山中后即择一合适地方以树枝藤蔓搭起小屋作据点，而后各自带狗去寻熊踪。一旦找到熊的藏身之处，便留下记号返回小屋，引导伙伴前去一同捕捉。所用器具有柄长四尺许之短矛、薙刀（长刀）状伐木刀以及火枪、山刀、斧头等。刀用钝即以随身所带砥石自己磨砺。器具也都以兽皮为

1　意为晴天霹雳、飞来横祸。
2　即越中、上野、信浓、陆奥、出羽等江户时代五诸侯国。今为富山、岐阜部分，长野、群马、福岛、宫城、岩手、青森、山形、秋田等县。

鞘。猎熊者不限于春季，或也于冬季进山。

熊为日本百兽之王，猛而知义。以果木上毛毛虫类为食，不伤同类，不毁庄稼，只在食尽时偶尔闯入田园觅食。《诗经》以之为男子之祥，又名六雄将军，皆因是义兽缘故。夏天除觅食外，还将山蚂蚁蹭入掌中，以备冬季蛰居时舔食充饥。熊蛰居时雌雄不同穴，但幼熊与雌熊同穴。其所蛰居或为大树因雪崩（雪崩事详后）倾倒干枯后所成洞穴，或为岩穴土洞，皆随遇而居，并无一定。如上所述，雪中之熊不觅食，其胆功效因尤胜于夏日百倍。熊胆于我越后地方以颜色区别，有饴胆、琥珀胆与黑胆之分，而以琥珀胆为上，黑胆为下。黑胆中多假货。

再说猎熊之法颇多，可依其蛰居处地形区别采用。熊一般于寒露前后入洞，清明前后出洞。或说熊入洞后即开始冬眠，直至出洞，但非眼见不敢轻信。

如"沫雪"一节所述，冬雪松软难行，故此猎熊以积雪冰冻、熊将出洞的清明前为宜。猎取蛰居岩壁下或大树根部之熊可用"压"法。此法又称"天棚钓"，即先以树枝藤蔓斜依洞穴搭棚，棚以木桩固定下端，以柱顶着横杆支起。棚上压满大石，由横杆下垂一绳于洞前，绳端结活套，此称"蹴绳"，上有机关。一切布置停当，即临穴焚烧辣椒、烟草秆等为熊所恶之物，不断将烟扇入洞去。熊被烟呛大怒，冲出洞穴。狂暴之中必撞上"蹴绳"，牵动机关，于是棚倒石落，砸死大熊。此法充分利用了熊蛰居处地形特点，袖手而可猎得，是猎熊的上乘之法，樵夫偶也用之。

此外，经验丰富的勇者有时也让其他猎户守候洞穴外，独自一人套上踉跄草蓑衣（踉跄草为山上野草，制成蓑衣较稻草蓑衣轻，猎户常用），蹑手蹑脚爬进洞去。熊厌蓑衣刺扎，碰上即避而前挪。勇者进逼，熊又前挪，如此一步步挪至洞口。守候洞外猎户见了，即以枪熟练扎之。但有一枪扎空，被熊一抓便要丧命。如此甘冒生命危险猎熊，却只为了区区一点黄金，可见金钱较女色更能诱人。但黄金财宝须得之以道，不可以不道获取。

又熊或寻上有覆盖、下不积雪处掘穴蛰居。尽管如此，穴上也总有积雪三五尺。但凡有熊蛰居，其上积雪必为熊所呼出热气融化，形成管状细孔。猎人但于雪中寻得细孔，即可挖开积雪现出土穴，将树枝、木棍等插入洞中。熊被捅到便往后退，再捅再退，如是反复。熊被逼至洞底便转身出洞，待出至洞口即以枪扎之，扎中即放出猎犬，让数头猛犬同时扑上撕咬。如此，狗助人，人帮狗，人狗相助，共同杀熊。此法也可用于猎取蛰居树洞之熊。（图9，见44、45页）

白　熊

熊黑雪白，自然之常。但天公转机，不时也有白熊出世。

天保三年辰春，我居地鱼沼郡内浦佐宿大仓村有樵夫于八海山偶得白色幼熊一头，以为世之所珍，养在家中。后为江湖艺人（即江户人称杂耍师但具古风者）购去，牵往市场、祭典等人群聚集处供人观赏。余曾于某处见到，见其大如犬，形状与熊无异，毛皮白可欺雪，光亮柔滑有如天鹅绒，眼、爪红色。与人驯熟，甚是可爱。只是被迫四处流浪，不知所终，让人可怜。白龟改元，白鸟神瑞，八幡白鸽，源家白旗，所有白物皆皇国祥瑞，如此则天出白熊，亦为升平万岁之瑞兆。

山里人称，杀熊两三头或杀老熊一头，其山必荒，此称"熊荒"。因此，山村农夫从不为私欲猎熊。熊有灵事也可见于古书。

熊助人事

人坠熊穴得熊相助事可散见各书，但罕闻亲历者叙述。余有幸闻之，兹录如下：

余年轻时曾因事逗留妻有庄（在鱼沼郡内）两三日。时值盛夏，天气炎热，因于客舍院中树荫下铺席闲坐纳凉。主人好酒，拿了酒菜来对酌，余不嗜酒，因以茶代之。（图10，见46、47页）正对饮闲谈间，有一老翁前来，向主人拱手施礼后欲往后园去。主人叫住老翁转而告余曰："此翁年轻时曾得熊救助，九死一生，今已八十二岁高龄而仍健康无恙，实可庆可贺。君当与之认识。"老翁对余莞尔一笑，又欲离去。余止之，请讲当年得熊救助经历，主人也取过余面前茶盅，饮干茶后斟满一盅酒递上。老翁见酒眼开，于席边笑眯眯坐下，连饮三盅后打开话匣娓娓讲道："那年老夫年方二十，于二月初某日拖着雪橇进山砍柴。近村处可伐之柴已被砍光，偶尔有之也路险难行，只好更往深山去。翻过一座山头，见可伐之柴漫山遍野，便停下来很快伐了一堆，哼着雪橇歌将柴捆起，一捆捆装上雪橇，捆绑结实后插上柴刀，拖着雪橇循来路下山回村。走到半道，一捆柴从雪橇上滚落，掉进填满山谷的积雪裂缝中（积雪冻结后得阳气裂开，此乃常有之事）。弃之可惜，因上前到裂缝旁俯下身去，伸手抓住柴捆往上拖，却纹丝不能拖动，反要顺势往下滑。一只手既不行，老夫便匍匐地上，伸长双手，大喊一声，要拖它上来，却因脚上不能用力，自己反被拖下，顺着积雪裂缝坠入了深深谷底。所幸是从雪上滑落，不曾受伤，只好一阵头晕目眩，如在梦中一般。不久清醒过来朝上一看，但见两边雪壁陡直有如屏风，仿佛随时都将崩颓（雪崩之可怖事容后详记），不禁大惊，以为必死无疑。因见周围幽暗，心想好歹找到亮处再作打算，便顺着埋没雪下的狭窄山谷前行，好不容易来到一处可以见天地方。谷底雪中寒气逼人，透彻骨髓，老夫当时手脚僵硬，寸步难行。'走！停下必冻死无疑。'如此一再自我鼓励着，继续找路。又前行百余步，来到一瀑布前。四下里一看，见山谷途穷，已如落入瓮中老鼠般无路可走，不禁惘然，一筹莫展。接着就该说到熊了，但现在须再喝一盅才行。"说着，老翁便自斟自酌了几盅，又从腰间摸出烟袋抽起了烟。"后来如何？"余着急问道。见余催促，老翁于是继续讲道："无望之中只好往两旁上下察看，好不容易寻见一岩窟大小约可容人，内中无雪，进去后略觉温暖，这才心中稍定，但摸摸腰间，装有饭团的饭盒却不知何时早已掉落。心想如此必定饿死，但若以雪充饥，也许还能苟延残喘五日十日，此间但闻雪橇歌声，便可知有村里人经过，届时只要大声呼喊便能获救。话虽如此，如今也只能祈求伊势神灵与善光寺[1]佛主保佑，于是专心念佛，祈求大神宫慈悲，救我脱此大难。不知过了多久，见太阳西斜，洞中渐黑，因想找个歇息睡觉处，便于暗中摸索前行。越往洞中越觉暖和，再伸手一摸，正摸到了毛茸茸的一头大熊，不觉愕然，心惊肉跳，手脚酥软。但既无路可逃，死到临头也只能听天由命，生死任由神佛安排。想到此处稍觉心定，便细声对熊诉说道：我因来山里伐薪，不慎落入山谷，欲回无路，想活无食，命既该绝，要吃就请杀之；倘若可怜，则请助我，说着战战兢兢伸手抚熊。熊翻身立起，一会儿走上前来，以臀部推老夫到其方才躺卧处。刚一坐下，便顿觉全身暖和，有如烤着火盆般，一点不再寒冷。因再三向熊致谢，又告以种种伤心事，求它相助。熊举掌轻捂我口，一而再，再而三。起初不知何故，后忆起熊冬季舔蚁充饥传说，便试舔了舔，觉味甘而微苦。再三舔后顿觉神清气爽，口中生津，再不干燥。见熊已又呼呼睡去，心想如此必能获救，因而放心，也依偎着熊躺倒休息。但心里终是挂念家中，一点睡意没有，许久之后才蒙眬睡去。梦中被熊翻身惊醒，睁眼看时洞口已经泛白，天已大亮，便出洞四下察看可有回家之路或可攀援上山藤蔓，但一无所获。此时熊也出洞到瀑下潭边饮水，这才看清它体格壮大，约七倍于狗。熊喝过水后又回洞中，老夫则留洞口细听有否雪橇歌声传来。但充耳所闻惟瀑布轰鸣，既无歌声也无鸟声。虚度一天后，至晚又进洞中过

---

[1] 位于今长野市的天台、净土两宗寺院。据传创建于推古天皇时代。中世以后深受民众信奉，香火颇盛。

夜，舐熊掌充饥。如此数日，心中渐慌，凄凉之感，不可言表。好在那熊逐渐与老夫相熟，可以亲近。"听到这里，主人微带醉意插嘴问道："莫非那是雌熊？"话音未落，三人即不由得一同放怀大笑。斟酒相劝，闲谈了一回，余又再三催促，老翁这才继续讲道："人心总是因时而变。初遇熊时以为必死，并不顾命；得熊相助后便逐渐惜命，心想即使无人来救，只要积雪融化，也能攀着树根岩石寻路回家，因此一心只盼积雪快快融化，倒也忘了时光流逝。如此虚度数日后，熊变得驯良温顺有如家犬，则又感到了为人之尊，又因山谷积雪要较村里更晚融化，便一心只在盼日子快些过去。一日正在洞口向阳处捉虱子，熊从洞中出来，咬起老夫衣袖就走。老夫不知这是为何，只听天由命地随之而去，不觉竟到了当初滑落的山谷边。熊在头前挖雪开路，轻松自如；老夫也不问方向，只随后紧跟着。又走了好一程，到了有人迹处，熊即四顾后奔跑而去，不知所终。老夫这才恍然大悟，原来是在引我出山，遂朝熊去方向再三遥拜致意。又想这全靠了神佛保佑，便也遥拜了伊势神宫与善光寺。当时心中之高兴，真可谓是忘乎其形。傍晚点灯时回到家中，左邻右舍正聚在堂上诵经念佛。父母等见我回来全都惊呆，以为是见了幽灵。说来也是，当时老夫头发蓬乱如麻，面庞尖瘦如狐，难怪要被当作幽灵。但惊讶很快就成了欢笑，父母众人全都欣喜异常。老夫自进山伐薪，至今正好四十九天，家人盼得老夫平安归来，佛事立即改作了喜宴，全家欢喜自不待言。"此事叙述者是一农夫，名九右卫门，家住小间居。余闻说备觉稀罕，当夜即于灯下提笔，如实记录如上，然至今早已又过了许多年。（图11，见48页）

雪中之虫

据《山海经》载，唐土蜀地峨眉山上寒冷，夏季也积雪不化。积雪中有虫，名曰雪蛆。此说当不诬，因我越后雪中也有雪蛆。此虫于早春时节生于雪中，但到积雪融尽即死绝，始终与雪共存亡。按字书释义，蛆为腐中之蝇，即所谓蛆蝇。蛆为蚤类，会蜇人，与蜂同类。雪中之虫当从"蛆"，则雪蛆即雪中蛆蝇。木火土金水五行皆生虫，木虫、土虫、水虫常见，不稀罕。蝇生于灰，灰为火烬，故蝇为火虫。杀蝇若不坏其形，置于灰中可复苏。又虱生于人之体热，热为火，以火生缘故，蝇、虱俱喜居温暖处。金中之虫小如尘埃，肉眼不见，以故不为人知。但凡铜铁开始腐朽即开始生虫，生虫之处色变。常拂拭即常杀虫，故此不朽。锈是朽之始，锈中必有虫，惟因肉眼不见故不为人知（荷兰人说）。金中犹有虫，雪中岂无虫？但因不常见而觉稀罕，故此唐土书记之。我越后雪蛆体小如蚊，共两种，一种有翼可以飞行，一种有翼却只爬行。都有六足，色似蝇而淡（一说色黑），生息于市中空旷处，此与蚊同，但不蜇人。图中所示（图12，见49页）为显微镜下所见形状，姑绘于此，以俟博物家解说。

暴风雪

暴风雪称"雪吹"（音 fubuki），以树枝等上积雪被风刮起，上下飞舞而得名。其状优美，古时和歌因此常将樱花飘落喻作"花雪吹"。但此惟日本东南部寸雪国[1]事，若是于我越后等北方丈雪之国[2]，则积雪既深，大风一刮便铺天盖地般卷起，有如雪中旋风。此是雪中第一灾，因此而死者年年有之。兹记其一如下，以为只见寸雪国"雪吹"温柔可爱者略示丈雪国暴风雪之可惧可怕。

距我居地盐泽不远有一村，村中一农家有一子，他为人笃实，奉亲至孝，于二十二岁那年冬成亲。新娘家住二日里地外，年已十九，相貌虽不扬，但生性温柔，又擅纺纱织布，因此深得公婆疼爱。夫妻俩也相亲相爱，日子过得和和美美，其乐融融。如此过了年，到九月初顺利生下一男婴，全家欢喜，爱若掌上明珠。媳妇产后恢复迅速，奶水充足，婴儿也肥肥胖胖，可疼可爱，于是为他取了个吉祥名字，祝他长命百岁。此一家人都善良朴实，勤于耕织，虽是小户农家，却也不穷，又有孝子娶了贤妻，添了健康孙子，真可谓幸福美满，村人多羡慕不已，却谁也不料如此善良人家竟也会有横祸自天而降。

---

1 积雪较浅，不盈寸地方。
2 积雪深达丈余或数丈地方。

如此产后过了一些时日，连日大雪既停，天气也转晴好，媳妇遂对夫君道："今日想回娘家看看，不知可否？"公公在一旁听了，大欢喜道："此是好事，有何不可？我儿也去，带上孙子让亲家看看高兴，你夫妻俩也正可以此风光风光。"媳妇听了高兴，去对婆婆一说，婆婆当即去张罗礼物，媳妇则借此机会梳理头发，换上可意衣服，戴上了厚厚棉帽。这棉帽是寒地人常用之物，颇漂亮。如此穿戴整齐后媳妇即抱起婴儿要包进怀里，婆婆在旁见了嘱咐道："喂饱了奶再包上。路上颠簸，小孙儿怕不好吸奶。"仅此一句，便可知她爱孙心情之切。此时夫君也已穿上蓑衣，戴上斗笠，登上稻草靴（晴天也穿蓑衣，此是雪国农夫常习），挑起了礼物。小两口告别父母上路，高高兴兴并肩而去，却不知父子母女将从此永别，徒让后人悲叹不已。

　　一路上丈夫开道于前，妻子相随于后，丈夫边走边对妻子说道："今日风和日丽，真是回家省亲的好日子。""但父母必不会料到我俩会在今天带了外孙回家，见了外孙还不知如何高兴呢！""岳父大人前不久来过，或许还好；岳母大人至今未曾见过小外孙，想必欣喜异常。""若是迟了，就住一宿，郎君也一起住下吧！""不可不可，若是俩人都住下，父母必然担心，为夫还是回家为好。"如此谈着议着，孩子哭起，媳妇忙将奶头给他塞进嘴里，一边随着丈夫急急赶路。来到美佐岛地方，突然天色骤变，乌云滚起，转眼间遮蔽了天空（此种情况雪中常见）。丈夫抬头一看天空，不由大惊道："不好，是暴风雪！这如何是好？"两人还在犹豫着不知所措，暴风雪却早已如排空巨浪摔打岩石般刮起，旋风卷起积雪，仿佛要直冲白龙峰顶。方才还阳光明媚、晴朗和暖，转眼间却天怒地狂，寒风刺骨，冻雪打在身上直如万箭穿身一般。丈夫被裹走了蓑衣、斗笠，妻子被刮走了棉帽，刮乱了头发，咄嗟之间，眼、口、领、袖甚至衣服下摆，无处不被灌进了雪粉，冻得两人全身僵硬，呼吸急促，半截身子刹那间已被雪深深埋没。夫妻俩拼了最后一点气力高声哭叫呼救，但此处距离人家既远，路上又无行人来往，真个是叫天天不应，叫地地不灵，两人很快便手脚冰冷，如枯木般被暴风雪吹僵吹硬，并头倒毙在了大雪之中。暴风雪直至当天日暮时分方才停息，次日天晴，邻村有四五人由此经过，偶然听见雪中有婴儿啼哭。当时夫妻俩已被大雪掩埋，地面上只白茫茫一片，不见一物，众人因此大怪，两股战战就要逃命。有一胆大者扒开积雪，首先见到了那媳妇头发。或是昨日的"雪吹倒"（音 fubukitaore，当地人以此称倒毙暴风雪中者）吧，众人于是聚拢来奋力扒开积雪，发现了手拉手死在一处的夫妻俩。婴儿裹在母亲怀中，头上盖着母亲袖子，全身未曾触到雪，因而没有冻死，还在母亲怀中放声啼哭。尸体因埋于雪中，还栩栩仿佛生时。有人认识，知道是某村小两口，见他俩疼爱儿子，以袖护着其头，又相亲相爱，至死不曾分手，年轻人虽是刚勇，却也禁不住潸然泪下。众人将婴儿抱起，包在怀里，又以蓑衣裹着两人尸体抬到了男家。两老人原以为小夫妻俩昨夜宿在娘家，未曾担心，如今见了两人尸体，一言不发便扑了上去，热脸贴着冰脸号啕大哭，见者无不心酸落泪。一男人从怀里抱出婴儿来递给婆婆，婆婆接过，悲喜交加，禁不住两行热泪夺眶而出，滚滚而下。（图 13，见 50、51 页）

暴风雪杀人事大抵如上所述。其与暖地人比作落英而备加赞美之"雪吹",就如弄潮之乐与溺海之苦般,其间之别有如霄壤。暖地人应可怜雪国人生活之艰难。在雪国冬季,天气纵连日晴好,瞬息之间也常变作暴风雪,让人猝不及防。其力能拔树摧屋,为之而苦者不胜枚举。遭遇暴风雪时可于雪中掘洞并藏身其中。如此虽一时为雪所埋,但因雪中略暖,且能呼吸而可不死。行于雪中者须以棉花包裹阴囊,否则阴囊首先受冻,精气尽失,难免一死。遇有冻僵者,以微火温水救助或可活之,但绝不可以猛火热烫。否则虽能救活,春暖必得肿病,虽良医也无能为力。救助冻僵者可先将盐炒热包于布中、置肚脐上温之,继以稻草微火逐渐暖之,如此救活后必不发病(能直接以人体皮肤温之最好)。手脚冻伤者若以热汤猛火浸泡煨烤,则阳气侵入,必肿起有如灼伤,终于腐烂断指(趾),无药可治。此为余亲眼所见,兹记之。人之冻僵或手脚冻伤皆为阴毒阻塞血脉所致,若骤然以汤火之热暖之,则人之精气固能助血化解阴毒于一时,却不能尽除,阴不敌阳,故阳气至则阴毒晕入肉中,致肉腐烂。故此因天冷冒雨或冒雪赶路而冻伤者,不可急切以汤火暖之,须待自己体热渐次恢复暖之,此为长生一秘诀,或当记之。

雪中之火

世称越后有七大奇,其一是蒲原郡妙法寺村一农家炉旁石臼孔中自然出火。此事为世人所奇,争相传说,并有记载散见诸书。据旧时记载,此火始燃于宽文年间,如此则至今已历三百余年[1]而仍然不灭，堪称奇中之奇。但天下之奇，无独有偶，同在越后鱼沼郡也有一处出奇火。天公巧安排，竟与妙法寺村奇火一般无二。彼为人所共知，此却不为人知，因记下以为谈资。

越后鱼沼郡有驿站名五日町，附近西面有一低矮小山，山脚有小溪。天明[2]某年二月，有儿童聚集溪边游戏，玩倦后捡拾树枝烧火取暖。正烤火间，忽见稍远处另有一火熊熊燃起。众童大惧，四下逃散。一童回家后向父亲详细描述了此事，其父有心，随即前往察看怪火如何燃烧，但见尚未消融雪上有一孔，大可容一手伸入，火即燃于孔上方三四寸处。经仔细观察，发现此火正与妙法寺村火相同，便抱来大石压在孔上，熄了火后转回家去，并不对他人说起。待雪化后再去看时，才知那出火处正在小溪岸边。试以火镰点着引火木投入水中，水中顿时火起，熊熊燃烧有如庭院篝火。水上燃火，这较妙法寺村火更奇，驿站中人因此都来观看。后有一善理财者于溪边建了一座浴室，以管道如引水般将地火[3]引至浴桶锅下烧水并照明，又取溪水烧热后让人交钱洗浴。此汤有硫黄味，能治疥癣等病，一时竟大为流行，前来入浴者成群结队，不绝于途。

按地中有水脉与火脉。地为大阴，故水脉九分而火脉仅一分，十分少见。地中火脉凝结处必有气出，肉眼不见，如人之呼吸。火脉之气可以人间日用阳火点着燃烧，生出火焰，此称阴

---

1 "宽文"是日本古代年号，起止于1661—1673年。但本书初版刊于1835年，去宽文年间仅一百余年，不知是否作者笔误。今按原文照译。
2 日本古代年号，起止于1781—1789年。
3 所谓"地火"，即天然气。下同。

火,又称寒火。导引寒火可用竹筒而竹筒不燃,因火脉之气尚未接触阳火,未成火而尚为气。而当受了阳火,便在筒口上方一二寸处成火,以此可知火脉之气已经燃烧。妙法寺村火亦如此。此非余之发现,而乃据古书考证所得。

裂缝山

鱼沼郡清水村后有一山,高一日里多,方圆亦一日里多。山上沟壑纵横,洞窟遍布,因而得名"裂缝山"。山腰老树参天,林木茂密,山腰之上则岩石累累,或如龙腾或如虎啸,千奇百怪,不能尽表。左右山麓各有一溪,会合而成瀑布,其景之美丽壮观,同样无法形容。天旱时若祈雨于此瀑下潭中,必然灵验。据清水村农夫讲,一年四月中旬,雪已化尽,清水村农夫二十余人结伴上此山猎熊。原以为沟壑所成洞窟中必有熊藏身,便照例于洞口将辣椒、烟叶秆与薪柴一起焚烧,却半天不见有熊出来。因想或是洞窟幽深,烟力不足到不了深处,便于次日又砍了许多薪柴来烧。火势熊熊,几乎要将山体烧化,而熊仍不出来,只满山洞窟尽在冒烟,烟雾腾腾有如汹涌云海。众人无不称奇,只好放弃猎熊,无功而返。想来也是,此山山腰之上以岩为骨,少土作肉,地脉岂有不通气于沟壑洞窟者乎?天地造化之奇妙,实不可思议。

雪 崩

积雪由山上崩塌落下俗称"なだれ"（音 nadare，意：雪崩），又称"なで"（音 nade）。按"なだれ"即"撫下る"，意为"抚下"，因是活用词，故将词尾"る"改作"れ"作名词用，也指山崩。书写时借用汉字"雪頽"，"頽"于字典中有"暴风"意，正可以之形容雪崩时一泻而下、不可阻挡之势。雪崩与暴风雪是雪国生活两大灾难。高山积雪较村里深，冻结也较村里甚。越后东南群山即使近村处积雪也至少有一丈四五尺。如此厚的积雪于冬季虽冰冻坚硬有如岩石，但到二月前后阳气由地中蒸出，积雪将化，便因地气与天气缘故发出巨响爆裂。一片裂则片片裂，其声如大树摧折。此即雪崩将发生之兆。各处因山势与日照不同，或发生或不发生雪崩，但若发生则必在二月。本地人了解雪崩其时、其地、其征兆，以故少有因此丧命者。但气候变化反复无常，有时也有遭雪崩而粉身碎骨者。至于崩下雪块之大小，则大者十间[1]，小者也近一丈，大小虽成百上千，并不相等，却无一不为方形，仿佛人工切割而成般齐整（必为方形原因容后详述）。如此众多而巨大的雪块，从数丈高山上一瞬之间崩塌滚下，其声如万千雷鸣，所到之处大树摧折，巨石横飞。又兼必有暴风助虐，卷起碎成沙砾般雪块漫天飞舞，遮天蔽日，顷刻之间便能将

---

1 "间"为日本长度单位，一间约为一点八米。

白昼变作了黑夜。其情其景之可怖，绝非言语所能描述。雪崩中有人命丧黄泉，有人九死一生，有关见闻将于下卷详述，以供暖地人充作谈资。（图14，见52、53页）

或问：如前所述，雪为六出之形，雪崩既是雪块崩塌，缘何却失雪之六出本形而呈方形？答曰：地气升天而成雪，因此雪合天之圆与地之方而呈六出之形。六出与圆互为正反。雪离天之阳而降下归地，因隐天阳之圆形状而现地阴之方本形，故而崩落雪块虽有万千，却都有棱有角。雪块始融则棱角变圆，因其受日之阳火照射，故取天阳之圆。阴中包阳，阳中抱阴，此是天地定理之定格。《老子》第四十二章说"万物负阴而抱阳，冲气以为和"。以此推之，为人妻者若永远只是人妻，则为阴中不抱阳，不合天理；不时而代夫议论决断，则家中平治；但若超过限度，牝鸡司晨，则又将致家中阴阳颠倒，有违天理，仍将亡家。万物不背天理事，如此是也。问者闻言，唯唯而去。当然，崩落之雪也非俱方，但十之七八不失方形，故作此说。雪崩图多从方形，亦因只绘此十之七八缘故。

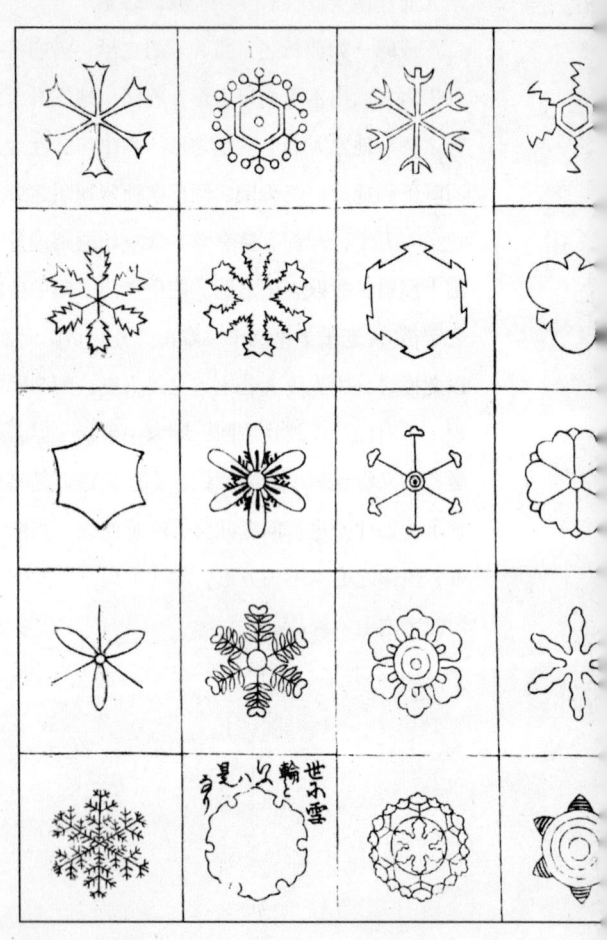

图 1

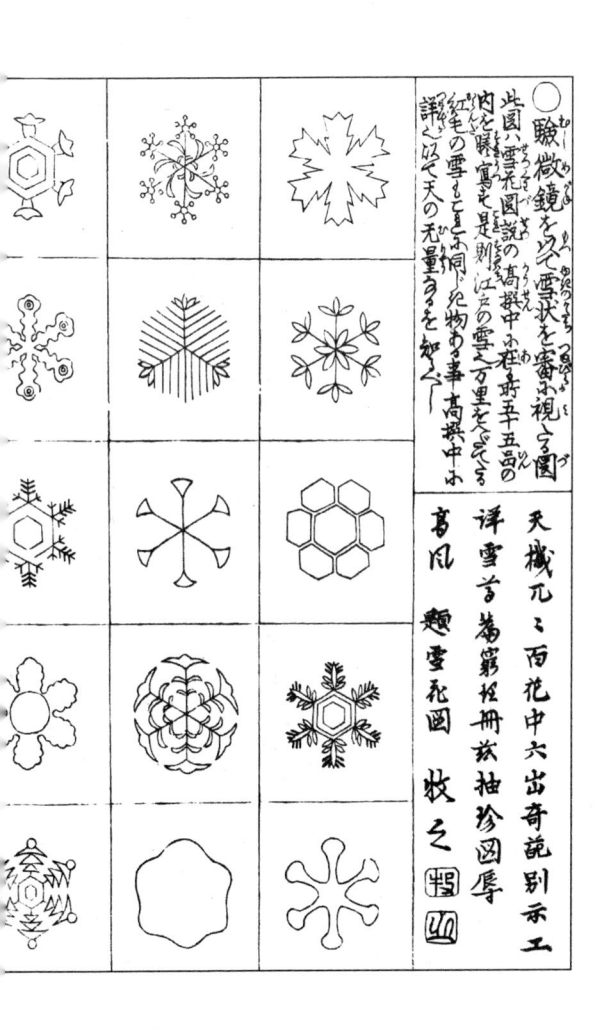

○驗微鏡を以て雪状を審かに視るの圖

此圖ハ雪花圖説の高撰中ニ在る五十五品の内を撰ひ是則江戸の雪之万里を經て來る紅毛の雪もことより同く名物も非す高撰中ニ譯さゞや天の无量するを知るべし

天機元々百花中六出奇説別示工
詳雪考為窮狂冊兹抽珍圖厚

高風
題雪花圖 牧之

图 2

图 3

图 4

驛中積雪之圖

图 5

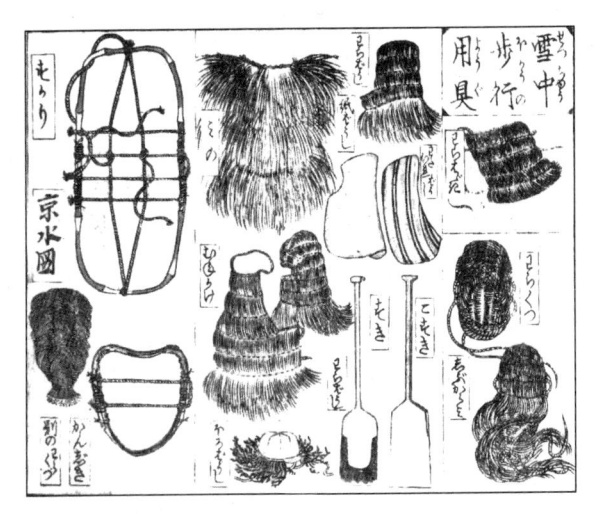

图 6

图 7

图 8

雪中洪水之圖

图 9

雲中捕熊圖

图 10

老農の語と維新の事を引く圖

京水筆

图 11

図 12

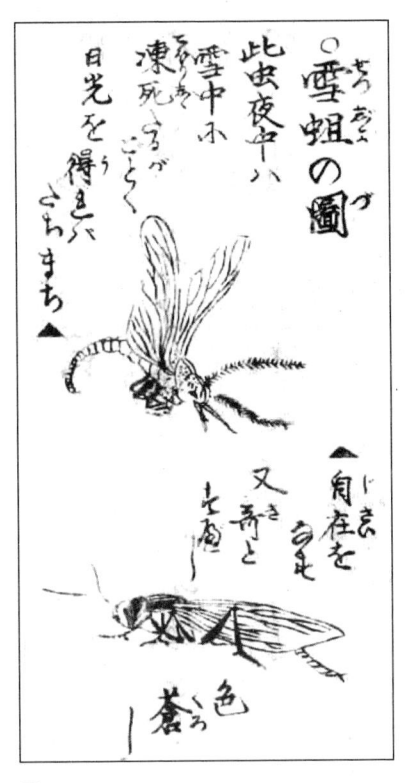

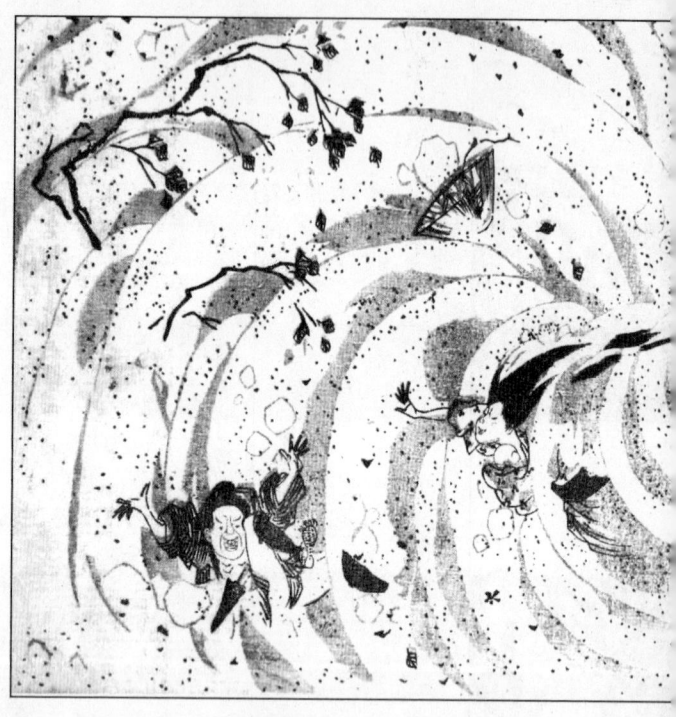

图 13

農人夫婦逢雲吹圖

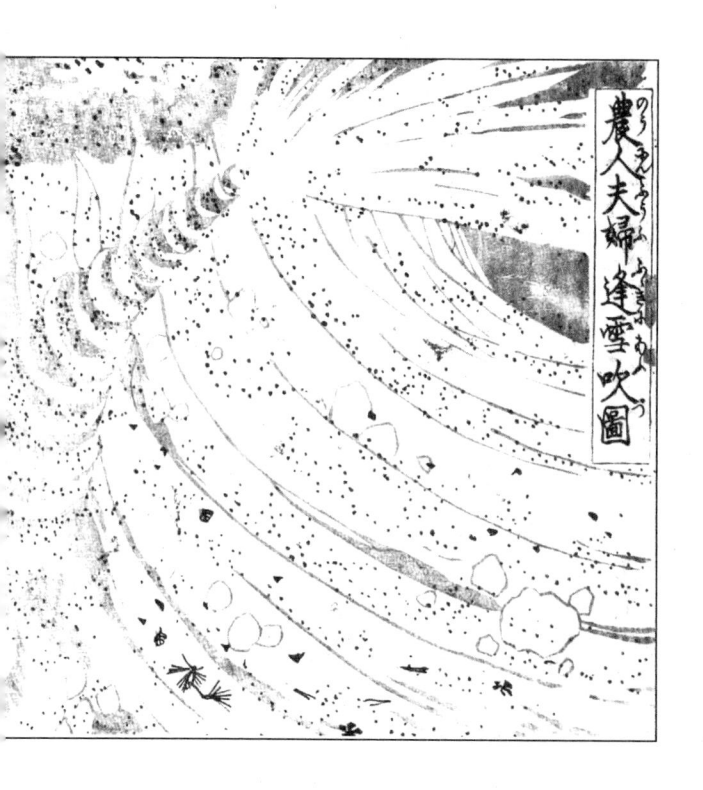

玉屑團成三國峯
寒光遙遞骨難移節
何人寵雪双花月
棧径凌雲踏白龍

京山人題

图 14

三國嶺雲顏の上往來の圖

《北越雪谱》初编·卷中

雪崩伤人

我居地鱼沼郡内有人因雪崩而死于非命,兹录其同村人叙述如下。因事出不祥,隐其名不记。

某村一农户家有主仆十余人:主人五十开外,主母年近四十,儿子二十出头,女儿两个:长者十八,幼者十五,儿女都素有孝顺之闻。一年二月初某日,主人早起外出办事,申时(下午四时)不归。当日要办之事并不特别麻烦,缘何竟迟迟不归?家主母心中疑惑,因遣儿子领着家人前去探问,却原来其父这日根本未到此家。如此父亲会去往何处?儿子与家人商量着四处寻找,却只如大海捞针般一无所获。看看天色将暮,只好无功而返,将详情禀过了母亲。母亲怪异,急派人四出寻找,能想到之处全找遍了,仍只是不见踪影。如此乱哄哄地闹到当夜四更时分,主人仍未归来。左邻右舍闻说,纷纷前来看顾。正当众人聚在一处七嘴八舌,议论纷纷时,一老汉前来告曰:"听说你家主人失踪,令某想起一事,因特来告知。"听说有了消息,家主母大喜,众儿女也齐声道过谢,再询详情。老汉于是开口道:"某今早返家,将至半山腰时曾遇见你家主人,问他去往何方,答称稻仓村,说完相互别去。走出颇远一段路时,忽闻身后传来雪崩轰响。心想必是西山雪崩,暗自庆幸早一步平安过了西山,但不知你家主人是否也已平安通过。万一遇上雪崩,只怕性命不保。如此既庆幸又担心地回到了家中,却闻你家主人至今不归,不知会否遇上了雪崩?"听老汉紧锁双眉说完情况,母子原以为有了下落,如今却益发担起心来,泪眼汪汪,相对无语。老汉见状,不知如何是好,慌忙起身辞去。在场年轻人听了,就要准备火把前往雪崩处寻找。正吵吵嚷嚷地就要动身时,一老人开口劝道:"不可不可!各位请再稍候。去远处寻找者尚未归来,或许主人很快就要与那人一样平安归来。咱家主人绝非冒失鬼,不会到雪崩处自找死去,倒或是那老家伙无中生有,编出话来折磨咱主人母子。"母子听了这话也觉有理,心下宽了不少,见夜已深,便摆上酒菜来慰劳众人。众人见了也都放下心来,围坐炉边推杯换盏,等候主人归来。不久,去远处寻找者也陆续归来,而主人仍音讯杳然。

如此到了天明,村里人自不必说,辗转闻说了此事者也都纷纷赶来,齐集这家。事既至此,众人绝望,只好扛上木锄出发,家人也随后跟着,来到那老汉所说的雪崩地方。放眼打量四周,见那雪崩规模并不太大,只堆起了一小段雪堤,阻断道路二十余间。但话虽如此,要确定尸体所在却也不易,大家正束手无策时,又是那老人站出来道:"老夫有办法。"说着,带上年轻人到附近村里借来许多鸡散放到崩下的雪堆上,喂以饲料,让其自由走动。一会儿,一只公鸡拍打翅膀,不合时宜地啼起了鸣,其他鸡于是也都聚拢来齐声啼叫。(图15,见94、95页)"这原是寻找水中尸骸之法,能将之用于冰上,真是机敏灵活,善于应变。"事后许久,众人都还如此交口称赞那老人。当时只见那老人对众人道:"主人必在此处冰下,动手挖吧!"众人于是一拥而上,或敲碎雪块,或挖开积雪,很快便挖出了深达六七尺的大坑一个,却除了雪外还只是雪。奋力再往下挖,不久于白雪中发现了鲜红血迹。再挖,终于挖出了一具无头尸体,且断了一手。不一会儿断手找到,而首级仍然不见。"这是为何?"众人疑惑,又从坑里往外四面挖去,终于找到了头颅,因是埋在雪中,脸上表情还栩栩如生。自始至终守在坑边的母子数人一见,妻子抱住丈夫头颅,儿女扑倒在父亲尸体上,一家大小齐声大哭。众人见状,无不泪下。但哭声既唤不回远去的灵魂,妻子也只好脱下短外褂包起丈夫头颅抱在胸前,儿子脱下棉衣包起父亲尸体与断手,含泪就要背上身去,却见有人迎面跑来,扛来了门板与草席等。众人于是将家主母抱着的头颅与尸骸一起放到门板上抬起,前后簇拥着往回走,母子数人也随后一路哭回。此事为牧之年轻时所录亲历者叙述,丝毫未加虚饰。丧命雪崩者绝不仅此,此外还有许多,更有因雪崩而毁了家园的。雪崩之可怕非言语所能形容,家主人的头颅与一只手,是被崩塌下的雪块撞击,生生撕断的。

寺庙雪崩

雪崩不限于山上，凡状如山峰处都时会发生。文化[1]年初，思川村天昌寺住持执中和尚为牧之伯父。一年仲冬之末，和尚于寺院二楼伏案写经。窗前有一冰柱从檐上垂下，长约五六尺，遮挡了光线，使桌旁幽暗不好书写。和尚于是走出到房檐下，取过家仆为挖雪备下的木锄，想敲断冰柱（冰柱俗称"金冰"，"垂冰"为古时说法）。不料用力过大，震动了正殿屋顶，其上半边积雪顷刻间如地动山摇般崩塌而下。楼下仓库旁有储清水大池一口，和尚本该被崩下雪块撞入池中，但那雪崩来势太猛，竟将他整个人如皮球般撞过池去，半个身子埋入了池对岸的雪堆中。听到叫喊声，正在厨房清除积雪的众仆人匆匆赶来，挥动木锄将他挖出。和尚从雪中出来，放声大笑，看看浑身上下，竟无一伤处，连鼻梁上眼镜也完好无损，真是不可思议。和尚当时已七十多岁高龄，与前述某村人之不幸相较，实可谓九死一生，天与大幸。和尚后来无病无痛，活到八十余岁，于文政[2]末年迁化。平日里常谓余曰："老身被崩下雪块撞击时正握笔在抄写经文，因经文尊贵，不敢怠慢，每抄一字必诵佛号一遍，为此本该死于雪崩却大难不死，安然无恙，此岂非每字诵佛一遍之功德乎！人须

---

1 日本古代年号，起止于1804—1818年。
2 日本古代年号，起止于1818—1830年。

常存相信神佛之心，才能免遭恶事灾难之苦，相信神佛即能驱除恶心，而不存恶心乃免遭灾难之第一条件。"此一教诲至今仍时时回响于耳畔。人尽其智而仍遭不测大难，此是因果使然，非人所能预料。住家雪崩也能摧毁家园，夺去人命，此等事余多有见闻，但于此不想多记。

玉山翁雪图

数年前玉山翁有战争小说画本付梓问世，其中有越后雪中作战图。据文字说明是深雪，时间为十二月，然由画面上军兵动作看，积雪却甚浅（马于越后雪中难行，故此连农人也不在雪中使用牛马，更何况战马，而且还是骑马交战。此必作文者讹写，绘图者讹传，雪浅地方人不知雪国实情，因有此误，却也难怪），与越后雪中真实情况大相径庭。但所绘不属虚构，略有不当也可原谅，惟与事实出入过大，不能不叹为"玉山"白玉之瑕疵。为此余曾斗胆致函玉山翁，以牧之拙笔描绘种种真实雪景奉上。此外，为描绘平时难得一见雪景，余又尝于仲春时节特意前往临近三国岭之法师岭下温泉旅宿，目睹了积雪由高山崩塌落下，约五至七间大之四方或三角雪块堆满谷底，绵延长达二三十间，其上又有大大小小许多雪块重叠堆积等种种奇观。余身为雪国之人，生于兹长于兹，对之也只能叹为观止而不能言表。此等真实雪景余也曾绘了寄给玉山翁，并得赐复曰："尊函令余大开眼界，仿佛北越之雪也落满了寒舍书桌。若能更多收集此类图画，添上文字说明，由余绘图编辑，刊行于世，则必如霏霏大雪，飘遍诸国[1]。"此函至今仍珍藏于牧之书笈，而玉山翁却未及编成此书便早早辞世，实可惜可叹。

越后绉布

（绉布随俗写作"缩"。原训读"しじみ"——sizimi，于此也随俗读作"ちぢみ"——tidimi）

绉布为越后名产，举世闻名。他国（诸侯国）人常以为越后各地都产绉布，其实不然，有产者唯我鱼沼一郡。他郡或也有产，但量极少，且品质与鱼沼所产不能相比。越后产绉历史虽久，以"缩"名之却是近来事，古时纵于越后也只称"布"。但"布"应是苎麻织品总称。称绉布为"布"习惯至今犹存，余亦常听老年妇女说"今日赴市场卖布（绉布）"等。查《东鉴》[2]可见有记载称建久[3]三年敕史返京时，镰仓幕府将军为之饯行，曾赠"越布千端"[4]。此前典籍虽也有记载，但于此不想细考。其后于记录室町幕府将军府事之伊势族人所著书中也可见有多处提及"越后布"者，由此可见绉布自古为越后名产。愚以为古时越

---

1 指当时日本国内各诸侯国。
2 也作《吾妻镜》，镰仓时代史书。共五十二卷，记载了由治承四年（1180）源赖政举兵至文永三年（1266）惟康亲王就任幕府将军为止的八十七年镰仓幕府历史，是日本最早的武士历史记载。
3 日本古代年号，起止于1190—1199年，建久三年为1192年。
4 "端"也写作"段"或"反"，日本布匹单位，长宽依时代不同而有不同，今天一般以长二十七尺、宽九寸为一端。

后布已为布中上品，后又经不断改良，线捻得更紧，又为更加耐汗而将之绉缩织成绉布，以故原名"绉布"，后略去"布"，只说"ちぢみ（缩）"。如此经长年不断改良，精益求精，此布今已非仅绉缩。与我幼时所见相较，今更添织了种种花纹，工艺已与织锦不相上下，再复杂花纹也都能织出。所织条纹、格纹、碎白点花纹等都甚精美，种种工艺也巧夺天工，足见织绉女之机巧伶俐。

绉布种类

鱼沼郡内各地所产绉布并不一样，各有特点。所以如此，是因各地从来都只生产某一品种而不试产其他品种。各村所产不同品种如下：

白绉布：堀之内町内各村（称堀之内组）及浦佐组、小出岛组各村。有花纹类绉布或碎白点花纹亦即所谓蓝锖绉布：盐泽组各村。蓝条纹绉布：六日町组各村。红桔梗条纹绉布：小千谷组各村。浅黄条纹绉布：十日町组各村。

又，藏青弁庆条纹绉布惟高柳乡有产。以上各村都在鱼沼郡内。此外，产绉村庄还有二三处，但俱非专业生产，兹略去不记。绉布为以上各村妇女困于大雪、无法外出期间于家中手工所产。大抵是来年上市绉布由今年十月开始绩苎纺线，明年二月中旬晒好出品。白绉看似易织，一般人以为不如有花纹者，其实最能表现织工技艺之精湛。各村女子为织绉而呕心沥血事绝非本小册子所能尽述，故此只记其大概如下。

绉 苎

织绉所用苎皆为奥州、会津、出羽所产之最上者，白绉则只用会津所产。各地所产苎以影苎为极品，米泽撰苎也堪称上品。越后苎商到各地贩回苎麻出售给越后织工。越后也称苎为"そ"（音 so），是古时叫法。古语中麻称"そ"，属综麻[1]类。"麻"与"苎"字义相同，皆织布用纤维。据查字典，苎为"紵"俗字。

绩 苎

一年余旅居江户，有人问曰："据闻绩绉苎时本地妇人常同聚一家，绩出这家所需苎纱后再同往另一家绩苎，不知果真如是否？"余不知何人竟敢如此妄言。不过鱼沼虽为一郡，地域也颇广大，或者竟有如此做法处也未可知。但即使有，所绩苎纱也只能用以纺织下等绉布。下等绉苎究竟如何绩成姑且不论，但凡中等以上绉苎，绩时都有固定场所，且须正襟端坐，手随呼吸起伏均匀动作。若无固定场所，随处析而接之，则心难静，心不静则所绩苎纱必粗细不均，不堪入用。通常绩苎多用唾液，惟绩绉苎

---

1 以人工捻成，可供纺织的麻质纱线。

必以茶杯等盛水置于一旁备用。每有事暂离，必盥洗净座后方可继续绩苎。

捻　线

捻线也须定点静心，与绩苎同。捻线所用工具、技巧以及工序先后等讲究颇多，若不分巨细一一详述，文章难免冗长，故兹从略。大抵由开始绩苎到织出绉布，所有手工作业都须在积雪期间进行。若无积雪期间之天然湿气，则难以或缓或疾、时紧时松地捻出较上等织物所用毛线更细之线。无湿气则线脆易折，线折则连接不力易断，故此捻搓上等线时附近不得有旺火。若纺织来不及，到二月中旬仍不能完工，而此时地气回暖，积雪虽未融化，湿气却已减弱，则须以大钵等盛雪置于织机前，借其散出湿气继续纺织。仔细想来，织丝绸用蚕丝，故好阳热；织麻布用麻线，故喜阴冷。丝绸用于寒冬可保温，麻布用于暑夏可凉爽，皆因其原本各具阴阳气运所致。如此于雪中捻线，雪中织布，以雪水漂洗，于雪上晾晒，有雪才有绉布。以故越后绉布乃雪与人之结晶，鱼沼郡雪可谓绉布之父。据此还可推知，少雪处之有名布，当与其绩纱捻线之法有关。

织 娘

凡专业从事纺织生产者，都以长期雇用织工生产为有利。但绉布虽为他国所无、越后独有的地方特产，却无一户人家雇用织娘专业纺织。究其原因，皆因费工太甚，织成一端绉布所费人工难以尽数，无法雇人来做，故而只能作为积雪期间赋闲家中女子之消闲副业。织绉之线四十根为一升，上上等绉布用经线二十至二十三升。因每个机杼要穿线二根，故一升线为八十根。而要织出一方绉布，还须有相应纬线（所需纬线或较经线更多，具体不详），故此相交织成长约尺许的一方绉布即须手织九百二十下。以此推算，纵一端绉布仅长二丈七尺，也须手织两万四千四百八十四下。此虽大约估算（绉布以大尺[1]三丈为一端），但据此已可知一端绉布由开始绩苎到织出晒成，其间所费劳动真无法估量。绉布如此，所有织物也都如此，但绉布生产为余亲眼所见，故此只说绉布。如此辛苦，织出绉布于市上却只能换得区区几文钱，可谓便宜至极。产绉地方人娶媳都以织绉技术为第一条件，而以容貌为其次。为此父母俱极重视自幼培养女儿学习织绉。女子一般于十二三岁学织粗布，十五六岁至二十四五岁时精力最旺，最宜织上等绉布。年老珠黄后皮肤失去光泽，所织绉布品质也随之下降。尊者用贵重绉布自不必说，订织的极品绉布也

---

[1] 大尺一尺为十四点九一英寸。

都选善织此一品种绨布之能工巧手,直接指定由某地某人织造。为此织娘都对绨布纺织精益求精,惟恐不能被选中。但如此辛苦却只为了他人,自己所得微乎其微,恰如唐国秦韬玉《贫女》诗所咏:苦恨年年压金线,为他人作嫁衣裳。

织娘发疯

一年,某村一织娘首次受托纺织上上品绨布,欣喜异常。为借此机会一显身手,扬名于世,她不惜工本,由绩苎开始即一点不假手他人,全由自己殚精竭虑,日夜辛劳,终于织出了一端漂亮绨布。送去洗晒后,闻说母亲已从漂洗店取回,扔下手头活计便奔了过来,迫不及待地展开绨布想看结果,却见布上不知何时染了一小块铜钱般大小的煤烟色斑点。"母亲啊,这是为何呀?太让人伤心了!"她叫着喊着,抓起绨布捂住脸,痛哭倒地,从此成了疯子。看着每天只在家中狂奔乱跑、胡言乱骂的女儿,想着她为此布而废寝忘食的日日夜夜,父母心痛不已,哭得死去活来,见者也无不哀怜,泪湿衣袖。此事由友人某叙述。(图16,见96、97页)

御机屋

纺织尊者用贵重绉布，须用心铲尽房屋四周积雪，扫净一明亮而无烟尘房间，铺上新席，围上蒿索[1]，中央摆上织机供织娘纺织，此称"御机屋"。处身屋内须如有神在一般虔心敬畏，除织娘外他人不得入内，织娘饭食须另锅专门烧煮，每日上机前都须整衣驱邪，洗漱洁身，自然更须避月经来潮。进御机屋织绉布，称"今日参拜某大人御机屋"。御机屋非人人可有，惟最优秀织娘才能拥有，以故其他女子无不羡慕，一如殿下人羡慕殿上人[2]般。

御机屋神威

常言道"神因人敬而增其威"，确实如此。纵为微贱之物，只须被人奉作守护神敬而信之，其有灵事便也不虚，所谓"信则灵"是也。譬如《五杂组》中即有弃草鞋因得众人信仰而被奉为

---

1 日文称"注连绳"（音 simenawa），以稻草编成，圈起表示神在其中，凡人禁止入内。今简化为挂在门上的一小段。
2 平安时代制度，获准可进皇宫内清凉殿殿上厅者称殿上人，是贵族中之贵族。

草鞋大王，广受祭祀记载[1]。更何况所敬者若为神灵，则冥冥天道非人智所能洞察，其神威自然更有过之而无不及。譬如余曾闻某村有一女子，一日正在御机屋专心织绹，忽闻旁边窗上传来"哒哒哒"的敲击声。心想定是心上人，起身过去推窗一看，果然是与自己两心相通的情郎。恰此时四周无人，那女子便满心欢喜跑出御机屋，到屋后窗下领心上人进了小棚屋。不久母亲回来，御机屋内不见了女儿，心中怪异，因再三呼唤，前后寻找。当时两人正在小棚屋内卿卿我我，听见叫唤着了慌，男的仓皇逃去，女的慌慌张张，竟也忘了身子已污秽，溜进御机屋便坐上织机要纺织。不料刚一动手便向后一仰，面朝天跌倒在地，口吐鲜血，昏迷不省人事。母亲见状大惊，冲进屋来扶起女儿，抱出御机屋外又是抚胸又是呼叫，女儿却一点反应没有，若非游丝般一气尚存，则完全如死人一般。父亲当时正在同村某家，闻讯急匆匆赶回家来延医看视，喂给汤药，仍丝毫没有效果。父母自不待言，闻讯赶来的左邻右舍也都守在姑娘身边，面面相觑，一筹莫展，泪眼汪汪地惟束手待毙而已。此时来了一男子，形容羞涩地坐到众人身后，欲言又止，低垂了头泪流不止。众人怪异，注意一看才知是同村某家次子。一会儿，男子膝行来到姑娘母亲面前，低低开口说道："事到如今，不能再瞒。小的已与府上姑娘私订了终身。方才见府上没人，叫出姑娘来正在说话，忽闻大人回来着

---

[1] 原载《五杂组》卷十五"事"部：刘昌诗《芦浦笔记》记载草鞋大王事，甚可笑。初因一人挂草履于树枝，后来者效之，累累千百。好事者戏题曰：草鞋大王，以后遂为立祠，大著灵异。其人复过，怪而叩之，则老铺兵死而为鬼凭。

了慌,不由得害怕逃走。后来听说府上姑娘遭了大难,细想必是她忘了自己身子已不洁,玷污了神圣织机,这才受了惩罚。这祸原是小的闯下,尽管他人不知,但若视之如他人事,则不仅自己害怕,又有违小的与姑娘之山盟海誓,为此小的愿替姑娘去求神灵宽恕。若如此仍救不得姑娘,小的愿为姑娘去死。请在座各位为小的作个证明。"说完他脱光衣服,散开头发,跑到井旁汲水浇身,而后跪在雪上念念有词,虔心诚意地祈祷不已。时值数九严冬,寒气刺骨,青年眼看就要冻僵而死。两家父母及在场众人听了青年自述,这才明了事情真相,纷纷从之汲水浇身,一起祈祷。或是神明可怜那青年一片赤诚,接受了众人祈求,不一会儿姑娘即如睡醒一般坐起,开口叫唤母亲。众人无不称奇,齐集姑娘身边问她感觉如何。姑娘见了这情景反觉奇怪,问大家为何如此。母亲高兴地对她详细讲述了事情始末,但姑娘说自己只记得坐上织机要织布,而后便失去知觉,毫不知晓。母亲一时高兴,想让女儿与青年相见,却不知何时那青年早已离去。此后姑娘病了四五天,不久痊愈。因已年届十七,到了婚嫁年龄,本也早想为她寻个好夫婿,又见那青年确实真心爱着女儿,父母便托人前去说媒。男家同意,很快举行了隆重婚礼,两人喜结良缘,不久又喜得贵子,家道至今长盛不衰。神灵惩罚竟成就了一对夫妻的美好姻缘,说来可谓是古今一奇。此事发生在余年幼时,今随笔记下,以使年轻人知道御机屋之神威。诚惶诚恐,畏之慎之。

绉布漂晒

绉布由各家自行纺织，惟漂晒一道工序由专人完成，虽也有自己在家漂晒的，但极少见。漂晒店多在自家附近或合适地方临时搭个小屋放置用具与休息。漂晒工人与织娘一样，无论男女都须驱邪洁身。一年之中，绉布只在正月至二月间漂晒，而此时水田旱地都还积着厚雪，故此也有在田地上晾晒的。但晒场白天总有工人等行走踩踏，凹凸不平，须用适当大小的有柄木板将踩过雪地抹平，否则到了夜间积雪冻硬有如岩石，凹凸不平不好晾晒。绉布晒场上滴尘不染，洁白、平坦有如盐滩。绉布中，惟白绉于织好后漂晒，其余皆在纺成线后搭于"拐"上晾晒。所谓"拐"，是以三四尺长细圆竹弯成的弓状架子。晒时只须将线搭于"拐"弦上，再将"拐"穿于竹竿上即可。白绉布有直接摊于平整雪地上晾晒的，也有先用雪筑成高三尺许、宽适当、长同绉布之雪堤，而后将绉布平摊堤上晾晒的。如此可防白绉布被狗等践踏，弄脏抓破。也可将之搭于并排数个"拐"上晾晒。总之各随地形之便，并不一定。至于漂晒方法，则无论是布是线，都须先以灰水浸泡一夜，次日早起以清水漂洗数遍后绞干，再如上所述晾晒。尊者用贵重绉布的漂洗方法不同于此，须有专用晾晒场，凡事都得格外用心，一如纺织时。越后地方或因多雪之故，地中水气不动，积雪期间少雨，春天尤少，故此连日晴朗，利于晾晒。如此夜以灰水浸泡，昼以阳光晾晒，反复数日，直至其色白如雪时，晾晒方告功成。晾晒将成的数日清晨，雪地上玉屑平铺般晾晒着一幅幅水晶般白色绉布，布上映着冉冉升起的彤红旭日，红白相衬，艳美绝伦，实非人类语言可以形容。此种光景，真愿少雪暖国的风雅之士也能亲眼目睹。绉布之漂晒此外还有许多规矩、方法，于此惟记其大概而已。（图17，见98、99页）

绉　市

集市而有绉市者，惟前述堀之内、十日町、小千谷及盐泽四地。绉布初市俗称"开帘"，意为"雪恋之帘初开"，通常于四月初举行。先在堀之内，继而依次间隔三日于小千谷、十日町与盐泽举行（每年或有不同）。此外各地均无绉市。十日町有三都[1]布匹批发商的常驻店号，三都布商都云集于此采购绉布。到集市这日，远近各村男女即为绉布贴上纸签，写上姓名、地址后带往市场展示。遇上有意者即议定价格，一手交货一手交布券，待当天集市散时凭券换钱。半年多的辛苦劳作就为了这日初市，故此售绉者自不待言，其他人等也都会聚前来，集市上人潮如涌，摩肩接踵，热闹非常。各类货物也都于此设店出售。远道而来者或要住宿，当地住户因此家家人满；路旁又有走江湖者表演杂耍，口若悬河地向人兜售膏药，常令过往者不由不驻足围观，街道因而

---

1 指江户（即今东京）、京都与大阪。当时江户为政治之都、京都为古代皇都、大阪为经济之都，故有此说。

拥挤不堪，几无插锥之地，其非常之热闹丝毫不逊于繁华地方。（四地绉市结束后，各乡各村仍每日有人来批发店出售绉布，而绉布掮客也有前往各村采买者。由此至六月十五日称夏绉，而由六月十七日至翌年初市称冬绉。）绉布之优劣等级称"一番""二番"，价格大致稳定，每年只或多或少有些波动。绉市行情依当年年景而定，有时三等绉布可卖二等价、二等绉布可卖一等价。如前所述，织绉者多不计报酬，而以所织绉布于初市畅销、质量上乘受人夸奖为荣耀，或希望以出众技艺为自己寻得好婆家，故此都只争名而不重利，带绉布上集市有如士兵上战场般。绉布行情之涨落，多与稻谷行情正相反：年成凶则谷价涨而绉价跌，年成丰则绉价涨而谷价落。由此一事也可知年成如何牵系万物，万民因此无不祈盼年年丰收。

雪啸

我盐泽方言所谓"ほふら"（音 hofura，意：雪啸）类似雪崩而非雪崩，多发生于十二月前后。此时高山积雪已深，冻结后再降大雪则又积厚厚一层。或天气稍暖，面上积雪未能冻结，还较松软。此时若山顶大树上积雪有一团因风吹人动等原因由树枝落下，则将顺着山坡滚下，越滚越大，转眼间即可团成数万斤之大雪球。如此巨大雪球如数丈巨石般翻滚而下，山坡上未及冻结的松软积雪被挤压激起，便形成如海啸般巨大雪浪扑向下方。所到之处大树被连根拔起，巨石被撞飞有如皮球，房屋因此常被摧毁。与雪崩同，此时也必有暴风助虐，刮起满山积雪上下翻飞，又兼空中冻云密布，白昼立时成了黑夜。但如前所述，雪崩发生前多少有些征兆，可以及时躲避；而雪啸却是突然从山而降，毫无预兆，让人猝不及躲，想跑则积雪深而松软，迈步不得，十人中能有一人逃得性命已属万幸。飞泻而下的数十丈积雪非人力可以挖走，为此常要候至三四月积雪融化后才能见到尸体。雪啸于其他地方也说，ohote、waya、awa 或 hahatari 等。山民为避其祸，都选择不发生雪崩、雪啸处盖房居住。雪啸摧毁村庄之奇谈历年虽多有所闻，但多离奇怪诞，于兹不记。

雪中花水祭

位于鱼沼郡宇贺地乡堀之内町的宇贺地镇守神社是八幡宫本社，传说建于上古时代。有关缘起传说太多，于兹从略；有求必应之种种灵验已广为人知，兹亦不记。但说神官宫氏为当地一大世家，世袭神职，号称"币下"，家中至今存有贞和、文明[1]年间记载。现任神官好文雅，能吟咏，雅号正树，与余以趣味相投而交厚。其管区内居民于寨内无论娶媳或招婿，都须以神敕名义赐水新郎，此称花水祭，于每年正月十五日举行。行祭这日，神使

---

1 "贞和""文明"俱日本古代年号，分别起止于 1345—1350 年与 1469—1487 年。

须遍访每一户新婚之家,故此新婚者多时,祭事常由朝至夕持续终日。据友人嘿斋翁(寨内人,名宫治兵卫)介绍,《日本书纪》[1]中有橘花飘入淡路宫瑞井的吉祥记载,花水祭即因滥觞于此而得名。为新郎施神水为该神社神业,但行花水祭前须于新婚之家中选出神使。神使须是有地农户中的世家出身,且不能正在服丧,家中不能有寡妇、病人,亲戚中不能有不祥者。如此由合家平安者中选出候选人后,于祭日前一日早上由神官斋戒沐浴,换上祭服来到神社,将候选人名字写在纸上做成阄,以抓阄形式由神之意志来最终决定神使人选。被选中者须斋戒沐浴后方可出任神使,此称"大夫"(嘿斋翁曰:即净行神人,"大夫"是俗称)。到正月十五这日,神使由神社出发。头前开路者依次为两个衣箱、道具(神道法器)、折伞、长柄大伞、弓两张与长柄大刀,神使头戴武士礼帽、身着武士礼服走在中间,其后是持刀者、持长柄伞者、两个撑伞者、提草履者与殿后扛长枪者(仪仗用品平时收藏于神库中),以及众多跟随仪仗队后、全身穿麻的氏族神社管区内居民。要让如此浩浩荡荡的神使队伍顺利抵达新婚之家,事先少不得要修整雪中道路,或于如山路般崎岖不平处挖雪修出台阶,或于较宽阔处堆雪筑起临时看台,以为观赏之便。这一切都须耗费大量人力,而此时于新婚之家更是忙煞,里里外外早已打扫干净,并已隔出一间作为当日祭礼正殿,撒盐驱邪后铺上彩席,上座铺着毛毯,旁边按武士家规矩摆着刀架,届时此即神使座位。隔壁房里摆着亲朋好友所赠贺礼,贺礼形形色色,各

---

[1] 日本第一部编年史书。编成于720年,共三十卷。

不相同，一些蓬莱山盆景上还粘着贺歌等。大门上垂着帷幕，一角适当掀起，摆着脱鞋台权充进门阶。一切布置停当，一家人即穿戴整齐，恭候神使光临。一俟闻报神使到，父母健在之家便父母儿子全身着麻迎出大门。为神使提草履侍从先跑上前来，叉腿而立，高声唱道："正一位三社宫使者到！"主人见神使到，忙翻身拜倒，见过礼后引到正殿就座，仪仗队则于屋外分列两旁。主人先向神使敬烟献茶，奉上肴馔，举杯敬酒。敬毕，传杯与女婿，三人共宴，但彼此献酬只限七次，每献必唱短谣曲以示祝贺。宴毕，神使离去。他处若有新婚之家，神使则又去祝贺，一切仪式如前。这神使是神的使者，代表神来布告子民曰神将赐新郎以花水。（神使返回神社前会拐到里正家辞别，而里正则在家中备下酒肴答谢神使。）候神使回到神社，舞蹈队便随即出发。领头华盖矛尖上系着织锦礼绳，边上吊着铃铛等各种小巧饰品，顶上装饰着谏鼓。举华盖者两人，皆以紫色绉绸包脸，以相同红绶带等斜披肩上。据嘿斋翁云，所有祭礼用巨大伞状物，古时都读"羽葆盖"（音 uhokai），意为"绸伞，遮盖神舆凤辇之黄罗伞"。此外还有其他说法多种，为避冗长略去不记。紧随华盖之后者戴着面具扮作少女，肩扛一帚，上挑一纸，纸上绘有女阴。其后一人也戴着面具，扮作猿四彦神[1]。他头戴麻制帽状物，肩扛一杵，杵之一端通红，是为男根。接着是法服鲜丽、鼓吹螺号的山中苦行僧。僧人之后是儿童警卫，紧随其后是大人警卫，儿童衣着各

---

[1] 日本神话中神。据传于天孙降临日本时曾为之引路，后镇守伊势国五十铃川边，身高鼻大，长相可怕。

异，五光十色，大人则一色麻衣麻裤，手持棍棒，以防不测。最后是大群舞者，全都身着华丽浴衣（虽是正月，但因人多觉热，故着浴衣），腰系彩色细带，成群结队，载歌载舞而行，此俗称"ごうりんしょう"（音 gourinsyou），汉字或可写作"降临象"。据嘿斋翁猜测，此是再现皇孙由天上降临日向高千穗峰¹时情景。还有其他说法，兹从略。且说新郎一方为在自家门前迎接舞队，早已铺上新席数张，备好新桶两只，桶里装满水，桶边席上放一捆以新绳绑起的松枝与海带，一旁摆着酒壶酒盅。将为新郎施水者两人，称"水取"；另有副手两人，称"副取"，各高卷袖口，威风凛凛地叉手候在一旁。新郎也身着浴衣，腰系细带，恭敬等候舞队到来。不久舞队来到新郎家，随即排开队伍，绕席边跳边唱"可喜可贺的年轻小松树呀，枝繁叶又茂。""来呀！来把大喜之水浇到背上，浇到我夫君的背上去呀！"如此这般，再三反复，舞步轻快而娴熟。看看时候差不多，施水者便向新郎三次敬酒三次道贺，贺毕两人同时提起水桶，从左右两边将水如瀑布般当头浇向新郎。众人见了一齐拍手鼓噪，大声祝贺。于此一片祝贺声中，新郎转身径直回家，舞队却不散去，也蜂拥而入新郎家又唱又跳，如是反复七八遍后方才乱哄哄退出，整队如初，再往其他新婚之家。全部贺毕，舞队还要到驿站官员及平素交密者家中送舞。农村平日寂寞，无热闹可看，故此到了这日，男女老少不分远近，全如蚂蚁般从四面八方会聚而来，人潮如涌，熙来攘

---

1 即日本著名神话故事"天孙降临"。据《古事记》与《日本书纪》载，受天皇之祖天照大神差遣，天孙"离天之石位"，下凡"降于日向袭之高千穗峰"，开始了对日本的征服与统治。

往，其非常之热闹，自非言语所能描述。

撰者按，以水浇新郎，其实是以女之阴水复男之阳火，从而使之生子的一种祈咒，同时也是为留住丈夫之火的祷祝。此于室町时代原为武家习俗，后因农民、商人争相效仿而普及，逐渐演变为民间风俗（据贝原先生[1]《岁时记》载，此俗起源于松永弹正婚礼）。江户时代之初曾风行一时，直至宝永[2]年间都是全日本于正月十五日普遍举行的一项祭事。后因对新郎有仇者或借花水祭之机野蛮报复，时有致人死命事发生，为此于正德[3]年间被国家严令禁止。有关详情可见于《往昔物语》（一手书德川氏治世以来大事记。作者为元禄[4]前后一老者）。此祭若具神秘性，当更有其他缘由。诚惶诚恐，今借作雪谱之机录其大概于兹，聊供好古者充作谈资。（图18，见100、101页）

菱山奇事

越后颈城郡松山为一大庄，下辖许多村落，所有村落都散布山间。域内地势崎岖，纵一村之内亦无三尺平地，惟松代地方地

---

1 贝原益轩，1630—1714，江户前期儒学者、本草学者、教育者。名笃信，初号损轩，晚年号益轩。福冈人，曾师从松永尺五学朱子学，又从向井元升学医，任福冈藩医。重民生日用学问与庶民启蒙教育。著述极丰，有《慎思录》《大和本草》《益轩十训》《女大学》等九十八部，二百四十七卷。
2 日本古代年号，起止于1704—1711年。
3 日本古代年号，起止于1711—1716年。
4 日本古代年号，起止于1688—1704年。

势平坦，农舍相连，外百首谣曲[1]中所唱松山镜即位于此。谣曲所传镜池古迹也在此地，但如今池已埋没，仅存遗址。按松山镜谣曲是据画卷《镜破》写成，画卷中也绘有上述松山事。此松山庄内有一山，因呈三角形状而得名菱山。近山处有须川村（因须川而得名）与菖蒲村。菱山每年二月常有雪崩，且必崩于夜间，其声巨大，可传一二日里。相传有白发白衣老翁带钱币乘雪崩而下。又传说此雪若于往须川村方向二十町[2]处笔直崩下，则是年必丰；若斜往菖蒲村方向，则是年必凶。此兆极灵，从来不错。年成丰歉竟依雪崩方位而定，且仅限于此山，堪称一大奇事。

顺便一提的是，余有老友丸山氏（医生）家住寺泊，祖父有博学之闻。二十年前余出游丸山氏家，曾有幸一睹《越后一览》。据称此书系其祖亲笔写成，撰于宝历[3]年间，共三百卷。虽名"一览"，其实可称"越后风土记"，内容由神社佛殿、名胜古迹直至山川地理、人物、特产、药品等等，凡有尽有，极为详尽。且分门别类，又有插图，极是通俗易懂。是书也粗略记有上述菱山事，因不甚详细而割舍。今谈及菱山，忆起此书，想如此精心撰成之鸿篇巨著竟徒然藏于秘籍而不闻于世，实为可惜，故兹记之。

---

1 江户时代初期，有人于广泛流传谣曲中精选百首刊行于世，是为内百首。后又精选百首刊行，是为外百首。
2 日本长度单位，一町约合一百零九米。
3 日本古代年号，起止于1751—1764年。

秋山古风

秋山位于信浓与越后交界处,起于大秋山村,中央有中津川(流经鱼沼郡妻有庄后汇入千曲川)横贯而过,沿河两边共有村庄十五个。其中,位于河东者有(有记号"●"者属越后,有记号"▲"者属信浓)●清水川原村(仅有住户二,但仍以村名之)、●三仓村(住户三)、●中平村(住户二)、●大赤泽村(住户九)、●天酒村(住户二)、▲小赤泽村(住户二十八)、▲上之原(住户十三)、▲和山(住户五);位于河西者有●下结东村、●逆卷村(住户四)、●上结东村(住户二十九)、●前仓村(住户九)、▲大秋山村(住户八,当地最古村落,历史最为悠久。传说原村民家多藏有祖传兵器,但天明卯年大饥荒[1],村民卖了武器换粮食而仍不能糊口,终于全村饿死,化作了荒凉原野上的萋萋荒草)、▲屋敷村(住户十九)及▲汤本(有温泉)。秋山东有苗场山高耸云天,群峰连绵;西有赤仓山直插云霄,山峦叠嶂。其间惟清水川原有小路可通越后,汤本有险径可达信浓,地处幽僻,山势险峻,一夫当关,万夫莫开。民间传说古时有平

---

[1] 天明卯年为1783年,是遍及日本多地的江户时代三大饥荒之一天明大饥荒的开始年份。当时日本全境受灾严重,树皮草根吃尽,个别地方甚至有人吃人现象发生。

家人藏身于此[1]。牧之以为，平氏至镇守府将军平惟茂四代后裔奥山太郎之孙城鬼九郎资国嫡男城太郎资长时止，都还在越后高田一带鸟坂山中筑有城堡，威镇全国。后因镰仓幕府闻其欲反，派佐佐木三郎兵卫入道西念率大军前来镇压，平氏一族虽也作了顽强抵抗，终因寡不敌众，城破兵败，残余平氏贵族或即于此时逃进秋山隐匿，若此则当地民间之平氏传说当非空穴来风。余久闻秋山古风至今尚存，屡想入山寻访，今偶得熟悉秋山地理人情者愿为向导，便遵嘱备了大米、豆酱、酱油、干松鱼、茶叶、蜡烛等一应物品，命仆人背了，于文政十一年[2]九月初八日动身进秋山探访。当日借宿于临近秋山的见玉村不动院，次日即以探访桃花源心情进了秋山。进山入口在清水川原，临近时见道旁有人立木桩，结蒿索，围出一块空地，中央竖了块告示牌，不觉好奇，便近前细看，见牌上以假名如童稚般毫无章法地写道："流行天花村来者禁止入山。"向导告曰秋山人畏天花如畏死。若得了天花，纵亲生儿子也不得滞留家中，只能于山上搭个小屋让其栖身，日日送饮食喂养，仅此而已，并不延医治疗。略有钱人家或会于村里请山中苦行僧为之祈祷。为此得天花者必死，绝无生还希望。秋山人外出也但闻天花而色变，不论所为何事都会弃之不顾，拔腿就逃。故此秋山极少得天花者，十年之中也不过一二人而已。再说进了清水川原村，见村中只有住家两户（此地房屋建

---

[1] 12世纪后半叶，源平争霸。1185年，平氏于坛之浦之战中全军覆没。之后，为躲避源氏镰仓政权的搜捕，平氏族人被迫逃入深山，以故此类传说于日本多地（尤其当时未开发的东北地方）颇多流传。

[2] 1828年。文政为日本古代年号，起止于1818—1830年。

筑不同他处，详容后述），因略事休息即又上路。向导于头前带路，说先去看猿飞桥。秋山道路全只为当地人来往而修，根本不走牛马，因而尤其狭小，常为小竹丛所掩没，须用心寻找才能发现。如此艰难行进，不久来到中津川边。河对岸是逆卷村，有桥可以过河，但细看那桥，却不由得两股战战，举步不能。桥名猿飞桥，可纵令是猿，没有翅膀也难飞渡。河两岸峭壁陡立，犹如两架屏风隔河相对而立。峭壁下方丈余处有岩石从两边突出，桥架其上，由岸顶至桥上有梯可以上下。桥桁为并排两根笔直原木，上以藤条捆扎细木铺成桥面，桥面长二十间余，宽不足三尺，两边不设护栏。河对岸大树上有藤条垂下到桥边，渡过桥后可援之攀上对岸。如此一座桥，看着也胆寒，更不敢言渡，毫不逊于芭蕉所咏"令蝴蝶也不敢妄动之斗笠上"的木曾栈桥。余问今日要过桥否，向导答否，说今日只在河这边看完河东各村后夜宿小赤仓村[1]，如此路程正合适，且小赤仓村有朋友，可以借宿。听说今天不必过桥，余心稍安，便在岩上坐下，取出随身所带笔墨开始绘桥。放眼四望，但见行雁凌空，排字云间，飞猿腾枝，作画水面；奇树横崖似龙静眠，怪石塞途如虎安卧。山林绵延铺锦绣，涧水湍急飞绿珠。金壁并立，青山相连，景色秀丽，胜似诗画。正赏着风景小憩间，忽见来了农夫两个，各身背一草袋来到岸边要过河。余立岸上注视，见两人下梯如走台阶，过桥如履平地，半渡时桥身左右摇晃，其情之险无法言表。余旁观已觉全身毛骨悚然，两农夫却若无其事过了桥，猴一般轻松地攀着藤条

---

[1] 与后文所述不符，或为"小赤泽村"之误。今照原文翻译，不改。

上了对岸。(图19、图20,见102、103、104、105页)不期然目睹了过桥情景,余大开了眼界。离此地后,循来时小径,时上时下走了好一阵,终于到了三仓村。村中只有三户人家。因想取出今晨于见玉村备下的干粮充饥,便走进了其中一家。家中老妇见有人来,道了声"youtinatta"[1],仍埋头将一种长草置木盘中,以木梳状工具将之梳开。因问所梳何物,作何使用,答是山里所生荨麻,析出丝来可织网衣。网衣一名颇怪,从未听说过,不知究竟为何物,因再问,老妇却只笑而不答。一旁向导见状,插嘴说道:"所谓网衣,婆婆身上所穿衣服便是。"注意一看,原来是以麻一样布制成的无袖短外褂。因问她讨茶水,老妇果然先问天花事。向导告曰:"我等系由盐泽来游秋山,盐泽去岁至今未有天花发生。"老妇道:"奴一家人今年都如井底之蛙般蛰居家中,尚未下山去过乡里。"边说边倒了茶来。但那茶颜色不对,仿佛是以煤烟煮成,因未敢饮,另要白水就着吃了干粮。临行仔细打量其屋,见地上无础,柱子直接埋入地里。柱上架横木为梁,以藤条绑缚固定。柱间以菅茅草编成墙壁,壁上开有小窗。门以整张大树皮摊平,加横木以藤条扎成,不用门槛。屋顶葺以茅草,房屋极低矮。表面看似随意搭起,冬天却能抗得住比山下村里厚得多的积雪重压,可见其实十分牢固。室内地下铺有稻草席,但已十分残破(山里不产稻麦,因此少稻草麦秸,各家所铺皆旧席),四壁既无橱也无柜,惟有以菅茅草绳编成架子。地炉五尺许见方,到灰面止深达二尺。山里薪柴多,烧得费,故此地炉较

---

[1] ようちなつた。意:欢迎。

深。家中值钱之物惟当地产木制大钵三四个,其他如水壶、茶壶、研钵等一样也无,且秋山域内家家如此。今日进秋山,至此已看了五家,因恰值收小米、稗子时节,俱不见有男子在家。正休息间,有上山拾橡栗的少女归来,头扎旧手巾,头发干涩,随意绾作一圆髻以麻线扎于脑后;身着布夹袄,脏污不堪,较一般短一尺许;腰扎布带,宽约两寸,结打于背后。(女子以手巾缠头与扎窄带俱为古代风俗,常见于古画;穿短衣亦身份低下者古风。)秋山女子皆如此穿戴。又向老妇打听当地许多风俗人情,但老妇对所问不能理解,一问三不知,只好略赠物品致谢后不久离去。

如此于崎岖山道上走了大半日,游了中平村(住户九)、天酒村(住户二)与大赤泽村(住户九),午后四五点时终于到达小赤泽村。该村有人家二十八户,是秋山第二大村(上结东村二十九户)。村中第一大家市右卫门家与向导相熟,因往借宿。进了大门,见是一座宽四间、深六间宅院。主人夫妇皆已年高,有子一人,年二十七八,女三人,年尚幼。屋后有四铺席[1]大房间一个,以稻草帘与正房隔开(宫殿中也有垂挂草帘者,古画上多见,此亦古风)。厨房中散乱放置着许多日用器皿,其中也有木钵三四个。地炉同样既大且深。我等取出自带的大米、豆酱、今晨采于清水川原村的舞菇及本地芋头等准备做饭。向导问主人借研钵,小女儿从架子角落取来一个,一看却落满了灰尘,看来平时并不使用。后听说偌大一个秋山之中,有研钵者仅此家及其

---

[1] 约合六点六平方米。

本家。此地近年开始种大豆,也能制豆酱。但不用麹,只榨出汁来用,故此不备研钵。这家与今日所看其他各家一样,也另外无灶,只以地炉烧水煮饭。不久天黑,一女将小松枝劈细点燃,照得一室亮堂,远胜过蜡烛许多。向导做好饭,全部装碗,托盘端出。主人见了,说要款待款待,送了一碗酱汤来。酱汤以芋头与芜菁煮成,另有一物方方正正,不知何物。向导见余疑惑,解释说是秋山特产豆腐。但做时虽也将豆磨碎却不滤掉豆渣,以故味道不佳。饭后主人问:"茶室主(秋山方言,是对来客的敬称,意为'甚至拥有茶室者')用 dotuhuri 否?"余不解其意,问了向导才知是:洗澡吗?可直接加热的带锅浴桶于当地俗称"dotuhuri"或"居汤"(秋山有此浴桶者仅此家与其本家。当地人冬天偶也沐浴,但外出回家时并不洗脚,或因所铺草席破旧缘故),浴法与一般并无两样。洗过澡出来,旅途疲劳尽消,精神为之一振,心情舒畅地回到地炉旁打横坐下(农村一般以地炉横首为上座)。因见有铜壶,便唤仆人取自备茶来煮了共饮,又取带来糕点送给三个女儿。三千金受了,坐于地炉旁,垂下双脚埋入灰中,津津有味地开始品尝。炉中烈焰熊熊,柴块粗大得可作梁柱,就此烧掉真令人可惜。映着火光,见小女儿肥胖黑丑,不时撩起衣襟捉虫,极是不雅,但本人却浑然不知,一点不以为耻。两个姐姐倒长得色白如玉,美若双璧,吃着糕点相视而笑,笑容甜美,很是可爱。如此一对美玉,数年后也将嫁作秋山农夫妻,实可怜可悲,一如以琴作薪煮甲鱼般。家主人熟悉当地情况,又能沟通,相互理解,便向他打听了许多当地风俗,兹记其大略如下。

问当地近年赋税情况，答称本地不产稻麦，故少岁贡（贡称"锹役"，音kannayaku）。受信浓与越后两国的他村名主（里正）管理，有自己所皈依檀寺，但冬天积雪二丈有余，行人绝迹，或有死人亦无法送去寺里。本村山田氏族人助三郎家中藏有自古世代相传的黑驹太子画轴，只借此来于死者身上轻轻拂动两三次，便以之为前导自行埋葬。（未有檀寺前，村人自古即如此丧葬。秋山只有山田、福原两氏，上述助三郎是山田氏本家。所谓太子画像，乃是一幅绢画，上绘一长相如圣德太子[1]者跨黑马行于云中。牧之曾往助三郎家请求一见，但遭拒绝，说是非正月、七月不得瞻仰。）

当地人以小米加稗子、小豆做成之饭为上等饭食，以小米糠掺稗子、干菜等做成饭为下等饭食。也以橡栗为食。

男女只在秋山十五村中婚嫁，不得与外人相通。女子若嫁了外地男子，亲族与之断绝关系，更不相会。此俗自古相沿，至今依然。

秋山无寺院亦无庵室，但有八幡小神社一座。因无寺院，众

---

[1] 574—622。传说生于马厩，又能同时听十人诉说而从不有误，故名厩户丰聪耳皇子，圣德太子为其死后谥名。推古天皇时以皇太子身份摄政，对内制定冠位十二阶（603）、宪法十七条（604），对外遣使隋朝（607），强化了皇权，奠定了中央集权国家基础。又致力于大陆文化的输入，促进了佛教在日本的兴隆。著有《三经义疏》等。死后广受民众信仰。所谓"黑驹太子画"，是以《扶桑略记》第三与《水镜》中的圣德太子传说为题材绘成的画幅。传说597年，甲斐进贡朝廷四蹄雪白乌驹一匹，太子乘之腾空入云，过富士、游信浓，三日后返回京城。画中圣德太子跨黑驹翔于富士山顶空中，地上有苏我马子、物部守屋等五大臣抬头仰望。

皆文盲[1]。偶有有心者由山下村里得到字帖,学会了假名,众人便以为博闻多识,备加敬重。

山中无蚊,罕见蚊帐。

地处深山,交通不利,因而既无棉花更无蚕丝,衣被之匮乏可想而知。

山里有"いら"[2],可由其皮抽出纱来,代麻织布制衣。

家主人谈及"いら"时,牧之虽未细询其状,但后来自思必是荨麻。荨麻是草本植物,名见于《本草纲目》。书写时俗用"麻"字,或可作麻代用品。但似有毒。又山韭之名也见于《本草纲目》,亦可代麻。老人所说"いら"不知可是此"にら"[3]之讹否。孰是孰非,因未细询其状,不敢妄定。

秋山人睡觉皆和衣而卧,寒冬亦然,故此不备卧具。冬夜寒冷,则整夜于地炉烧大火,傍火而眠。极寒冷时,以外地要来稻草制成草袋充睡袋。有妻者制大草袋,夫妇同寝一袋中。(图21,见106页)

秋山中备有卧具者,惟此老翁家与另外一家。然所谓卧具,亦不过是以荨麻线编织成袋,内装荨麻线头制成的较棉衣稍大卧具,供来宿客人使用。(牧之借宿此家时所用即此卧具,但其中线头多有掉出,接缝又多,并不好用。)

---

1 日本僧侣由室町时代(1336—1573)开始于寺院教授庶民儿童读写、算数,江户时代(1603—1868)尤其中期以后广泛普及,寺院成为庶民的初等教育机构,因有此说。

2 音 ira,荨麻。

3 "韭"音"にら",即 nira。

因少稻草而无鞋。男女俱跣足来往于山中劳作。

或得病则喂米粥以为药。病重则延山中苦行僧祈祷（得病祈祷，此亦古风，可见于《源氏物语》等）。

秋山中有镜女子仅五人（但松山镜故事却极有名，让人不由不生联想）。

当地人笃实温和，不好争斗。既少色欲更不知有博弈。无酒店也无人饮酒。由古至今甚至无人偷过一根稻草。实为肉食（不信佛）仙境。

如此于次日渡过矢柜桥，夜宿汤本，浴于温泉。第三日游西岸各村，夜宿上结东村。第四日过猿飞桥，宿见玉村，再一日回到家中。途中当记之事甚多，为免文章冗长，于此不录（另编《秋山纪行》二卷收家中）。

老翁曾为介绍橡栗食法，兹记于下，以为荒年之备。橡栗于八月成熟落地，捡来煮熟晾干后先以手搓，再以粗眼筛子筛去涩皮，又铺布席上，倒橡栗粉于布上摊平，洒水濡湿后以布包起浸泡水中四五日。而后取出绞去水分晒干，即可得雪一般白橡栗粉。橡栗粉可与小米、稗子等掺和煮食。也可单食，或制饼食用（可制饼橡栗为别一品种）。枹树子也可食用，食法与橡栗相近。

与秋山相似山村，据说其他地方也有。虽不罕见，但觉亲切，故此记下。

秋山特产有木钵、薄木片圆盆类与桧木角盆、菅茅绳板类等。秋山多优良木材，但虽有中津川流经山中，却弯弯曲曲，深浅不一，因而不能行木筏，又不用牛马，良材因此难以送出山去换成钱财，秋山因此天生贫困。

狐 火

《酉阳杂俎》[1]中有狐狸戴骷髅,拜北斗,击尾出火记载[2]。他国如何姑且不论,余则确实未曾见过此等事。狐狸怕冷,于我乡里冬天罕见。但春来雪止,地上积雪冻结,食物难觅,狐狸饥饿难耐,夜里会人舍盗食,实属可恶。乡人了解狐狸此习,因设法防它。但狐狸常能于转眼之间盗去食物,其妖术奇奇怪怪,不能尽述。又来去无定,悄然无声如鼠一般,令人防不胜防。狐狸之狡猾故事,和汉都不少见,可不必再说。但有一事甚奇,不能不说。积雪期间余为采光,总于二楼靠窗摆放书桌。一日得故人鹏斋先生馈赠糕点一盒,当夜睡前为防狐狸盗食,特以麻绳捆紧绑好,高高吊于天花板。心想如此狐狸必无计可施,因此安心睡去。不料翌日早起一看,绳子依然还垂在天花板下,糕点盒却已不见。更可憎者,仔细寻找后见糕点盒就在桌上,仿佛是谁放在那儿般,打开看时盖纸原封未动,糕点却

---

1 唐人笔记。前集二十卷,续集十卷,分类记载自古以来天地山川道佛人事动植之怪谈。各条不立标题。多收唐时变异、唐人逸话,但多荒唐无稽。《四库全书》收于小说家琐语中。书名取刘之元帝赋"酉阳访逸典",酉阳即小酉山,因昔有秦人于山下穴中藏书而得名。撰者段成式为唐末诗人,字柯古,齐州临淄人,宰相段文昌子。自幼博学强记,承父荫任校书郎,历任尚书郎、吉州刺史,最后官至太常少卿。《旧唐书》卷一六七,《新唐书》卷八九有传。863年殁。

2 载卷十五"诺皋记"下。原文为:旧说野狐名紫狐,夜击尾火出,将为怪,必戴骷髅拜北斗,骷髅不坠,则化为人矣。

一个不剩。其妖术之狡猾，真不可思议。狐狸有时会模仿猫叫，诱猫出来淫而食之。老狐狸有时还会迷惑妇女而淫之。被淫妇女必披头散发卧于一处，如熟睡状。问其缘故，必无一人肯告以真情，都只说是失了知觉，浑然不知。但其实不是不知，而是耻于启口，羞以告人。《酉阳杂俎》称狐狸善听冰探厚薄[1]，此于日本亦然，至今乡人仍习惯于诹访湖封冻后，须见有狐狸走过方才始由冰上徒步穿越。至于狐狸出火传说，形形色色虽有许多，但都难以置信。余曾亲眼所见者是一日深夜，因从二楼窗缝见屋外有火光闪烁，感觉奇怪，便从窗缝向外窥视，见雪堆上有狐狸一只，口中正在吐火。仔细一看，却原来是呼出之气在其口略上方处燃烧，一如前述寒火一样。余深感兴趣，因继续观察，发现有吐火与不吐火之别，或是与其腹中气相呼应缘故。当然，狐狸气息通常不会燃烧。石亭《云根志》载有狐玉发光事，但狐火应非玉发光。所谓狐玉发光与常见之狐火应不相同。

猎 狐

一友人问："余有一密友往邻村夜话，归途中见道旁有煎茶锅一口，时值夏季，心想或是农人遗忘，可以不管。又想若

---

[1] 载卷十二"语资"。原文为："河上有狸迹，便堪人渡。"对曰："狸当为狐，应是字错。"又曰："是狐性多疑，貁性多豫，狐疑犹豫，因此而传耳。"

有黑心人见了，捡去藏起却也不好，不如将之带回，找到主人后再奉还。于是提起锅来走了约二町[1]路，只觉那锅越来越重，并发出声音道：'欲将我何往？'友人闻言丧胆，扔下茶锅就跑，却见一狐狸蹿到前方，没入草丛去。这应是狐狸即兴游戏。但狐狸有此变术，却仍不免为人所骗，被人逮住，这是为何缘故？"余答曰："若是以火枪猎取，则另当别论，但若是以诱饵猎取，则狐狸虽知是计，却难抑贪欲，明知是诱饵却要食之，想欺人却反被人欺，以致终于被逮。此即奸诈邪恶，聪明反被聪明误。其实非止狐狸，人又何尝不如此。奸猾者总是明知事恶不该为，却自以为天衣无缝，他人未必能知。自恃有邪恶智慧，结果却因此身败名裂。淫欲、财欲等等诸欲，皆亡人诱饵。至善之人纵行路见千金、居室对美人，亦不为之心动。因其知道节制，凡事有定。彼等都自有明镜在胸，能照出邪恶，明辨是非，故此能独慎其身，此即所谓明德之镜是也。余年轻时尝得一经学者教诲，谓此镜乃上天所赐，人皆有之。只是不磨不擦便不能照出善恶。"如此这般，又借狐狸之题发挥，又引学者之言相劝，所以如此，惟因问者年纪尚轻而品行不端，恐其继续堕落以至不可救药之故。有一事说来或者多余，但既想起，姑且记下。我乡里猎狐之法颇多，其中之一可袖手而得。具体做法是：春来还阳之时，白天积雪松软。此时可于夜间狐狸经常出没处，以春麦之杵等插入雪中，捅出二三个杵一般大小洞穴，待入夜后气温降低，雪洞便可冻硬如同岩穴。再于雪洞口

---

[1] 日本长度单位，一町约合109米。

四周及洞内撒下一些狐狸所喜油渣以为诱饵。夜深人静后狐狸闻香而来，吃尽四周油渣后犹觉不足，必会头朝下钻进洞里舔食。雪洞既小且深，只可容一只狐狸钻入而犹余小半截尾巴在洞外。狐狸进洞容易出来不能，而夜越深雪却越冻，要打破洞既不能，要想出来也只徒劳。此时猎狐者可打来水灌进洞去，雪洞冰冻不易漏水，狐狸被淹不能呼吸，只能甩着尾巴痛苦挣扎，猎狐者则袖手旁观，静待其死。但狐狸临死必放屁，须注意躲避。看看尾巴不再摇动，可知已溺死，此时只需抓住尾巴如拔萝卜般一拔，即可捕得狐狸一只。若有洞二三个，运气好时一晚便能拔得狐狸二三只。雪洞冻结，坚如岩石，因此可以捕得狐狸，若是土洞则不行，狐狸吃完诱饵能轻松逃走。此法只在雪国能用，故此顺便记下。

雁食标记

我越后积雪深时，大地白茫茫一片，鸟兽因无食可觅而被迫远徙他处，冬天因此难见踪影。春来雪止后，飞鸟陆续回迁。到早春二月，山野虽仍白雪茫茫，河水却已逐渐回暖，一些地方积雪已开始消融，于是便有水鸟光临。大雁一旦发现这种地方，便会有两三只先来觅食，留下粪便以为标记，此俗称雁（觅）食标记。所以觅食留标记，是为引导同群大雁，使都能觅得食物。雁对朋友信用如此，令我等人类深感惭愧。但一些无耻之徒却要四出寻找这种鸟粪，一旦发现便要候雁飞来设法猎之。大雁与人一样也有智慧,屡屡因此被猎后渐有察觉,为不让人发现其觅食标记,常以土掩之;而于无食物、未选中处则不掩盖,也不再来。人发现此规律后自然不会放过,一旦见有土掩鸟粪,便于附近方便射击处以雪筑起一大小仅可容人、形状如倒扣饭碗般雪帐篷,后方开口供出入,前方朝大雁可能飞临方向掏孔供射击,而后即守株待兔,静候大雁飞来(大雁来去有规律,并不随意,具体容后详述)。但有雁群飞来,便可由小孔伸出枪筒射击猎杀,此俗称"雪堂"(猎雁方法不仅于此,此外还有许多)。雁群由一处迁往另一处栖息总在傍晚、半夜或拂晓,猎者因也多于此时设法猎捕。我越后人之苦于雪事已大致如前所述,但因雪也得了好处不少。首先是大小雪舟行走便利,其次是纺织绉布、雪堂猎雁等。村里戏台、花道与看台可以雪修建,路边摊贩的居处、货架也可以雪建造,此俗称 satuya(意:雪店)。还有猎兽、捕鸟等,也多因雪而得其便。积雪掩了房屋,然屋中居民却得以雪御寒。夏天又可取积雪包裹鱼肉、鸡肉,使之不变质腐烂。雪水还是江河水源。如此等等,要一一细说还有许多。由此可知天地万物皆不当弃,当弃者惟人之恶。(图 22,见 107 页)

天　网

人作恶难逃天惩,犹如鱼儿难脱渔网,故有喻上天惩罚为天网者。由新潟上行三日里处有一村名赤冢,村里山上多山凹,村民因在周围立起木桩,张上细丝网捕鸟,俗称赤冢天网。此村临

海有海滩,水鸟要到海滩觅食,飞经山凹时必撞上天网被人捕杀。被网捕获者多为巴鸭,其状似鸭。此鸟号称赤冢冬至鸟,因其味鲜美而远近闻名,备受青睐。巴鸭俗称"あじ"[1],全称"あじかも"[2]。"あじかも"一词常见于古代和歌。

大雁哄起

陆地鸟多夜盲,水鸟却夜明,尤其大雁夜间视物极鲜明。他处如何不得而知,越后大雁则多昼眠夜行。白天于远离人类处群聚歇息,其时必有二只大雁负责守望,翘首警惕着四方,此称"番鸟"[3]。觅食时也一样。飞行时必排列成行,兵书上因称"雁行",这已为人所共知。停下时也先后有序,决不散乱。觅食则都觅食,嬉戏则都嬉戏,行动一致,步调统一。雁群中总有头雁一只,众雁随之行动,令行禁止,犹如大将号令士卒一般。见有人来或有异常情况发生,轮值大雁即振翅报警,其余大雁闻之,无论正觅食或正进食,都会毫不迟疑地振翅飞起。初时也许零乱,但很快便整队而去。此俗称大雁哄起。大雁时时有警戒,一如军营,此于其他鸟类不见,他处大雁应也如此。农村人对此不以为奇,都市人对此却或有兴趣,故此记下。

---

[1] 音 azi。

[2] 音 azikamo,即巴鸭。

[3] 音 bandori,值日鸟。

涩海川之渡

涩海川发源于信浓。出信浓，入越后，奔流三十四日里后汇入千曲川，注入大海。于越后流经颈城、鱼沼、三岛、古志四郡，有人因以为汉字应写作"四府见"，其实不对，古书上作"涩海"或"新浮海"[1]。此河弯弯曲曲，宽窄不一。冬天封冻，河面上积雪一如平地。但也有急流为巨石所阻，水流极湍急处不积雪，仍可见河中波浪翻滚。艄公初时尚可以斧等破开冰层，渡人过河，末了冰层增厚，无力破之，只能将船拖上陆地，人由冰上步行而过。此俗称"zai 渡"[2]。越后方言中所有物体冰冻都称"zai"、"simiru"或"ite"（"ite"为古时说法）。到正月底二月初，河面冰层因得阳气而自然开裂，冰块顺水漂下，大者可七八间，形态各异，大小不一，随河道宽窄而定，且旦始破裂而夕已流尽。涩海川于越后境内长达三十四日里，但河面冰必在一白天或一昼夜间开裂殆尽并全部流出，直抵北海。其声震耳欲聋，有如千雷齐鸣，山体也为之震动。临河村里人是日必在家谨慎，不敢外出。而外地人为观涩海川流冰，却如观赏樱花般带来美酒佳肴，于岸边铺上彩筵毛毡，饮宴观赏。大大小小数万冰块如水晶石般晶莹透亮，衬着蓝色波涛上下起伏，一泻

---

1 "四府见"与"涩海"、"新浮海"写法不一，读音相同，都作 sibumi。
2 冻渡，冻而后渡，即徒步由冰上过河。

千里，其景之壮观，令观者无不目瞪口呆。如此观冰乐事暖地绝无，因记之以飨好奇者。此河还有蝴蝶奇观，有待下卷细细叙述。

图 15

農夫頓智借雞圖(のうふのとんちでいとりをかりるづ)

图 16

御機の霊威織女業狂の圖

图 17

雪中晒縮圖 此所すべて皆雪の上也

医師
雪舟に
のりて
病家へ

堀の内驛花水祝び
噪劇の圖原本の
草画を此に載て
別に至細の圖を
示さるゝのハ
　梓刻の勞を
　　省ん爲り

梅さきて香むと
　このおや譽るも
　みを祝ひ
　　　堀の内驛

山東庵京山

图 18

花水祝浴水男圖

图 19

同猿飛搞の圖

图 20

秋山絶壁の圖

图 21

图 22

《北越雪谱》初编·卷下

涩海川蝶

蝶于我越后俗称"别当",于涩海川一带称"释迦别当"。种类甚多,俱由虫羽化而成,大者称蝶,小者谓蛾(《本草纲目》)。又据《本草纲目》载,草花也能化蝶。而据《新撰字镜》[1]载,蝶训读为"kawahirako",但"释迦别当"之意不考。于前述涩海川,每年春分前后总有数百万只白蝶群集河面上二三尺高处,密密麻麻,层层叠叠,于两岸间形成一高达丈余的蝶墙,沿河逆流而上,有如无数鲜花漫天飞舞般。长达数日里之河面上,由早到

---

[1] 平安前期汉和辞典。凡十二卷,收汉字二万一千三百字,按偏旁部首分类排列。释文包括字音、意义及日文相应读法。是日本现存最古汉和辞典。

晚终日如雾霭般蝶群密集，源源不绝地飞往上游，河水为之不见。而当日头将暮，飞蝶纷纷落水，顺流漂下，又仿佛于河面上平铺了白布一匹，绵延而无尽头。此蝶色白，大小如灯蛾。越后大小长短数条河流中，惟涩海川每年有此景观，可谓一奇。但自天明[1]大水后，此奇观却再也不见。（图23，见142、143页）

按《本草纲目》云，石蚕一名沙虱，附山川石上结茧，春夏间羽化成小蛾飞翔于水上。如此则上述白蝶应是涩海川石蚕。只因其子被天明洪水冲刷殆尽而从此绝灭，不再有见。其他地方若有生长石蚕之河，当亦有此蝶。此蝶余未尝见，但左邻老妇有年轻时嫁自涩海川畔者，余尝询之，因得将所述蝶群奇观详记如上。

鲑字考

字典《新撰字镜》为文字研究工具书，由日僧昌住编成于距今九百四十余年前之宽平、昌泰[2]年间，自古为学者流争相传抄，备受推重。近年有村田春海大人于京都购得是书，于享和[3]三年春首次将之刊行问世，学者从此可置之于案头，随时翻阅，实多亏了春海大人。《新撰字镜》编成二十余年后，又有朝臣源顺编

---

1 日本古代年号，起止于1781—1789年。
2 俱日本古代年号，起止于889—901年。
3 日本古代年号，起止于1801—1804年。享和三年为1803年。

成字典《和名类聚抄》[1]，后于元和[2]年间由那波道圆先生首次刻版刊行（其后又有其他版本）。有《和名抄》近五百年后，文安[3]年间又有字典《下学集》[4]问世，并于元和[5]三年首次刻版印行。《下学集》之后五十三年，亦即明应[6]五年，有林宗二（堺地商人）编成简明辞典《节用集》[7]，于文龟[8]年间以活字制版印行，首创按いろは字母顺序排列之简明辞典先例。其后又经百八十年，至元禄[9]十一年，有槙岛照武驹谷山人（江户人）刊行《书言字考》。此书又名《合类节用集》[10]，属宗二首创之简明辞典类，也按いろは字母顺序排列（《平他字类抄》[11]之类以下不引用者于此不一一列举）。日本辞书大抵如上，今日民间常用之简明辞典皆以《新撰字镜》与《和名类聚抄》为祖，以故后出者可谓其子孙。以上字典都为以下考证鲑字来历所必需，故此先作介绍，以利童蒙。

---

1 平安中期汉和百科辞典。有五卷、十卷与二十卷等多种本，分天地、人伦等二十四部，一百二十八门，释文包括出典、读音与释意。简称《和名抄》。
2 日本古代年号，起止于1615—1624年。
3 日本古代年号，起止于1444—1449年。
4 室町中期百科辞书。凡二卷。分有天地、时令、神祇、言辞等十八类。以片假名标音，以汉文注释。
5 日本古代年号，起止于1615—1624年。元和三年为1617年。
6 日本古代年号，起止于1492—1501年。明应五年为1496年。
7 室町中期日语辞典。编者不详，或为建仁寺僧侣。编成于1469年前，为日本简明辞典之最古，对江户时代辞典编纂影响巨大。
8 日本古代年号，起止于1501—1504年。
9 日本古代年号，起止于1688—1704年。元禄十一年为1698年。
10 江户时代分类实用辞典。刊于1680年。
11 镰仓末期汉和辞书。编者及成书年代不详，是日本现存最古平仄辞书。

《新撰字镜》"鱼"部列有"鮏"条目，而《和名类聚抄》称：本字"鮏"，俗作"鲑"，非也。如此则"鲑"字始用时间亦古。同书还引崔禹锡《食经》称：鲑，其子似莓，赤而有光；春季生而年内死，以故又名年鱼。《新撰字镜》所以列"鮏"条目，或是因"鮏"与"鲑"字形相似，辗转抄错所致也未可知。鲑应非河豚。《下学集》中并列有"鲑"与"干鮏"条目，宗二文龟本简明辞典中也并列有"腌咸鱼"（特指咸鲑鱼）与"干鲑"条目，此或亦"鮏"与"鲑"之误传误抄。驹谷山人《书言字考》中列有鳜、石桂鱼、水豚、鮏[1]诸说，注引《和名类聚抄》称本字为"鮏"。大典和尚《学语篇》中列有"鳜"条目，注明训读为"asazi"。据唐国辞书解释，鳜为大口细鳞鱼，如此当与鲑同类。字汇称"鮏"为"鯹"本字，意"鱼臭、腥"。按新鲜鲑鱼腥臭尤重，或即因此得名。又说鲑也称鰔鲐，如此则与鲑相异更甚。概而言之，当知有"鮏"字而俗用"鲑"字。而如上所述，"鲑"字也自古多用，故此一般日语文章都用"鲑"字，而"鮏"字因此难普及。本书姑从"鲑"[2]。

鲑之食法

鲑生吃可做生鱼片、醋浸鱼丝、寿司等。熟吃可煮可烤，根

---

1 音皆 sake。
2 原文如此，但以下按中文习惯写作"鲑"。

据需要还可有其他种种做法。以盐腌者称腌咸鲑鱼或晒鲑鱼干，此亦古而有之，上文所引诸书也多有介绍。《延喜式》[1]所谓"内子鲑"当即今日所谓"怀子鲑"。又同书将"脊肠"读作"minawata"，并有自丹后、信浓、越中、越后等国进贡记载，如此鲑于古代当为贡品，只因产地远离都城，故以盐腌，制成咸鲑鱼后进贡。鲑头骨软而透明处称冰头，最宜作醋泡鱼丝。鱼子称"hararako"，以盐腌后味极佳。盐腌怀子鲑称"子笼"[2]，或即古时所说"suhayori"。《本草纲目》谓鲑鱼"味甘微温无毒，可温中壮气，多食发痰"。越后人家每年除夕必以腌咸鲑鱼做菜。病人亦可食用。其他地方患肿疮者忌鲑鱼，或是因不惯食用之故。

鲑之产地

鲑于今五畿内[3]、西国[4]等地未闻有产。但于东北地方[5]通海大河中有产，而以松前、虾夷[6]最盛产，能盐腌咸鲑广销各藩国者

---

1 平安中期法典。凡五十卷。由藤原忠平等奉醍醐天皇命始编于延喜五年（905），完成于927年。是此前弘仁、贞观二式及其余各式之集大成者。967年付诸实行，后成为平安朝政治的基本大典。
2 此处"笼"为"怀、怀抱"意。
3 日本古代行政中心地区。即包括旧大和、山城、和泉、河内、摄津五国在内的今京都、大阪、滋贺、三重、奈良、和歌山、兵库二府五县中心部。
4 注3所列二府五县以西地方。包括中国、四国、九州等地，常特指九州。
5 日本本州东北部地方。包括今青森、岩手、秋田、宫城、山形、福岛六县。
6 古地名。松前在今北海道西南端、渡岛半岛南端，虾夷即今北海道。

亦惟此地。其次多产处为我越后，再次为信浓、越中、出羽、陆奥等地。常陆地方据闻也产，但量少，仅够当地人食用，无力外销。江户利根川也产，但量极少，初市鲑鱼甚至可售初市松鱼高价。越后各地每年于七月二十七日举行诹访祭，而渔鲑即始于次日，终于十二月出寒时。古志之长冈、鱼沼河口地方初渔所获鲑须进献长冈城主，照例献鲑一尾（一尾俗称一尺）可得赏银值米七袋（此价只至第五批止。献鲑后按规定可得大米袋数依鱼之大小而增减）。鲑之大者有三尺四五寸，小者亦有二尺四五寸（更有小者）。又有男鱼（雄鲑）女鱼（雌鲑）之别，女鱼因有鱼子而较男鱼价贵。所获最初五批鲑须晋献城主，之后方可自行售之于市，由此可知初鲑之可珍贵，世人对初鲑之推重，丝毫不逊于江户人对初市松鱼之喜爱。初鲑鱼体银光闪闪，略带青色；肉色鲜红，如涂朱砂。但至十一月仲冬前后，鱼体即带锈斑，肉色转淡不再鲜红，味也稍逊。此地鲑以捕于流经河口长冈一带河中者为上品，味较其他地方所产强过十倍，但稍离此地味即不美。所以如此，或是因鲑由北海溯长河，逆流而上历尽千辛万苦之故。辛苦搏于激流之鱼，味必甘美，一如北海之鱼味醇而南海之鱼味淡一般。

鲑之一生

我越后鲑于初秋离北海入江河，沿千曲川与阿加川两大河逆流而上产卵。女鱼尾随男鱼后，逆流而上五十余日里，生活于江河时间长达五月有余，于此期间（八、九、十、十一、十二月）若不被渔获，幸而漏网则返回大海，故此大小不等。鲑产卵处随意而定，并不固定，但因千曲、鱼野两河交汇之河口以上河段沙中杂有小石，水流平缓、清澈，故而常有鲑产卵于此。鲑产卵时常相偕成群，渔夫谓之"掘沙"或ざれ（音zare，意"戏沙"。或因鲑掘沙产卵时千姿百态而有此谓。"ざれ"有两种写法，两种意思：一、戯：嬉戏；二、礫：沙砾)。先是女鱼男鱼同以鱼尾于水底掘沙砾为槽。槽宽一尺有余，深七八寸，长丈余，数日始成。槽既掘成，女鱼便往其中逐粒产卵；男鱼则紧随其后，但见女鱼产下一卵便将己之鱼精（雄鱼腹中块状精液）射出，使黏附卵上，并以尾鳍将事先掘出沙砾由左右两边拨到卵上，将卵覆盖。雌雄两鱼配合默契，并不让鱼卵被水冲走一粒。产完一槽即并排再掘一槽产之，如此反复，直至尽数产完腹中鱼卵，而此时河底八九尺见方的沙土地上，早已整齐排满了数条卵槽。据闻也有易地产卵者，但据渔夫称，河底沙中非杂有细石处不会有鲑产卵，可见其智慧毫不逊人。鲑产卵辛苦，产后尾鳍损伤，体瘦力衰，无法继续逆流而上，只能顺流漂下，到水深处沉下河底休养，直至身心恢复，又如产前一般肥壮时才又逆流而上。鲑掘槽产卵时，渔夫不捕，或有人无意捕之，却无人特意捕之。而只要女鱼不被捕走，男鱼则必定不离产卵之地。鲑逆流而上是为产卵，男鱼追随女鱼，助其产卵是为后代，此与人心一般无二。堪称奇者，鲑于河底宽阔处产下卵后，其地或因洪水等故沧桑巨变，浅水滩成了干河滩，所产鱼卵却能经久不烂，数年之后仍鲜活如初；而当干河滩再次来水，复成浅水滩后，鱼卵又会孵化为鱼。据友人说，一年于我居地鱼野川边，有人打井时曾挖出生命尚存之鲑卵。鲑鱼之孵化，渔夫称"はやける"（音 hayakeru）或"みよける"（音 miyokeru，前者或意"早早孵化"，后者或意"身体变化"）。鱼卵于水中产下十四五日后即孵化成鱼。初时体细如丝，长一二寸，腹部开裂，腹内无肠，据说即因此得名"佐介"[1]。小鲑到春天能长至三寸多，但渔夫绝不渔捕，任其于雪化之后随雪水游入大海。据渔夫称，鲑入海后开裂腹部即合拢并长出肠子。如前所述，渔鲑只限寒中，立春后再捕必遭报应。余年轻时水村有一农夫，立春后由水獭口中夺得鲑一尾，食后高烧不退，三日后死去。如此看来，所传要遭报应一说应不诬。又传说捞鲑卵者必断香火。鲑大者可有三尺四五寸，但惟年年有幸漏网者方能长至如此之大。（图 24，见 144 页）余年轻时乡人大量捕鲑，鲑价因贱；近年可捕之鲑渐少，其价渐涨，至今竟翻了一番。想是年年以新法渔捕，鲑之数量因而锐减之故。女鱼大者有卵一升多，小者仅三四合——据博物者辨，畅销于江户之腌咸鲑学名鯵鲑，与越后鲑同类异种。鲑生于江河长于大海，却自古不曾于海中遭渔捕，细细想来，真可谓有鳞家族之一奇。

牧之常作如是想：将寒时所获女鱼腹中卵取出，杂以男鱼之精并以鲑所栖江河沙砾团起后装入瓶状容器，送至不产鲑地方之通海江河中，如鲑产卵般将瓶中鱼卵连同沙砾同时倒入河水清澈处，孵化成鱼后又由国家明令三年之内禁止渔捕，则其

---

[1] 音 sake，同"裂"。

后此河或也能产鲑。若此则可为当地增加利益（今江户白鱼据闻即如此由其他地方引入）。

竹墙鱼篓

流入北海[1]新潟湾的大河有阿加川与千曲川（阿加川事于此不记。千曲川一名信浓川[2]，"曲"也写作"隈"）。千曲川由信浓、越后、飞骅境内大小河流汇聚而成。于越后有急流鱼野川，流经妻有、上田二庄，到鱼沼郡薮上庄川口驿站尽头处与来自信浓的河流汇合，又横贯古志、蒲原两郡后注入大海。信水汇有犀川的混浊河水，故此信浓水浊而越后水清。鲑由初秋开始离海入河逆流而上，而鱼野川于蒲原郡境内河段水深河宽，故此渔人以大网捕鲑。但由川口驿而上，上田、妻有一带渔鲑者却用堵截方式。具体做法是于夏末由岸边向河中打下一排原木桩，桩以横木相连并密布竹席。又于河底堆石加固，使成一面屹立水中竹墙，长可百间乃至二百间。竹墙依河之便而筑，为不影响船只过往，都空出航道并设航标以利夜航。竹墙下并排许多竹编圆筒，鲑可游入（圆筒有桩固定，尾部扎死）。竹编圆筒以竹席卷成，尾部扎死有如鱼篓；前部开口，口内密排一圈尖竹如鳃状，令鱼好进而不能

---

[1] 非地名。指北方之海。在此指日本海。
[2] 今分别指一条河的上下游。信浓川在新潟县境内，长三六七千米，注入日本海；千曲川为其上游，在长野县境内，长二一四千米，发源于甲武信岳北侧，也作筑摩川。

出。圆筒口底部平直，上部弧形，筒身膨大，长约五尺。开口宽大，鲑轻易便能游入，设计十分巧妙。（图25，见144页）此俗称"つづ"（音 tudu），原为清音"つつ"（音 tutu），意为"筒、圆筒"，当地人讹读成浊音"つづ"。乡下人怀旧，方言中保留有不少古代读音，常因清浊颠倒而改变了事物名称（如"阿加川"本读：あかがわ，音 akagawa，但于一些地方却读：あががわ，音 agagawa）。再说于河中筑竹墙十分费工，故此渔鲑者总是相约互助，共同建筑。筑好之后便于岸边搭个小屋，昼夜不歇地守墙，待鲑入"瓮"。由七月开始筑墙至十二月底出寒立春，渔鲑者日夜轮流守候小屋中捕鲑。竹墙以筑于川口处者为第一道，至上游共有十五道。哪段河流属谁所有，各自都有明确界限，彼此互不侵犯。

且说鲑由下游逆流而上到了竹墙前。水流因为竹墙所阻而汇至供船只往来的竹墙豁口处泻下，形成一小瀑布，水流尤急。或因不愿费力逾越瀑布，鲑大都拥至竹墙前淤水中，上下寻找可潜过竹墙处，于是游到圆筒前，钻进了圆筒里。圆筒前方既被扎死，不能游出，只好返身退回，却又为鳃状密布的尖竹所阻而不得出。

再说渔夫守候小屋里，估计时候已够，便撑出一唤"hanakamasu"之独木舟（以大树纵向锯成两半后剜空树心制成。水浅则不用舟），也不顾漫天大雪或时值深夜，为钱财而忘了寒冷，脱光衣服便潜入水底卸下圆筒。若有鲑，便将圆筒甩入舟中，倒出鲑来。鲑大者有三尺多，狂蹦乱跳，不肯安静，须以鱼锤当头一锤将之击死。奇的是这鱼锤非以马蹄制成不可，若以其他材料制成则无论如何击鲑不死。又据渔夫说,鲑头部有要害部位,一击即死(凡有鲑地方都用此锤,且都以马蹄制成)。作鲑买卖的掮客称"すけご"(音 sukego,汉字或作"助贾"),鲑捕到后即由彼等来小屋成批购去,转手卖出。

网　鲑

网鲑即以袋网捞鲑。捞鲑袋网是将分叉树枝两端向内弯曲,圈作桶状后装上网袋与长柄制成。河岸陡峭处常有鲑贴岸而游,为此渔夫常制一大小仅可容身吊架,腰插鱼锤,置身架中缒下河面,伸袋网入水中探查、捞捕。偶尔也将藤索一头拴在峭壁树根上,另一头拴着吊架,人居架中于河面捞鲑。悬空吊于数寻[1]深渊之上,系自家性命于区区一索之端,如此谋生而毫不惧怕,当是习惯成自然吧。(图26,见145页)

渔夫溺死

某村(事出不祥,且隐其名)有一对夫妇,上有一老母,下有两幼子,男孩五岁,女孩三岁。夫妇俩平时务农,鲑汛时则捕鲑以补生计。这里河岸处处陡峭,故此村里人都从岸上缒下吊

---

[1] 用作表示水深时,一寻为六尺。

架，以网捞鲑。有一断崖绝壁太过险峻，无人敢下，惟有那农夫贪崖下鲑多易捞而于此缒下吊架，系性命于一绳，探网捞鲑。这年十月前后，天降大雪，群鲑纷至，更较往年容易捕捞。于是某日，农夫冒着漫天大雪，披上蓑衣戴上斗笠，一大早即下吊架捞鲑。吊架旁用绳另外吊着鱼筐一只，每捞满一筐，农夫即攀着吊架上绳子登上崖顶，而后将鱼筐拉上。这农夫身手矫健有如猿猴，早已习惯了攀着绳子上上下下，一边甚至还能进食。如此转眼间日暮天黑，而大雪仍纷纷扬扬，片刻不停。雪大时鲑必多聚更易捞捕，农夫因此还要下崖，虽有老母妻子一再劝阻，他仍备好松明，下到吊架捕捞。果然所获极丰，乐得他直如《鸬鹚谣》所唱一般，忘了罪孽忘了报应更忘了后世来生，不知觉间夜已漆黑。

妻子照顾老母、幼子上床就寝后，心想如此大雪，夫君或要冻坏，还是去迎他回来吧。于是披上蓑衣戴上帽子，点起松明，又备了两根插在腰间，出门来到崖边，举起火把向下探看。天黑崖高看不见身影，便朝崖下高声叫道："天气寒冷，初更将近，不如就此歇手回吧！家里饭也热着，酒也烫着，快回吧！松明可已用完？雪鞋也已备好带来了！返家吧！"但西风卷着大雪，吞没了喊声，只好更用力地大声喊叫，这才听见崖下答道："你也高兴吧！我今日可要发大财了。明日要在家痛饮美酒，好生庆贺，今晚再捞一点就回，你可先去！""既如此，我将松明放这里，先回啦。"说完妻子将燃着的松明插在拴着吊架的大树枝上，点燃另一支先回家去。不料这一去，竟成了他们夫妻俩的此生永别。

妻子回到家中烧起炉火,煮了许多东西准备让夫君吃了暖和身子。但左等右等,过了许久仍不见夫君回来。她越等越心焦,越等越不能放心,终于开门外出,再往岸边探看。却见树枝上火把已经不见,手持带来的火把向下探看,火把不够亮,照不见崖下;拼了全身力量大声叫唤,也丝毫没有回音。"莫非不在吊架上?如此便就怪了。"她努力镇静自己,手持松明四处察看,想找夫君攀上崖来的痕迹,这才发现方才插在树枝上的火把落在了地上。手举火把近前去仔细一看,却见拴着吊架、系着夫君性命的绳索已被烧断,只留了一截拴在树根上。顿时便觉有万箭穿心,知道必是那火把燃着落下地来烧断了绳索,坠落了吊架,将夫君葬入了万丈深渊。夜既黑水又急,更兼天寒地冻,转瞬之间手脚便要冻僵,夫君水性再好,只怕也早已没了性命。这如何能向婆婆交代?她泪如雨下,哭天抢地,心想我也将火把扔进水里,投身河中,随着夫君去吧!可转念又想,我死之后老母幼子由谁抚养?岂不要逼得他祖孙相偕,上路求讨?如此这般,活也不成,死也不能,究竟该如何是好?!饶恕我吧,我的夫君!她跪倒在地,手抓烧剩的绳索号啕大哭,长久不止。但人死不能再生,只好揣起烧剩的绳索权作纪念,暗夜中也不点松明,任凭着风吹雪打,深一脚浅一脚,泪流满面地摸回了家,而夫君最后竟连尸体也未找到。此事由家住当地附近之友人于去年告余,当时说是最近的事。

总　瀑

总瀑位于距新潟湾上游四十余日里、临近千曲川畔割野村的河中。是信浓丹波岛至新潟河段中的惟一一处瀑布。此处河面宽近百间，河中央卧龙般横亘着一块巨石，水流至此飞落直下，因而形成了瀑布。鲑逆流而上至此既难以冲过汹涌巨浪继续上游，便于巨石之下徘徊。渔夫于是搭起简易木桥，铲去近岸岩石上积雪，来此瀑下以网捞鲑。或因顾惜生命，每人都在腰间扎一根绳子，而将另一头绑于岩石凸起部上。为便往来上下，渔夫在岩上浅浅凿出一些踏脚处，让人可攀附着岩石上去下来，但若踩空一脚，便将粉身碎骨跌下水潭去。其险之极，不可言表。余前年在江户时曾对已故山东翁提及此事。翁笑而答曰：世途之险，险过总瀑。人世间路岂不更须盯着脚下，如履薄冰般才能平安走过？当时觉意义深刻，可为格言，因随手记下。今偶然想起，转录于此。

渔鲑之法

当川（以三角袋网捞捕）、追川（于水中打桩、布网后，以竹竿打水、驱鲑入网而捕之）、提网（与他处同）、刺渔（以钩枪刺水中鲑而渔之，其灵巧熟练妙不可言）、流网（又称刺网，网长可达二百余间）、叉鱼（以鱼叉瞄准水中鲑叉而取之。能者叉无虚发，其灵巧、准确令人叹服），此外渔鲑之法还有许多，但若一一详作介绍，必致文章冗长庞杂，姑疏而漏之。（图27，见146页）

鲑走沙洲

鲑走沙洲事可见于降雪前之河滩。鲑或被网围或被人追，慌不择路跳离河水，越上河滩，蹦过布网处再潜入水中逃脱。此时必是大鲑领头离水，继而周围小鲑等紧随其后蹦上河滩。鲑于河滩上蹦行距离虽不过四五间，但飞快如箭，人也追之不上。领头大鲑若撞上物体摔倒在地，后随众鲑便也同样倒下不再蹦起，仿佛奉命束手就擒般。幸运者有时手不沾水便可捡得鲑鱼二三尾。鲑无足而能走于陆地，一旦躺倒便不再蹦起，可谓鱼中无类之奇。（图28，见147页）

冰　溜

数年前牧之旅居江户，曾往谒诸文墨名家，乞赐书画，因与已故山东庵交往日深，常往拜访。京山翁当时年纪尚轻，一日与余聊及雪景时曾如是说道："今年正月与友人一同外出赏梅，归途中顺便上了青楼。拂晓时分下起了雨，但转眼雨止，因步出青楼，信步来到日本堤。偶见堤下有柳二三株，雨水由树枝上淌下，凝作冰凌垂于枝上，长达一二寸，一根根如青丝悬着白玉般，煞是可人。恰此时旭日冉冉升起，青丝白玉映着朝晖，无不晶莹剔透，熠熠闪光，那景致真美煞人也。因在堤上茶铺中稍坐小憩，欣赏美景，不意竟得了诗歌一首。此乃乍暖还寒时节，天刚见晓之时，小雨稍落即止，山川灵气得此机运，方才凝作了如是奇景，真是千载难逢。"京山翁对所见备感稀罕，说时眉飞色舞，如醉如痴，而余却在心中暗想，此亦暖地之人才能如此感动，若是与我越后冰柱相较，怕不过是河怪水虎之一屁[1]而已，何罕之有。

说起我越后冰凌，其他地方可不必理会，只说我家冰凌即可略见一斑。我家面宽九间，每到初春时节檐下总是冰柱成排，仿佛垂着水晶帘子般。冰柱长短不一，长者可有六七尺；顶部扁平，周长可达二尺，较京山翁所见不知要壮观多少。但越后人自幼见惯，并不稀罕，更无人为之兴致大发，咏诗作歌，倒是嫌其遮挡了光线，每天早起总要以木锄将之敲落。又房顶低洼处俗称"だぎ"（音dagi），春来房上积雪融化，雪水便汇聚于此，所成冰柱竟要大过房檐。檐下若无阻碍，可长达二丈有余。而且日渐粗大，若以为无碍置之不理，则一旦要除去就非得请壮汉大力士来以木桩等用力击打不可。好不容易将之打断，落地摔碎，每

---

[1] "水虎"是水怪河童异名。河童为一传说中动物，水陆两栖，大小如四五岁幼童，嘴尖，背有甲或鳞，手足有蹼，头顶有坑，坑中有水时强，无水则死。常将其他动物拖入水中，生吸其血。"河童一屁"为一习惯说法，比喻事情容易，不值一提。文中此处意义略有不同。

块还能有四五尺之长。孩童常跑来将之装上小雪橇,到处拖着游戏。如此冰凌在我家已不少见,而在神社寺院则更有大者,只是再大也与山中冰柱无法相比。

笈挂岩冰柱

距我居地盐泽东南方三日里处有一清水村,村中山上有一巨岩名笈挂岩,高十丈有余,阔二十五间,下临溪流(溪为登川水源),形状有如一展开屏风。岩顶向前伸出,覆于溪上如屋顶般,其下可坐四五十人而仍觉宽畅。我上越后地方有知名奇岩不少,此即其中之一,而其冰柱更堪称冰柱之王,连我越后人也要为之瞠目。巨大冰柱由岩顶垂下,长十丈许,粗可两抱,形状如滴落凝固的烛泪。与乡里冰柱不同的是,此冰柱并不光滑溜圆,而乃自然天成种种形状,或屈或曲,千姿百态,仿佛是以水晶精工雕刻而成。据清水村里正阿部翁称,每当旭日东升,朝晖映照其上,冰柱便晶莹闪亮,玲珑剔透,美不可言。但即使如此,我等亦不稀罕,无人特意前去观赏。此清水村阿部翁世为清水越关守,祖上有阿部右卫门尉闻名于世。此地又有长尾伊贺守[1]城堡遗址。(图29,见148、149页)

---

[1] 长尾氏为桓武平氏一分支,始祖为镰仓权五郎景正之孙景行,以居地相模国高座郡长尾为氏,主要分布于上野、越后等地。伊贺为古国名,位于今三重县西北部,国守(守护)于平安时代为平氏,镰仓时代为大内氏、千叶氏,室町时代为仁木氏,此处所谓长尾伊贺守,所指不明。

瀑上冰柱

我上越后群山连绵，瀑布颇多。有瀑布处必有大树，春来树枝上积雪融化而树叶尚未长出，看去便如枯树林般。但近旁既有瀑布飞落，四周便水雾弥漫，树枝濡湿滴水，水珠遇冷凝作冰凌悬于树枝，又仿佛于大树周围垂了一圈玉帘，其景美极，无与伦比。瀑布上有时也会滴水凝成冰柱，成排冰柱如玉帘般罩着飞瀑，而帘内飞瀑激起水花，恍如堆起了乱琼细玉般的一堆白雪。或者，那出产美玉的昆山即此等模样吧。如此奇景除猎人、樵夫外少有见者。若让暖地人见了，真不知会如何惊叹。牧之由柏崎翻山前往妻有庄时，曾有幸亲眼目睹，其情其景，至今难忘。

雪中苦行者

我家一仆曾居江户两年，据其称，江户有于寒中苦行（名"寒中念佛"）之佛教徒，以严寒三九的三十日为期，夜夜往铃之森、千住等地为处死者祈祷冥福。寒中苦行者大都草鞋裤衩厚上衣，也有裸体参诣者。裸体参诣是所有年轻建筑工匠都须进行的，做法是赤身裸体，一手持较一般略长、以粗体字写有"日参"等字样灯笼，另一手摇着铃，疾速跑去各自所信奉神社、寺院参诣神佛，出发前须以冷水淋身。因此之故，三九寒天夜里常可见有数人或东或西奔跑而去。我越后之寒中苦行与此目的相似但做法迥异。越后于三九寒天遍地是雪,其寒之酷已如前所述。如此严寒中之每夜踏雪修行称"寒中念佛"或"寒中诣大神",做法是于三九寒天中或七日或二十一日,自行定个期限每夜去参诣所奉神佛。苦行者多为农家年轻人,也有商家仆人,白天照常劳作,夜晚外出诣神。白天劳作时须日冲水三次,也可更多次,具体由各人自定,但冲水后绝不可擦干,只能就湿穿上衣服。坐则以稻草捆作一束,扇形摊开有穗一头坐于其上(据说这稻草捆同于春节装饰门前藁索,日文称"注连绳",表示其中为神之所在),纵一时半刻也不得如平时一般坐垫子上。因此这稻草捆得系在腰带上,须臾不得离身。苦行期间须一言不发,不得由母亲之外女子(包括妻子)手中取物,自然更得斋戒洁身。而他人只需见腰带上系有稻草捆,便知此人正在修行,不可说话,因此自我谨慎,不去招呼。若是有人向苦行者搭话,而苦行者竟也不慎出声回了话,则此前修行便前功尽弃,须重新来过。也有寒中修行不禁言语。如此入夜后,修行者须去邪清垢千遍,每百遍以冷水当头冲下一遍,共须冲水十遍。冲水后不得擦身,直接穿戴整齐,不下雪也须披上蓑衣、戴上斗笠,而后才能出门上路。路上无论如何风狂雪大,都得不断敲打小钲。苦行者必有同行人,到其宅旁只需一敲小钲,同行者便在家中敲钲回答,而后开门出来一同前去。所以不进同行者家门,是因苦行者若见女人便沾了污秽,还得跳入河中或从井中汲水如前一般当头淋下,去除了污秽后才能继续前去参诣。因此但闻苦行者钲声,女人便都不出门;若于途中听到钲声,则远远避开,不与相遇。苦行期间若闻有人去世，则即使远隔二三日里，也不论原本是否相识，苦行者于参诣过所奉神佛返家途中，都会前往丧家为死者殷殷祈祷冥福，此亦苦行内容之一。为此凡遇不幸且去日未久丧家都会清扫庭院，备下斋食，诚心等待苦行者前来。寒中念佛与寒中诣大神等苦行情况大致如此，他处如何不得而知，但与江户之寒中念佛及裸身参诣显然大不相同。或因寒中修行如此艰苦，所得利益因而也灼然昭彰。就此将于下篇专文记述，以示童蒙，使知只需苦苦修行，虔心祈祷，无论哪位神佛都会感应显灵。

寒中苦行威德

此事发生于不久之前。距我居地盐泽西南方十町多地方有一田中村。村中有一寒中苦行者如上所述。一日，这苦行者身背大米前往五六町外中村，途中须经过三国街道[1]。一路上商旅往来，颇是热闹，但所有人都踏着前人脚印前行，宽阔街道上因而只有窄窄一条路可以行走，左右两旁都是松软积雪，一脚踏入便要没及腰际。按雪国习俗，背负重物者即使路遇武士，也只需向旁闪开一步，让出道路即可。[2] 这日苦行者也路上遇一武士，因背负重物，便按惯例向旁闪开了一步，不料武士却厉声吼道："闪开！"苦行者背负沉重，若遵命闪开，哪怕再往旁踏进一步，也

---

1 当时联结越后（今新潟县）与上野（今群马县）的干道。
2 按江户时代法律，商人、农民等路遇武士必须避让，不得无礼，否则武士可杀而无罪。此是当时武士的特权之一。

必连人带物跌入深深积雪中。正犹豫着,不知如何是好时,却只听得一声怒吼"这厮怎敢无礼!"紧接着肩头便挨了重重一撞。他背着重物,如何受得起,当时便摔在了积雪中,而武士也仿佛被人甩出一般,倒在了雪中。好在雪厚松软,未致伤残,田中村苦行者一骨碌翻身立起,也未扭头后顾,便继续向前急急赶路。稍后不久,又一田中村人由此路过,见武士倒在雪中不起来,不觉奇怪,因前去询问是否染病。武士可怜巴巴地央他快扶自己起来。田中村人见他脸色虽异,却也不像有病,便伸手要拉他起来,可武士却手也伸不直,想扶他起来既扶不起,用尽全身力气要抱他起来,又沉重得如有巨石般一点不得动弹。见村人诧异,又惊又惧,武士这才如此这般,"于是五体蜷缩,动弹不得",将事情经过详细叙述了一遍。田中村人听武士提及背米者,心中明白了大半,便大致对武士说了苦行者情况,告曰这必是苦行者的惩罚,自己如今正好也要去田中村,一定将他带回,你可向他道歉,求他宽恕,如此必能有救。现请稍候,某去去就来。不久果然将那苦行者带了回来。武士一见,双手合掌再三道歉,求他宽恕。苦行者却面无愠色,并不生气,只一言不发地立即脱去衣服搭在川柳枝上,赤裸全身淋过水后向寒中参诣方向伏下祈祷。祈毕,抓住武士手只一拉,武士便轻轻松松站了起来,满面羞惭地道过谢后离去。此事由一常来我家的田中村人叙述,想必属实。(图30,见150、151页)

雪中幽灵

与我居地相邻驿站名关,关驿之后有一村名关山,于关山村有一桥可渡鱼野川。鱼野川水流湍急,稍下点雨,水位略涨,这桥便要被冲垮。如此架了又垮,垮了又架,那桥自然只能是简易之桥。但桥虽简易,河面却宽,桥身因此也不短。下雪时当地人要铲去桥上积雪,才能保证过往安全。但一夜之内有时可积雪三尺五尺,若不每天清除桥上积雪,则桥面既窄,积雪又深,纵是常来常往者由桥上过,有时也会一脚踩空,落入河中溺水而死。

再说于此关山村村子一头,住有一念佛的有道和尚名源教。他独自一人结庵居住,虽已年过六旬,日日仍念佛三昧,虽无学识,行止却丝毫不劣于精通学问的大僧人。又每年都要寒中念佛,苦修不已。但不禁言,只每夜念佛敲钲、参诣菩萨,诣毕返回草庵,两夜中必有一夜要来此桥上,为多年来于此溺水身亡者祈求冥福。这夜是他满愿之夜,因特意来桥上更虔诚热烈地为死者祈求冥福。正敲钲念佛间,皎皎明月突然被云遮蔽,变得朦朦胧胧,阴阴森森。正觉怪异间,忽然又见有蓝火飘飘忽忽由水中冒出。"此必溺死者阴火无疑。"想到此急忙闭目敲钲,继续念佛。一会儿睁开眼来,却见桥上约二间远处站着一女子,年约三十出头,脸色苍白,黑发披肩,仿佛刚从水中出来,正拢起湿漉漉的袖子立在对面。若是一般人或早已吓得大叫而逃,但源教既没叫也没逃,而是相对站立,仔细打量。当时周围漆黑一片,但那女子却清晰可辨，由此也可知绝非此世之人。再仔细察看，见她通体透明，连身后景物都依稀可见；腰部以下更若有若无，朦胧不清。"此必幽灵无疑！"如此想着，又继续念佛不止。那女子见他如此，双腿不动，如飘一般地移近前来，细声细气地开口说道："奴家古志郡某村（村名略去不记）人，名唤阿菊。丈夫儿子都已先赴冥府，只留奴家一人在此世间。家中粒米皆无，炊烟不冒，只好往附近五十岚村亲戚家去乞求帮助。不料过桥时一脚踩空，溺死于此。今夜是奴家去世七七四十九夜，但既为世人抛弃，奴家哀苦又有谁来同情？只有高僧时时来此为奴家祈求冥福，奴家因此得喜结佛果。只是这一头黑发仍为妨碍，让奴家迷于阎浮，不能自拔，实可怜可悲。敢再求高僧为奴家剃去这一头黑发，以了结尘缘，脱出阎浮。望勿推脱，呜呼悲哉。"言毕以袖掩面潸潸落泪。源教答曰："此事不难，尽请放心。只现今手边无可剃之物，不能为你剃度，请明夜来愚僧所住关山草庵，一定为你了结此愿。"话音刚落，就见那女幽灵十分高兴地点了点头，随即如烟一般飘去不见，周围随即又明月皎皎，白雪皑皑。

如此源教回到草庵，次日托人叫来平日里交往密切的同村染匠七兵卫，对他详细叙述了昨夜遇阿菊幽灵事，而后说道："阿菊亡灵今夜必来。此等事若能说与那些疏远佛主者听，定能有助教化。只是若无亲眼目睹证人，或将以为是愚僧瞎说。想你为人素来正直，为此想求你来做这幽灵证人。这也是为人行善自己积德之事，望勿推辞才好。"七兵卫与这和尚年龄相当，也虔心信佛，故此点头答道："既是高僧求托，如何可以推辞。上灯时分小的前来，隐在人所不见处注意观看便是。""如此甚好。这壁龛下正是一藏身好去处，可以藏匿其中。但务必守口，不可告诉他人，否则村里年轻人都争相来看，岂不要将幽灵吓跑。""记住了。"如此答着，七兵卫回家自去准备不提。

到了黄昏，源教如往常一般供过佛，又将四周洒扫干净后便专心诵经。不久七兵卫来到。源教诵完经请七兵卫吃过点心，见天色已黑，便让七兵卫躲进佛龛下壁橱中，橱门上开一孔以便窥视。而后特意将佛龛前长明灯与庵中照明灯拧暗，于佛龛前为幽灵备下新蒲团，虚掩大门，留下一道缝好让幽灵进来。又磨利两把剃刀，将一切准备停当后，急切等候幽灵到来。夜深风起，下起了大雪。风由虚掩着的大门钻入，刮得灯火摇曳闪烁，将明将灭。源教见了，忙起身将门关好插上，回到炉边对藏身壁橱中的七兵卫说道："橱里铺着棉被，你可躺下休息，但不可睡着。""这如何会。但想就要见到幽灵，念佛犹恐不及，如何还敢瞌睡？倒是师傅别又如往日一般打起盹来，误了大事。""嘘，说话小声点！要看幽灵就别出声！"源教说着，取出讨来的粗烟叶吸了几口，又念佛强压着哈欠，摸着下巴拔起了胡子。四邻一无住家，周围寂静无声，只有雪打帘子沙沙作响。夜渐深了。

但幽灵还是连影子都不见。源教烤着火身体暖和，不觉就东倒西歪打起了盹，不久竟睡了过去。到他睁开眼时，阿菊幽灵却不知何时早已到来，正坐在新蒲团上，低头对着佛龛。源教虽然不怕，却也不由得一阵战栗。但很快就静下心来，向幽灵表示了欢迎。幽灵并不答话，身上装束仍与昨夜一样。源教洗过手，用盆装了水，手持剃刀走近前去，见幽灵乌发披肩，根根濡湿，有水珠点点欲滴，却一点没有冒雪前来的痕迹。和尚一边为她剃度，一边暗中思忖着如何能将头发留下，日后好作个证据。可那剃下的头发却像被线连着似地，一根接一根全都进了幽灵怀中。和尚心想女子都爱惜自己头发，这也不怪，便边剃边将头发缠到手指上。但不知怎的，那头发还是自行脱开，溜进了幽灵怀中。如此直至剃度完毕，也只在手指上缠住了极少的几根。再看幽灵，只见她正将苍白干瘦的双掌合于胸前，默默拜过佛像，渐渐隐去身影，消失在了漫漫黑夜之中。（图31，见152、153页）

关山村毛冢

于是染匠七兵卫由藏身壁橱中爬出，对源教说道："哎呀呀，真吓死我也。虽说是个和尚，敢为幽灵剃度也真是胆大。小的只在一旁偷看，却已经毛骨悚然，再也不敢一人回去，今晚就许小的在此借宿一夜吧。""无妨无妨，就请在此将就一宿。府上或早已歇息，此时不回也好。你看这，愚僧为今后作证据，好不容易留下了一些幽灵头发。幽灵也有心，不让愚僧多留，只给了这几根。你可看看！"七兵卫伸过头来看了看，却不敢取在手里。和尚用纸包起头发放进佛龛，"晚饭时喝的酒还剩下一些，虽然没菜，也请喝点吧。"说着取出一些小菜，两人在炉边盘腿坐下，对饮闲话。七兵卫道："幽灵这东西倒是曾听说过，但亲眼目睹却还是平生第一次。虽只是匆匆几眼，却也是前生缘分。小的本也不想白看，今夜又真真切切感受到了佛法的可敬可畏，不如明天就在此庵为阿菊终得佛果做诵经百万遍佛事，不知可否？"源教道："那可是大功德一件。你正可告诉众人如何见了古志郡阿菊亡灵，愚僧也从旁作证，告众人以幽灵事以为教化。"源教接着又说此等事其实古已有之，譬如《砂石集》[1]中就有记载。又说了一两个模糊记得的道听途说幽灵故事，见夜已深，便两人共用一床被褥躺倒歇息。

转眼天亮，七兵卫由源教陪着回到家中，叫来街坊四邻，讲了自己见到阿菊幽灵事，源教也从怀中掏出留下的头发让众人看，众人都惊诧不已。于是七兵卫说了为阿菊诵经百万遍的想法，到场众人都说这才是大善行，今晚就举行；茶点由我等带去，高僧只请备好茶就行；念珠庵里没有，也由我等到寺里借来带去；各自还可多邀些人齐去念诵。七兵卫妻在一旁听了，也对夫君道："何不干脆捣些年糕带去。"众人你一言我一语，很快就将这事定了下来。

如此到了晚上，众人齐集源教草庵，拥挤庵内诵经念佛，佛事办得既颇热闹又颇隆重。此事一传十，十传百，一时成为众人的关注话题。一有志者提议将源教所存幽灵头发入土埋下，建塔供养，如此阿菊亡魂虽在九泉之下，也必定会高兴感激。众人大都赞同，事情便很快定下。到了终于要建塔时，源教说此等善举导师非我可以胜任，宜请最上山关兴寺上人前来担任。众人觉得有

---

[1]《砂石集》通称《沙石集》，镰仓时代佛教故事集。凡十卷，无住撰，成于1283年，后曾经多次增补。内含许多具庶民特点的诙谐笑话，柳田国男因誉之为堪与《今昔物语集》相媲美的诙谐文学，对后世文学颇有影响，以至有《续沙石集》等不少类似故事集问世。

理，便往最上山关兴寺对上人说了事情原委，请他为阿菊起了戒名。而后到阿菊落水桥旁葬发建塔，一切都如葬人一般。葬毕，众人又齐集塔的四周虔诚诵经，办了佛事。后来染匠七兵卫即由此生了皈依佛法之心，终于出家做了和尚。此事虽早已过去多年，但关山毛冢至今犹存。

雪中逐鹿

其他地方人都以为越后全境大雪，但其实不然。如前所述，临海地方雪少。雪大地方仅鱼沼、颈城、古志三郡与割羽、三岛二郡（积雪有深有浅，因地而异）。蒲原是大郡，雪少，但东南与奥羽相邻处高山连绵，一些地方积雪极深。雪多处，积雪期间不用牛马，因人行雪中可穿雪鞋等以便行走，而牛马不行。于雪中驱牛马拉车驮物，积雪可没及牛马头部，故此牛马约从每年十月至翌年四月初不能使用，却须白喂，此亦暖地所无一大难。野兽也如前所述，每年一降初雪便沿山迁往少雪地方。或未及迁徙被困雪中，不少便被猎取（猎熊事已于上卷介绍过）。野猪凶猛，雪再深也不易猎得，但鹿、羚羊等力弱，于雪中易得。尤其鹿腿长且细，奔跑雪地中甚至不如人快。鹿不好深山，多生息于山麓近村处。世间凡事都熟能生巧，习惯于山地狩猎者仅凭雪中足迹便能知是何种野兽、于何时经过此地、是今晨还是刚才等。据说由三国岭绵延向北的二居山口地方人但要进山逐鹿，总是结伴而行，为便划雪（当地俗称行于积雪深处为"划雪"）。各人自行结束停当，腰插山刀，手持火枪、短矛及棍棒等一同进山。发现鹿迹便跟踪追赶，必能赶上。鹿见人来欲逃，却如跋涉于沼泽地般步履艰难，不如人快，最终总要被人追杀。据说曾有刚勇者抓住鹿角将之扳倒后以山刀杀死。此等事或不见于温暖地方，因且记下以为谈资。

宿山遇大虎

临近与我居地相邻关驿有山名饭士山，山东毗连阿弥陀峰。此峰是当地人的薪柴山（各村自有按规定所属者），每到二月降雪停止，农夫便常相约结伴，进山伐薪。备好数日食物后登上此山，找个合适地方搭起简易小屋备晚间歇息，而后便每日分散各处，各自随意伐树劈柴，运至小屋旁高高垛起。估摸着已够一年之用，便将伐好薪柴留山上，众人下山返家。这叫"宿山"（以宿于山上干活故名）。到夏秋之交，堆放山上的薪柴既已干透，便赶着牛马上山搬回家来备用。所以如此，乃因此地雪大，降雪期间不能进山砍伐缘故，是我越后人为雪所苦而想出的应对之法。但此阿弥陀峰上无水，峰下虽有溪流，却在山谷间流过，距山顶有数丈之遥，不插上双翅休想下山取得水来。好在这里有一条多年老藤，一头缠绕着大树，另一头由山上垂下直至溪旁，宿山者要取水时可将桶背上绑好，缒着老藤下到溪旁，汲满水塞紧桶口后再背上绑好，攀着老藤爬上山来，一如攀登云中栈道般。宿山者若无此藤便打不到水，虽有绳索可用，却不如此藤结实牢固，让人放心，故此都视之为宝。一宿山者说，某年二月他宿山伐薪。一日，同伴七人正分散各处伐木劈柴，突然听见虎啸，声如巨雷，响彻群山。众人吓得两股战战，全都躲进小屋，手持斧头，竖起双耳，胆战心惊地听着屋外动静。那吼声时近时远，仿佛有许多老虎在遥相呼应。仔细一听，却又只是一头。但闻吼声，不见虎影，好不容易挨到吼声静止，七人战战兢兢摸出小屋，来到方才传来吼声处，见冰冻雪地上有新鲜虎足印，竟大如日常家用圆盆。天地造化，无奇不有，如此大虎也难说没有。据余信州友人称，其乡人某年夏天于千曲川夜钓，见水中有一岩半露水面，大小可容三人，正好垂钓，便登上此岩，甩出钓钩垂钓。一会儿突然发现身旁岩上并排亮起了两个灯光，个个都有手球般大小。不觉奇怪，借着云中月光注意一看，却原来自己所坐不是岩石，而是一巨大蟾蜍，那亮光正是其双眼。乡人吓得魂飞魄散，扔下钓竿等所有东西，抱头鼠窜而逃。

山间隐语

前篇所述宿山伐薪事，非惟此地有，于其他地方，如小出岛一带及上越后山根各村等也有。所有于深山谋生者说话都用山间隐语，若有疏忽用了乡里语言，据说必遭山神报应。他处所用隐语或不清楚，但于此地山间隐语中，米称"草实"，豆酱称"圆粒"，盐称"稍舔"，烤饭团称"藏王"，泔水称"杂烩粥"，天气晴好说"特高"，风称"微吹"，雨、雪都称"起舞"，蓑衣称

"八十"，斗笠称"铁架"，人死称"闭眼"或"蝇睡"，男根称"刹[1]立"，女阴称"熊穴"。此外还有许多，不能一一列举。由称女阴为熊穴推想，隐语或与商家所用行话相似。在山里不用隐语要招山神报应一说不可轻信，但神有灵事却也非人虑可以轻率诬之。

雪中儿戏

如上所再三提及，我乡里从十月至翌年三月末，每年约有半年积雪不化。但生于此长于此，儿童之雪中游戏因也花样繁多，且多为暖地之所不见乃至难以想象。譬如乡里儿童常成群结伙，齐心协力以小木锄将大人挖起的高高雪堆挖平踩实（雪国习惯，雪地中儿童也穿稻草靴），再如垒土墙般堆雪筑起颇大围子，其间又以雪筑墙分割房间，开口往来，相互以为邻家，所有围子也都开有出入口。又于其中或筑一室如神社，室前有台阶，室内堆雪人如神像，谓之天神[2]（也堆惠比须[3]、大黑天[4]等福神）；或于雪

---

1 刹，塔中大柱。
2 天神，泛指天上之神，特指菅原道真。菅原道真，845—903，平安初期公卿、学者。曾受天皇重用，官至正二位右大臣。894年奉命为遣唐使，但建议并终止了遣唐使的派遣。901年受藤原时平谗害，左迁九州太宰府为权帅，两年后死于谪所，年五十九，死后追赐太政大臣，人称菅公，被奉为学问神。编著有《日本三代实录》《类聚国史》《新撰万叶集》，有汉诗文集《菅家文草》与《菅家后集》等。参见本书二编卷三第八篇"逃入村之奇"。
3 惠比须又称蛭子神、事代主命，日本七福神之一，司掌商业，是商家福神。
4 大黑天原为印度佛教神名，在日本民间为七福神之一，司掌财富。

地上遍铺草席，造出一间可供煮饭做菜的厨房兼餐厅。一切都以雪筑成（于雪地上挖个坑，铺上米糠，即可于其中烧火而火不灭），此名雪堂，又称雪城。儿童可聚雪堂内烧烤蒸煮，供神会餐；又可于其间筑起隔墙，扮作邻居，你来我往，好不热闹。总之花样繁多，层出不穷，可以尽情玩乐。玩腻之后还可推倒雪墙，捣毁雪堂，而此亦一大乐事。还可冲到附近其他儿童所建围子去"攻城略地"。当然，也可将辛苦筑起的雪堂雪城保留下来。牧之幼时曾于此游戏中任过一方大将，可惜后来光阴虚度，马齿徒增，如今这一切都已成了昨日美梦。

座头[1]天降

如上所述，我越后多在雪中迎新春，为此除夕日各家各户都要更多开挖房舍周围积雪，以利窗户采光。挖出之雪因年关事多，不能全部运走而只好就近堆放，有时竟将房前道路堆得高与屋顶平，行人来往其上颇为危险。一年除夕夜，余怀揣已经批点的俳谐歌卷，与俳友兔角子结伴前往该卷主持人家，将俳谐歌卷交与主人。主人大喜，说今夜是吉日良辰，姑请宽坐闲话。说着唤出妻子、媳妇、女儿等所有内眷，众人围坐炉边随意漫谈。闲谈间，主人妻问余道："据说除夕夜有鬼要来人世，江户城因有除夕日祓除不祥习俗，众人以驱鬼为名，借机取乐，向人乞要

---

[1] 座头：盲人或以说唱、按摩、针灸等为业的削发盲人。

东西,不知此事是否古而有之?有鬼要来之虚言是否也源自古代?"余答曰:"此事于府上所藏《年浪草》中有吾山撰梗概介绍,取来一读便知。"当时兔角子酒已半醉,因插嘴戏言道:"有鬼要来事如何会是虚言?女子等聚集处便是鬼之所好处。正因有鬼要来,故而要撒豆驱鬼,此于俳句季语集[1]中都有记载,如何会假。"主人之妻身旁坐着十三岁女儿,闻言插嘴问道:"则先生曾见过鬼?""自然见过。鬼亦有各种各样,常见者为青鬼、赤鬼,面白性善者名白鬼,色黑体肥者叫黑鬼。余在江户时曾见驱邪者用力抓着鬼,嗖地将之扔入西海,当时那鬼便是黑鬼。既然江户除夕夜有鬼前来,本地除夕夜更当到处有鬼游荡。不信可到亮窗下去看看,应当极易见到的。"被他半真半假地如此一吓,那媳妇与姑娘尽管仍还嘴硬,口口声声"别胡说",心里却早已惧怕,紧紧偎在了母亲的左右两旁,动也不敢一动。就在此时,忽闻身后高处一亮窗咔嚓一声巨响,紧接着就见窗户开裂,挖起堆于房前的雪堆轰隆隆地崩塌落下,裹着一人从窗户泻进了屋里。在场女子全都吓得一声尖叫,趴倒在地差点昏厥;男人也都大吃一惊,跳起来愣在一旁,半晌不知怎么回事。仆人听到响声全都拥进房里,可仔细一看那裹着雪破窗而降者,却原来是常来家中、名唤福一、专为人按摩的盲人小座头。所幸他有雪垫着未曾受伤,拿手一撑便从雪中立起身来,摸摸脑袋揉揉腰,道了声"小僧福一",听见众人笑他也不由得笑了起来。众仆人七手

---

[1] 俳句季语集指收集俳句所用表示季节语句,并将之按季节分类、整理而成,供人咏俳句用辞书。撒豆驱鬼是立春前夜民俗活动,可表示冬季,故于此类工具书中会有记载、说明。

八脚扫去落下的雪，又将亮窗临时修好，事情仿佛就此了结，主人妻却生起了气，大声骂道："什么福一？！兔角先生正在说鬼，你却掉了下来，害得我等真以为是鬼来了，连胆都被吓破。这一年一度难得的吉利夜晚，也被你这瞎子破窗而下，变得不吉不祥。还不给我快滚！"倒是主人体谅人，开口劝道："无妨无妨。但福一缘何会由窗户掉进？可有伤否？"福一笑道："伤倒没有，只是小僧原想今夜是吉庆时辰，应当来给各位道贺，因此离家出来。不知是哪个家伙使坏，挖出雪来，堆得道路与昨日不同，颇不好走，小僧一脚踩空便摔倒滚下，撞破窗户落了进来。并非有意要来捣蛋，还请各位多多原谅。"媳妇与姑娘听了不解气，齐声说道："还以为是鬼来了，吓得我等半死，却原来是你这可恨的瞎鬼！"主人妻也不肯罢休，接着又骂道："又打破了今年吉向[1]窗户，进来了个没眼家伙，实可憎恨，快给我滚！"兔角子见状，忙从旁劝道："福一可先回去，以后再来赔礼谢罪。"福一听了低头不语，沉思片刻后抬头对兔角子道："小僧有和歌一首，可否请先生为小僧写下？"这福一虽然年轻，却俳谐也通和歌也会，主人因此说道："这倒风雅！"便让兔角子记录。只听福一清了清嗓，朗声咏道："福一小米仓，打破亮窗从天降，捣饼道吉祥。"[2]

---

[1] 原文作"吉方"，一般作"惠方"，意谓当年吉祥方向，故译。每年吉向都依干支而定，朝吉向行事可万事吉利。

[2] 米仓：日语音"こめくら"——komekura，与"小盲人"谐音，在此又指福一；捣饼即捣年糕，是新年行事之一，日语说"もちつく"——motituku，但原文是"しりもちつく——sirimotituku"，意为"屁股着地摔倒"，在此也是一语双关，足显其机智、诙谐。

这和歌既诙谐又吉利，逗得众人转怒为喜，拍手称好。于是重上酒菜，推杯换盏。酒过数巡，主人命儿媳取出带家徽的短外褂一领送给福一，以为咏歌奖赏。福一接过，摊在膝上细细抚弄，高兴不已，连连口称因过得功，因祸得福，趁此新年将至之时赶紧穿上，以使明年一年吉祥。说着穿上外褂，再三用手上下抚弄，喜不自禁。此事成了祥瑞之兆，这年主人家媳妇头胎生下一个公子。公子健康成长，三岁时虽得了天花，但有惊无险，不久痊愈，如今已七岁。福一则因伶俐机巧，据说现已在江户为官。此事真是大吉大利。（图32，见154、155页）

图 23

滬海川奇蝶之圖

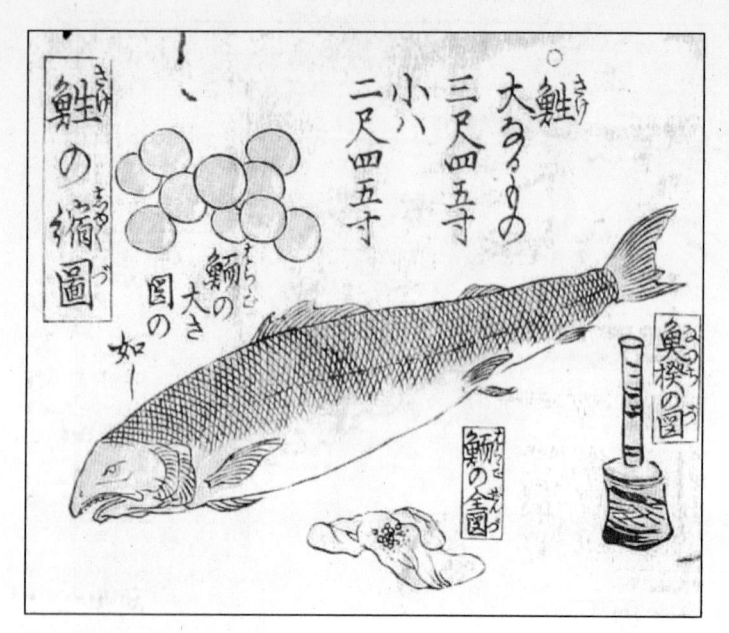

图 24

图 25

图 26

图 27

图 28

图 29

笠掛岩大氷柱圖

图 30

寒行者威徳之圖

图 31

雲中幽霊之圖

图 32

雪窓座頭を降亡圖

《北越雪谱》二编

越后盐泽　铃木牧之　编撰

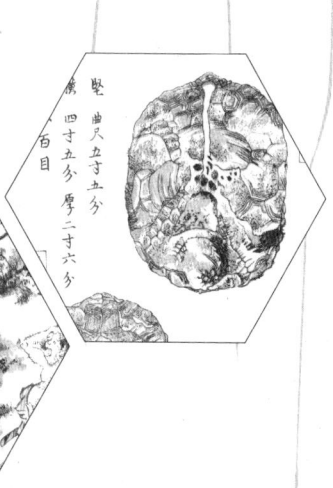

江　户　京山人百树　增修

竖 曲尺五寸五分
横 四寸五分 厚二寸六分
百目

《北越雪谱》二编·序

《北越雪谱》六卷（实七卷）为越后盐泽铃木牧之老人雪窗围炉、寒灯隐几所撰随笔，其事出实际，非构空架虚、无稽无据之谈。然翁固不必期梓行，向者邮简恳乞校正，因为芟刈芜蔓，摭撷菁华，先辑三卷，以为初编，告翁使书肆文溪堂刊布之。然后越雪之奇千汇万状，供卧游资，锦室妇妾、市窗妻婢得详知越雪，解士通人或云格致之一助，爰以《雪谱》之名颇踊跃。于是乎书肆频乞嗣撰，盖以知其残稿在也。余谓不踏越地，不可说越事，乃于丁酉之夏携儿京水越游数十日，有纪行之作，再采数修，删补翁之残稿，以为二编。稿定将置序言焉，时值晓春，连日放晴，红酣绿战，花神旺壮，游心勃兴，欲诣赛[1]成田山威怒王祠，

---

1 原文如此。

以疗锥毛之疴。夫成田山香火之盛，世之所知也，凡自江户到成田者，抵小网衢桥岸搭船，水路直往行德。都人皆以为捷径。盖行德一市会也，不必见有成田香火者搭船，常自齿列于桥岸待行客，是以俗呼兹岸云"行德河岸"，呼兹船云"行德船"。余亦临此搭船，其所供载者多庸卑，杂沓猥亵，众口喋嘈。余旁有一僧一士一商。僧年齿六十许，从一童僧；士可二十四五，夸嘴轻俊，殆似学究；商半老懵懂，相俱接膝，余缄默不敢出一语。瓦屋渐尽，两岸茅茸，樱花浮雪，嫩柳吐烟，村落春景，百逞如画[1]，颇具水行之会心也。船既过半途，庸卑多就眠，嘈嘈自罢，寥寥可悦。壮士出墨斗，持怀楮觅句，果是书生也。老僧以眼镜披书，士搁笔曰："尊者所执是何书？"僧曰："《北越雪谱》。"士曰："仆尝读之，兔园册子，何足以阅？"僧曰："贫道一度锡留于北，亲知越雪，故特购之以供读矣。今阅京山人序，彼少识字乎？"士曰："不然。夫京山者文场之奴，艺苑之台也。近年随俗落乎稗史院本之泥中，污涂姓名，遂不能脱其巢窟。虽然彼自谓李渔、金人瑞之亚流，文客争许之乎？"僧怡然笑而不应。余佯睡闻之。商已烟曰："鄙人书贾也，能识刊行之趣。凡上梓之书，不论编辑之荒诞与辞章之奇隽，只以多销为大著述，奉其作者为摇钱树。翁虽感服韵士新书，苦其不卖，唾而不顾，是书肆之通义，曹偶之常态也。《北越雪谱》初编之梓，一举贩七百余部，刷版装本至不暇给，故二编刻发兑当有近矣。"士不然其言，调舌不止，鼓嘴频敲。僧手释卷曰："论说姑置，足下识京

---

1 百：比喻多；逞：显示、夸耀。"百逞如画"意：无不争奇斗艳，美丽如画。

山乎？"士曰："不识。"僧曰："我十年前与彼会于一精舍，仅得一面之识，不为无因缘。"言毕遽然拍余背曰："京山老人醒眠！长兄忘我欤？"余愕然不得应。时船至行德之岸，舟中之人皆上岸，不得絮叨吐款于兹矣。此夕缀其言于逆旅灯下，以为序云。

天保十一年庚子洁月
京山人百树并书

《北越雪谱》二编·卷一

越后城邑

据日本国史载，越后藩古时地跨出羽、越中两藩，而今领有七郡。东有岩船郡（因古为运石海路而得名）、蒲原郡（有新潟港），西有鱼沼郡（远海），北有三岛郡（临海）、刈羽郡（近海），南有颈城郡（有近海处）、古志郡（远海），以上共七郡。城邑有岩船郡之村上（内藤侯，五万九千石）、蒲原郡之柴田（沟口侯，五万石）、黑川（柳泽侯，一万石，兵营）、三日市（柳泽弹正侯，一万石，兵营）、三岛郡之与板（井伊侯，二万石）、刈羽郡之椎谷（堀侯，一万石，兵营）、古志郡之长冈（牧野侯，七万四千石）、颈城郡之高田（榊原侯，十五万石）、线鱼川（松平日向侯，一万石，兵营）。此外，富庶之地有鱼沼郡之小千谷，古志郡之三条，三岛郡之寺泊、出云崎，刈羽郡之柏崎，颈城郡之今町等。蒲原郡之新潟港为北海第一大港，自是福地，无须赘言。其余富庶地介绍姑从略。全境由十月开始降雪，积雪依地势不同而有深浅，具体待卷末细述。

和歌古迹

蒲原郡有伊弥彦山（"弥"一作"夜"），山上伊弥彦社为越后第一古迹。所祭神灵为饶速日神[1]之子天香语山神，是神于元明天皇[2]和铜二年（709）曾垂迹于此（神社食邑五百石）。此山虽不甚高，但与其他山峰俱不相连，傲然独立于越后八十里海滨中部，因而尤显雄伟。又兼有国上山、角田山护卫左右，俨然君王面南而坐、接受越后诸山拜谒般，无论由哪座山都清晰可见。以故越后之镇非此山莫属，而神灵垂迹此山也正因此缘故。有关此神之缘起、灵验及宝物等，当记之事极多，于兹从略。

此山既是灵山，自古便多有咏之者。《万叶集》中有佚名氏歌曰"伊弥彦山应有神，晴空万里飘细雨"，大伴家持[3]也曾咏曰"弥彦山麓伏神鹿，身着皮衣头长角"。越后和歌古迹此外还有许

---

[1] 又作迩艺速日神，日本神话中乘天磐舟自天而降之神。

[2] 日本第四十三代天皇，708—715年在位。

[3] 约718—785，古代望族出身，祖大伴安麻吕为壬申之乱功臣，父大伴旅人官至大纳言，家持官至中纳言兼春宫大夫。《万叶集》的最终编者，晚期万叶和歌的代表歌人。平安时代后为三十六歌仙之一，深受后代歌人尊崇。

多，如▲长浜：在颈城郡（一说在三岛郡），有家持咏歌曰"海边长浜长，好歇归雁翅"；▲名立：在同郡西浜，今为驿站。承久乱[1]后顺德院流放佐渡，途经此地时曾有歌曰"漂泊出京今何往，名立月下愁苦身"；▲直江津：即今高田海滨，有顺德院咏歌曰"杜宇声声不如归，我恋京都却难回"；▲越湖：蒲原郡地名多"潟"字，盖因俗呼"湖"为"潟"故，其大者名"福岛潟"，方圆三日里许，去湖不远有五月雨山，纪贯之[2]曾咏之曰"越湖之水浪滔天，近看文蛤舞翩翩"，俊成卿[3]也有歌曰"越湖不见即不见，何须为之常抱恨"，为兼卿[4]则有歌曰"经年积起越

---

1 爆发于承久三年（1221）的京都朝廷与镰仓幕府间战乱。1199年源赖朝去世后，镰仓幕府内乱不断。为夺回失去权力，后鸟羽上皇乘机举兵讨幕，但为北条氏集结的幕府军所败。乱后，后鸟羽、土御门、顺德三上皇被流放，追随朝廷的贵族、武士领地被没收，幕府又于京都设六波罗探题以监视朝廷，朝廷势力由此急遽衰退。顺德院即顺德上皇，1197—1242，1210—1221年在位。后鸟羽皇子。承久乱后流放佐渡。

2 约872—945，平安时代前期歌人，日本第一部敕选和歌集《古今和歌集》编者，有私家歌集《贯之集》，著《土佐日记》。后者为日本第一部以平假名创作的日记文学作品，作品对自己内心情感的抒发与作品的无情节性为平安时代女性日记文学乃至现代私小说所继承，影响颇巨。善书法，《源氏物语》中有"书则纪贯之"之说。

3 即藤原俊成，1114—1204，初名显广，五十三岁时改名俊成，六十三岁出家后法号释阿，俗称五条三位。平安末期至镰仓初期代表歌人，八大敕选和歌集之七《千载和歌集》撰者。有私家歌集《长秋咏藻》《俊成家集》，又有和歌理论著作《古来风体抄》确立了幽玄体和歌，对藤原定家、藤原良经等新古今时代和歌风格创立者影响巨大。

4 即京极为兼。镰仓末期人，1254—1332，出家后法号莲觉。官至权大纳言，正二位。因加入持明院集团，介入皇位之争，于1298年（佐渡）与1315年（土佐）两度被流放。著有《为兼卿和歌抄》，形成与二条、冷泉相抗衡的和歌京极派，为停滞中的镰仓末期歌坛注入了清新空气。1312年奉伏见院敕命编成《玉叶和歌集》——日本第十四部敕选和歌集。

湖水，可是山林千滴泪"；▲柿崎：颈城郡一驿站。有亲鸾圣人[1]咏歌脍炙人口，广为传诵。其歌曰"柿崎求宿始踌躇，终与主人相厮熟"[2]。按，圣人名善信，三十五岁时遭谗被贬，谪于越后，时承元元年二月。五年后得天皇敕命赦免，又留越后弘法五年，以故越后多圣人遗迹。圣人于各地弘法二十五年，六十岁时返回京都（越后五年——按史书记载是七年，下野三年，常陆十年，相模七年）。弘长二年十一月廿八日迁化，享年九十。《柿崎歌》当作于其行脚各地弘法时。

此外还有有明浦、岩手浦、难波渡及井栗森林、越之松原等和歌古迹，但同名者他处也有，难以断定是在越后。只是去今[3]五百四十一年前，永仁六年，藤原为兼卿贬谪佐渡，于三岛郡寺泊驿等待顺风期间与艺伎初君相好，当时初君曾咏歌一首曰"越路海滨多忧愁，白浪为此常回头"。或因此歌吉祥，五年后之嘉元元年，为兼卿即获赦返京。九年后，正和元年，为兼卿编《玉叶集》时收入初君此歌，使成了越后第一逸事。初君遗迹在今寺泊，俗称"初君馆"。贞享元年[4]有释门万元题书初君歌碑，后被毁，今存者为享和年间[5]乡人重修。

1　1173—1263，镰仓初期僧人，净土真宗创始者。初名绰空、善信，死后谥号见真大师。青年时为比睿山学问僧，1207年受师傅法然牵连，流放越后并被迫还俗，名藤井善信。四年后遇赦，辗转各地研究、鼓吹净土信仰，影响巨大。著有《教行信证》等。又有弟子唯圆编亲鸾法语集《叹异抄》等。
2　歌中"熟"字双关，一是柿子成熟不涩，于此暗指地名"柿崎"；二是两人相熟不再陌生。
3　"今"为著作此书的天保十一年（1840）。
4　"贞享"为日本古代年号，贞享元年为1684年。
5　"享和"为日本古代年号，起止于1801—1804年。

雪中元旦[1]

日本第一大雪处非越后莫属，此已为世所公认，古今皆然。而越后第一大雪、每年积雪总达一二丈处，则为我鱼沼郡，其次古志郡，再次颈城郡，其余四郡积雪都相对较浅。以此推之，我鱼沼郡可称日本第一大雪处。余生于长于鱼沼盐泽，至今已历六十余年，每年十月前后至翌年三四月，半年有余都只四顾茫茫，所见惟雪。即如近日作此《雪谱》，也是因风狂雪暴不能外出，只能借此聊以解闷故。

我盐泽去江户仅五十五日里，道路若直则更近。无雪时脚力健者四日便能到江户。江户于每年元旦，缙绅朱门如何庆贺或不详，市井百姓则千门万户必饰常青松，立盛世竹，圈太平虆索；新年贺客皆麻衣麻裙，结伴往来。又有驱鸟女大夫[2]手弹三弦琴，口唱吉祥歌，良家女儿拍羽毛毽，男儿放风筝，所见所闻无不吉利祥和，而元初之日又和煦灿烂，普照大地，更平添了一层新春气象。都会元旦与雪域元旦虽同为元旦，但都会之繁华与僻地之雪景却霄壤有别。

元旦于我乡里是一片雪白，山野、田地乃至村庄俱深埋雪下。梅柳之类原该知春，但自去秋降雪前为御雪而支以木桩并绑缚起来后，至今仍深埋雪中，并不知有元旦之春，故此本地不到

---

[1] 本作品记年月的是农历，故此处元旦指的是农历正月初一。
[2] 详见本书二编卷三"驱鸟台"。

三四月不见梅花开。芭蕉翁有俳句"月朗梅香春意浓",所咏当为大都会之正月十五日,而"山里万岁梅花迟",则应是僻地三月之咏歌。若是本地正月,则门松立于雪中地上,藁索围于雪中檐下;礼者[1]着木屐,从者着藁靴,行于雪径遇雪阶,礼者也须换藁靴。此木屐、藁靴非惟礼者如此穿用,而乃人人如此。本地不到初夏积雪化尽,不能穿草履。如此元初之日也只得与银白世界相辉映,一丝不见春光春色。古人有歌曰"若是只待百花开,可往雪中觅山花",歌者想必是少雪地方都市人。若是雪域之人,则终其一生身处春中不知春。以此想来,能得居住于繁华丰腴之大都会,岁岁得享梅红柳绿之鲜丽春光,实为三生有幸。

雪中正月

一如初编所述,我越后之雪少有成鹅毛状者,大都粉状松散如白沙般。冬雪更不凝结,入春后却冻硬如铁石。冬雪不冻结,是因此时少湿气,雪粉干燥如沙尘故,此与暖地雪大不相同。然积雪冻硬之日亦其将化之时。入春后虽或也降雪频频不减冬季,但因此时天地已得了阳气,积雪总不过五六尺。春雪易化,但大雪年份入春后仍须上屋除雪。如初编所述,积雪须以榉木制成木锄如掘土般清除,故此俗称"掘雪"。屋顶积雪不清,房屋将被

---

[1] 四出贺岁者。

压塌。而去冬各家各户掘出之雪既已堆满路上，高过屋顶，今春降雪又堆其上，更如一座座小山般耸立于房前屋后。如此积雪高过屋顶，遮了光线，迎春时为使屋内亮堂，心情舒畅，家家户户便要掘去采光窗前积雪。然有时天降大雪，一夜之间便积起三四尺高，元旦早起一看，家中复又幽暗昏黑，只得于昏暗朦胧之中煮食年糕庆新春。越后人如此，北国之人也都如此，年年只在雪中迎新春、度正月。如此正月，真愿暖地人也能知之。

雪　球

江户儿曹于新春游戏，女儿则打手球或羽毛毽，男儿则放风筝。而如前所述，我越后入春后仍到处积雪，行路尚且困难，儿曹更不能上路戏耍，于是便有了玉栗[1]游戏（非止新春，平日于雪中也玩）。具体玩法是：先将雪团成鸡蛋大小，而后往上滚雪，以脚踩实或于柱上按压结实，此称"增肥"。如此将雪球团成手球大小后，便置他人雪球于檐下等处，而以自己雪球打之，能打破对方雪球则为胜，若被打破则为败。此游戏于不同地方有不同称呼，如"konbou"、"独乐"、"地独乐"、"雪玉"（"雪"于乡里俗称"iki"，以故"雪玉"读 ikindama。）、"zuzugo"、"胜合"[2]等。团雪球时掺进些许盐粉可使之坚如石块，以故儿童相互禁止往雪

---

1 玉栗，音：tamakuri，意：雪球。——译注
2 冲突，决胜负。

中掺盐。以此看来，盐可坚万物，因而肉等以盐渍之则不腐，早晚以盐水漱口则牙能坚硬持久。雪球虽儿曹游戏，却可证明"盐坚万物"之理，故兹记之。此地儿童还有"雪堂"游戏，于初编已有记述，兹从略。

羽毛毽

（我乡里俗说"回羽毛毽"，而非"打羽毛毽"，因对方须将之击回故）

据曾于江户度正月者称，其时市街上处处青松翠竹装饰一新，其间又有年轻女儿身着五彩鲜丽服装，手持各色羽毛毽拍，分列两排愉快打毽，其景之多彩，其人之欢愉，实无愧为大江户之新春。但我乡地处偏远，虽有此种游戏，却无此等华丽。正月间奴婢也有少许假期，可以游戏，于是便打羽毛毽。为此须先寻一合适处，踩实积雪使如相扑场。羽毛毽以溲疏[1]木锯成一寸长短后，插以三根山鸡尾毛制成，远大于江户羽毛毽。打时以掘雪木锄为拍，用尽全力可击起甚高。但羽毛毽既如此之大，打时又如此费力，儿童便不能玩，惟年轻力壮男女可紧裹绑腿，足蹬草靴玩之。又既是众人打一毽，事先便要定出规矩：但一拍击空，让毽落地，便要被众人以雪投掷或劈头盖之。每当此时，眼看着雪粉由衣领落入怀中，被打者冻得索索发抖，再三求饶，围打众人却前俯后仰，大笑不已；而处身屋中、由窗户向外作壁上观

---

1 植物名。一名水晶花。

亦雪中一大乐事。京传翁于《骨董集》[1]（上编之下）中引《下学集》[2]释文称，羽毛毽拍历史至少可上溯至距文化十二年（1815）三百七十余年前之文安年间[3]，再前则有否不详。又据《下学集》考，羽毛毽拍有"はごいた"（音 hagoita）与"こぎいた"（音 kogiita）两种读法，如此则"こぎ（音 kogi）子"亦指羽毛毽。我越后也有如江户般打羽毛毽处。（图33，见192、193页）

暴风雪中卖饭团

于雪国生活所惧者，冬则雪暴、雪啸，春则雪崩，其状之奇其事之异已如初编所述，本不该赘述，但如今又闻一事颇奇，姑且录下，以供暖国人茶余饭后充作谈资。

金钱之可珍贵，已如鲁氏《神钱论》所尽述，于兹不必赘言。但年成凶时自不必说，纵令只是临事饥饿，屡舔铜板也不能

---

[1] 山东京传，1761—1816。江户中期读本、滑稽读本等作者，浮世绘画师。原名岩濑醒，别号醒斋、醒世老人、山东庵、菊轩等。有代表作《江户生艳气桦烧》（1785年刊）、《通言总篱》（1787年刊）、《忠臣水浒传》（1799年刊）等。晚年致力于近世初期风俗考证，撰有《近世奇迹考》（1804年刊）、《骨董集》等随笔。是江户时代涉猎领域最广、创作能力最旺的作家，据传死前六小时仍伏案著作。门人有曲亭马琴等。胞弟山东京山即本书删定者。由山东京传撰文，喜多武清、歌川丰广、山东京山作画的《骨董集》为江户后期随笔，凡三卷。1814—1815年刊。以文字与图示相结合，考证、说明了近世风俗、文物等的起源与演变历史等。
[2] 室町中期百科辞书。凡二卷，著者不详，成于1444年。分天地、时令、神祇、言辞等十八类。以片假名注音，汉文注释。现存有1617年后版本多种。
[3] "文安"为日本古代年号，起止于1444—1449年。

果腹；人于饥时，银币一枚难抵粗饭一碗。据闻五十余年前大饥荒[1]时，即有怀揣百金而饿毙道旁者。

且说我鱼沼郡薮上庄有一农夫欲往柏崎驿，其间行程约五日里。途中遇一苎纻商，遂与之结伴而行。当时正值十二月初，连日大雪初停，天气晴好，两人因此心情舒畅，并肩边走边聊。但雪国天气说变就变，行至一名冢山之小山脚时，万里晴空骤然间密布了浓云，怒号狂风卷起积雪，刹那间遮蔽了白日，令人咫尺不能相见。雪粉由袖口、领口灌进衣内，冻得两人全身发抖，喘气不能；而风仍然狂暴，仍在肆虐，继续由四面八方裹起积雪，旋涡般腾空而去，此即雪国人所称暴风雪。暴风雪常不期而至，以故越后人冬季外出，纵是晴天也须穿蓑衣、戴斗笠，绝不可或忘。两人脚踏走雪鞋艰难前行，相互关照相互帮助，拼尽全力终于翻过了山岭。商人对农夫道："今日天晴，原以为可轻松到达柏崎，因此未备干粮。如今腹中饥饿，寒冷难当，再也不能伴你前行。方才听你说怀中带有干粮，可否与我一些？我也并不白要。这里有钱六百，人既将死，留之何用，愿以此钱六百换你怀中干粮，如何？"农夫家贫，闻说一点干粮竟能换钱六百，不觉大喜，即以所带两个饭团换了这六百文钱。商人吃过农夫揣于怀中未冷尚温的两个大饭团，又以雪润了喉咙，顿觉浑身来劲，于是继续冒雪前行。（图34，见194、195页）

---

[1] 即天明（1781—1789）大饥荒，江户时代三大饥荒之一。当时继1782年歉收之后，1783年又遭洪水、浅间火山喷发及低温寒冷等自然灾害，收成大减，米价暴涨，全国于是大荒。尤其奥羽地方受害严重，树皮草根吃尽，仅津轻藩即饿死二十万人。1785年又遭关东大水与气候失常等灾害，饥荒再起，全国因饥饿与疫病而锐减人口九十二万。

如此两人急急赶路，而暴风雪越刮越猛，脚踏走雪鞋行走不快，不觉日已将暮。此时农夫卖了饭团腹中饥饿，备觉得身体疲累，体力难支；而商人食了饭团身上有劲，渐渐便走在了前头。久之见农夫落后渐远，不能跟上，终于弃之而去，独自先到了一村，找到熟人进得屋里，坐到炉旁烤火饮酒，许久方缓过气来。

过了一阵，家里人似乎听见远方有"噢——咦"的呼喊声（雪国之习，此于暴风雪中为求助之声）。"有人遇难，快去救助！"于是招呼左近乡邻，各自手持木锄（带木锄是为掘雪救埋于雪下者，此亦雪国之习）急急赶去，不久即抬着一具尸体回来。商人近前一看，见死者正是方才卖饭团与自己之农夫。据我俳友说，此苎纩商某时造访其家，谈起此事，曾笑对我友说："彼时我若可惜六百钱而不买饭团，则早已如那农夫般饿毙暴风雪中。我今日之命不过值六百钱而已。"

雪中剧场

乡间但遇丰年，百姓纳粮完贡后还能吃饱喝足，便常于春天祭氏神时唱戏热闹。演员皆当地业余爱好者或附近村庄、驿站街来者，师傅则雇的是乡间戏班演员。众人先会聚寺院等处定下狂言[1]剧目，而后分派角色。但此种会总是众说纷纭，莫衷一是，于是只好一聚再聚，从未曾有一次议定者。而诸事既定，便于寺

---

1 形成于室町时代（约14—16世纪中叶）并延续至今的一种舞台艺术。原穿插于能剧之间演出，又称"能狂言"。是以当时口语演出的滑稽短话剧。

中开始排练，练成便择日开演，服装道具等自有出租店可以租借，并不为难。戏多于二三月间演出，此时积雪未融，大地仍银白一片。为搭建剧场，演员全家自然齐动员，亲朋好友也纷纷相助，或出人或雇人，先踩平踏实积雪，再于其上筑舞台、花道[1]、后台、看台等，一如下图所示（图35，见196、197页）。所有设施都以雪堆砌而成，但形状、规格与真正剧场并无两样。以雪建剧场，于此地既便取材，又得天助：白天以雪堆砌，松软容易；堆成之后又只需一夜，所有设施即冻硬有如铁铸，纵有再多观众也不能将看台挤塌。又兼时值三月前后，降雪渐少，家家户户都趁天好时拆去挡雪墙，各处拆下之挡雪墙柱与雪帘（以茅草编成帘子，幅宽八九尺，长约两间）正可借来搭盖阳棚，无须另外置备。舞台、花道以雪堆起后铺上木板即可，无须用钉，只一夜木板便能与雪台冻在一处，较用钉更坚牢。此剧场与暖国虽不能相比，但一切齐备，并不或缺，场内甚至还有茶馆零卖小吃。雪国无处不积雪，但只需挖雪作坑，坑底铺以谷糠即可生火烧煮，而坑底积雪并不融化，堪称一奇。

如此剧场造成，只等开演。但或连日降雪，天不放晴，开演之事便只能一延再延。众演员家焦急自不必说，便是那专程为戏而来的四方看客，也只能滞留当地各处，日日望天兴叹，无聊而又无奈，主人虽尽心招待，终于也神疲人倦，再也不堪忍耐。于是经商议，众演员敲开河上冰块汲水沐浴，清垢驱邪，祈祷老天快快放晴，此情此景却也有趣。

---

[1] 歌舞伎剧场中，由舞台左侧贯通观众席、供演员上下场的通道。

百树曰：丁酉年夏余北游越后滞留盐泽，闻说附近村庄唱戏，因携京水同往观看。到得寺前，见寺门旁竖有一桩，桩上安一扁座灯，纸灯罩上书有告示曰：本寺为翻修屋顶劝化，定于晴天演戏七日，剧名"假名手本忠臣藏"[1]，此外还有人物名与演员名，人物皆用别名，演员则用化名。入寺后见依墙搭有临时小店，店前购者如云。戏台以借来门板围起，仅开一口供出入，有人守把并按定价向每人收钱物。此为劝化，所得用以翻修屋顶。戏台搭于大殿前台阶上，左有花道，左右看台以竹簧搭成，上铺草席。地上也密铺草席、草帘。此前曾听市川白猿[2]称巡回剧场亦大抵如斯。看台各处星星点点铺着毛毯，立着彩屏，尤引人注目。有妇四五人头戴棉帽，可知边地古风尚存。场内观者如潮，十分拥挤，一些儿童既无法挤入，便如猴一般爬到树上观看。又有女儿数人手提竹篓，口喊"冰块"，穿梭叫卖于地上观众席间，竹篓中铺着绿叶，叶上冰块皆由雪冻成。不卖茶水却卖冰，此于剧场内实属罕见。有关冰块事将于"刨冰"项中详述，兹不记。

戏开演前，有人上台将各人捐给寺院物品与送给演员物品及年糕、酒等一一报名展出，而后才拉开幕布，演出"忠臣藏"第七场。扮阿轻者名岩井玉之丞，是一乡间戏子，扮相颇美。扮由良之助者为一文雅之士，曾于旅途上与余相识，参演此戏或只为

---

1 净瑠璃剧。凡十一幕，由竹田出云、三好松洛、并木千柳合作创作，1748年8月14日首演于大阪竹本座。剧以1702年赤穗浪士为主公复仇事为素材，但将时代设定为约四百年前的南北朝时。是义士剧之典型，至今仍深受欢迎。
2 市川派歌舞伎第五代演员，1741—1806。宽政（1789—1801）年间著名演员，白猿为其俳名。

年轻好奇故,但扮相不俗,颇似今日坂东彦三郎[1],演技也颇耐看。扮寺冈平右卫门者为一梳头匠,曾来余所宿旅舍,扮相亦不俗,颇似关三十郎,唱腔更天生如关三一般。京水与余俱同感,相顾而笑,又戏以"尾张屋"夸之。尾张屋是关三家号,可惜知者似少,全场竟再无一人以此赞之。看完一幕欲去,守门者不肯开门,说是要方便厕所就在寺后,若是饥饿但请吩咐,可以代购食物。非只对我等,对所有人皆如此。想来或是担心观众走散,场内萧索,于自己面上无光。问何处还有出口,答曰此寺四周皆有篱笆围着,无缝可钻。不料话音刚落,便有儿童扯破篱笆钻入,余与京水便也由此洞钻出,如今想来犹觉有趣。

室内冰溜

如前所述,冬季积雪常可高过屋顶,屋内因此难见天日,入春后仍幽暗昏黑,为采光就须掘去高窗上积雪。如此冬季须经常掘除屋顶积雪,而每次掘雪,总会于无意间损坏屋顶。我越后屋顶多以木板葺成,所用木板也较他处既厚且大,其上还要钉以横木(日语称算木),镇以石块以防暴风。而房顶既横木、石块杂陈,便虽经常掘雪,却总不能除尽。入春后冬雪之上又覆春雪,而早春积雪冻结,居住者并不知屋顶已破。随着春之渐深,向阳

---

[1] 歌舞伎演员,1832—1877。江户人。四世养子。1856年袭用坂东艺名,称五世彦三郎,是幕府末年至明治初年的江户著名演员。

处或屋中烧火处屋顶积雪开始融化，雪水便顺屋顶裂缝漏下，有时半夜里被渗漏雪水惊醒，不得不起床移开草垫，搬来水桶碗钵等所有能盛水容器排列地上接漏。待天明要修补破损，又因屋顶覆着积雪无法下手，只能坐等积雪化尽。而此时天气尚冷，屋顶渗漏冻结，渐渐竟在屋内形成了许多巨大冰溜。此情此景，不知暖国人见了会做何感想。

百树曰：余游越后时曾留意观察大房构造，见其楹粗大，有如江户仓库。顶棚高而顶窗大，有利雪季采光。大门、拉门俱骨架粗大而结实，因而门槛、上框也大而厚。为防房屋被雪压垮，所用木材全都粗大得令人瞠目。江户人之所谓"店下"（屋檐之下，店面之前），于越后称"雁木"（或"庇"），即"屋檐"。此处屋檐都向前伸出许多，底下颇宽，可行驮马，极便雪季来往。余由越后返江户时途经高田，此亦北越一大都市。工商发达，百物俱备。街道两侧长达一日里多皆有屋檐遮盖，往来其下甚觉快意。据闻此地也多文雅之士，但因羁旅遇凶年，归家心切，竟未能前往拜访，至今犹深感遗憾。

雪中步行具

初编曾绘图介绍过雪中步行具，但未说明其制法，今详细补充如下。

草鞋：以稻草编成。先将稻草根部扎起，编至末梢添以稻草，分作两股折回再编，末了将稻草一端塞入草鞋正中即成。此是雪中第一鞋，儿童亦可穿。上等者以白纸起编，鞋底垫有草垫（榻榻米）面，穿着不扎脚。

草靴：以稻草打软后编成。可套于一般布袜外。着之走雪路，到达后进屋可不必洗脚。编法极复杂，下图（图36，见198页）只能示其大概。

他处有以皮制者。着皮靴便于走泥路。但于我越后雪季，道路既为积雪覆盖，寸土不见，鞋类除木屐外便都以稻草编成。木屐又名驹爪、牛爪等，男女形状略异，但差别不大，不另图示。

绑腿：俗称"hahhaki"，以稻草或蒲草编成，为雪中行路者必备，山地劳动者常用。编法大致如图（图36，见198页）所示，简而言之即稻草绑腿。稻草能御寒，以故雪地鞋类多以稻草编成。

护胸：以深山级木皮制成，大小因人而异，大致长二尺三寸，宽二尺许。又称胸铠、围胸等。可御迎面来雪。常用于农业生产。其他地方亦有见。

踵套：穿时套于脚踵后缠左右两藁索于脚脖上。本地方言称末梢部稻草屑为"しび"（音 sibi）。踵套以"しび"编成，穿时又须缠藁索于脚脖，故称"しび缠"，乡人讹作"しぶ（音 sibu）缠"。

走雪鞋：古称"kanziki"，俗称"kaziki"。长一尺二三寸，宽七寸五六分，形状如图（图36，见198页）所示。以沙伽罗树枝做成。鞋头部绑以葛藤，弯成一圆圈后以山漆皮固定。穿时套于前述草鞋下，可免深陷雪中。

鞋拐：以山竹弯成，长约二尺五六寸乃至三尺余，宽可一尺二三寸，与走雪鞋同为冬季积雪松软时步行具。未穿惯者寸步难行，穿惯者却可着之追赶走兽。

此外尚有男女雪帽、雪屣等雪中步行具多种，但形状、制法等俱近于雪少地方者，于兹省略不记。

百树曰：余游北越寄寓牧之老人家，老人曾命家仆示范雪中行路状，京水因于旁写图如下（图37，见199页）。画中人所着者为走雪鞋与鞋拐。余亦曾试之，但一步也不能行；而家仆著之却行走自如，有如御马。

雪 橇

雪橇原作"輴"，据《字汇》[1]称，禹王治水时"所载者四，谓水乘舟，陆乘车，泥乘輴，山乘樏"[2]。如此则唐土于上古即已有輴。但彼既用于泥中，造法当与雪中用者不同。据查诸书，"輴"又写作毳、橇、橇、秧马等，凡俗也写作雪车、雪舟。

---

1 字书。十四卷。明代梅膺祚撰。依据楷体，将《说文》部首简化为二百十四部。按子、丑等地支分为十二集。部首和各部中字，又按笔画多少顺序排列。除古书中常用字外，还有许多俗字；不收僻字。注音先列反切，后注直音。解释字义也通俗易懂。编制体例为后世所采用。
2 语出《尚书·益稷》孔颖达疏。又《史记·夏本纪》有"陆行乘车，水行乘船，泥行乘橇，山行乘檋"语。原文"山乘樏"或为"山乘檋"之误，今按原文翻译，不改。有关"樏"的说明，请参见下节"春寒之力"。

雪橇是雪域第一重要交通工具，其可助人力事与车船同，又如图（图38，见200、201图）所示，最为简单易造。《堀川百首》[1]中有兼昌咏歌曰"山间积雪或已深，行旅乘橇过岭来"，由此可知越后用雪橇历史甚久。如前所述，我越后积雪冬季不冻结，故此冬季不用雪橇，用则陷入雪中无法前行。雪橇只用于春季积雪冻硬如铁石之正月、二月、三月间。以故此时俗称"雪橇道成时"。

俳谐季语集归"雪橇"为冬季用语，不对。但既是雪中用具，归于春季似也不当。古时和歌既多将之作冬景咏唱，则虽与实际不符或亦无不可。

雪橇既简单易造，则无论农户商家大都家家有备。其规格大小虽依所载物品而有不同，造法却完全相同，名字也一样。只有大型雪橇俗称"修罗"，专用以载运巨石大木等。

山间乔木到早春二月仍深埋雪中，但树梢已露出雪上，远远便能望见，最易砍伐。因而每年此时，农夫等便各自拖着雪橇进山，或留之山麓。山间积雪既厚，平日高耸云天，非抬头望不见顶的高大乔木此时也只如小灌木般低矮，尽可随意砍伐。通常一人一次伐薪六捆，底下并排三捆，其上两捆，最上再放一捆后以绳索捆绑结实，蹉跌滚下山去。积雪既冻硬滑溜，柴垛便如滚木般由数百丈高山一滚而下，转眼即到山麓，樵夫只需下得山去，将之装上雪橇拖回家去即可。遇有山道弯弯，不能将柴垛滚下山

---

[1] 又名《堀河院御时百首和歌》、《堀河院太郎百首》或《堀河院初度百首》。收有公实、大江匡房、俊赖、藤原基俊等十六人和歌共一千六百首，每百首为一组，因名。约成于1104年。对日本中世以后文学影响巨大。

时，可将柴垛如前捆绑结实后载于雪橇上，樵夫也屈起一腿乘上，而以另一腿点地掌握方向，犹如行船操舵一般。如此也能避开险处，一滑数百丈下到山麓，且从未有人出过事。此技不学自会，甚是奇妙。

众人相邀进山伐薪时，常有人将饭团装入草袋，绑于橇上。山里乌鸦仿佛知道草袋秘密，常成群飞来啄破草袋，吃尽饭团，而樵夫却浑然不知。待干完活要充饥时，方才发现饭团已荡然无存，而鸦群却哇哇聒噪于树枝，似颇得意。樵夫虽气却也无奈，只能瞪着乌鸦咒上几句，饿着肚子也无心唱雪橇歌，闷闷不乐地拖着雪橇下山回家。此是真人真事，余曾听当事人说过。

拖雪橇必唱雪橇歌，而雪橇歌即樵夫歌，曲调颇古雅。父或夫进山伐薪，拖着雪橇回来时，家中妻儿远远听见雪橇歌声便知是亲人归来，急急忙跑出家门，兴冲冲迎出老远接着雪橇，让父、夫跨坐柴垛上，妻、女却拖着雪橇，一起欢唱雪橇歌回家而去。我越后地处偏僻，不知繁华，如此质朴风景至今仍时时可见。

窗外此时，梅树柳枝仍深埋雪中，红花绿叶只偶露峥嵘，但时光径逝，春季将半。虽如此，二月的天空仍格外澄澈，映雪的窗户也尤其明亮。窗下案旁，读毕掩卷，倾耳听着远方的雪橇歌声，还是让人欣喜不已，备感着春之将至，春意既浓。非余一人，凡雪国人俱有此感。

百树曰：余幼年每于元日早起，闻街上叫卖扇子、白酒声便备感春意之浓，顿觉心情舒畅，可惜此叫卖声如今已不再有闻。

但驱鸟之声[1]、远离市街而相连武家宅院处叫卖鳒寿司、鲷寿司之声至今仍年年可闻，为新年第一天平添了几分春意。三月闻卖樱草声如见樱花开，五月闻卖松鱼声如见白墙根[2]，七夕卖竹声让人凉爽，腊月卖竹声却催人扫积尘，让人备感岁月流逝之匆匆。世间万物皆依季节而发声，而入情，此乃自然之理。胡笳之悲如此，人声如此，春之莺、蛙，夏之蝉，秋之初雁、走鹿与虫鸣，还有冬之白鸱等等也都如此，无不让人备感季节更替之频频与时光流逝之匆匆。牧之老人称闻雪橇歌声而感春意既浓，因此愉快欣喜，此是真情实感，文人至情，余亦同感，因置数言于此。雪橇歌能带来春之气息，此感甚奇，江户人做梦也难感受，但相似感受各地应也不少有。

又有载粪雪橇，体积甚小，便于装载粪便。二三月间大地尚为积雪覆盖，目之所见惟白雪茫茫，全不知何处雪下是自家田地。但农夫拖着载粪雪橇来到田间，如掘井般挖出雪洞施下肥，田间虽白雪茫茫无任何标记，肥料却总能施在自家地里，从不曾有分毫差错。此即我等农奴之所能。若问茫茫雪地究竟以何为标记，竟能掘得如此准确，答曰：并不知有标记，只是凭心想感觉，从不有错。所为虽贱，却也深含艺术蕴奥，因此记下，以为初学艺者略示一二。

---

[1] 详见本书二编卷三"驱鸟台"。
[2] 晒有白衣的墙根，意思是"春去夏来"。典出《万叶集》卷一第二十八首"天皇御制歌"。歌曰：春风吹已尽，夏日照山峦。香具钟神秀，晾晒白衣衫。——译文见李芒选译《万叶集选》（人民文学出版社1998年版）。

如前所述，雪橇之大者俗称"修罗"，以之装载大木巨石拖曳前进称"大持"。某年京都本愿寺大兴土木修庙宇，要运小头直径五尺许、长十丈余之巨大榉木，即曾用了修罗两三架。当时先于秋天降雪前将榉树伐倒放山上，到能用雪橇时方拖下山来。能以雪橇载运如此巨大木材，可知当时冻雪之坚硬。而山上田间、所有沟壑既已都被积雪填平，巨木便能直接运抵目的地，很是方便。拖曳修罗须用粗大绳索，左右更有较细绳索数根帮助，当时最前头插有幡两面，上书"本愿寺御用木"数个大字，无数善男信女不分老少，甚至儿童也都如蚁一般汇集来一起拖曳。喊号领唱者六七人身着艳丽布衣，手持五彩纸带，立于木材上领唱拖木歌。其歌一曰：兔子兔子小兔子啊，为何我耳朵这么长呀，是在娘胎吃了竹叶啦，所以耳朵这么长；大木头呀拉起来啦，运往繁华京都去呀，（百人同唱）好哪，拉起来啦！别松劲来加油干啦！好哪，拉起来啦！拉起来啦！拉起来啦！

此外还有儿童用游戏雪橇。儿童常将六七尺长冰柱装载其上，学大人拖曳修罗般唱着运木歌，拖着冰柱奔跑游戏。如此等等，应都为暖地人所未见、所不闻。雪橇故事此外还有许多，为免文章冗长，于兹从略。（图39，见200、201页）

春寒之力

入春后寒气由地中冻出，其力之大，可拱起础石，顶弯廊子，甚或托起踏脚石。冬季虽冷，却再冷也不至此。或惟如此，雪须入春后才冻结,使我等得雪橇之便。屋顶积雪掘下后于地上堆积如山,此俗称"掘扬"(如前所述),路上也多有如此堆起雪山。入春后积雪冻结,众人便于雪山上修出雪阶,以便往来。雪山既多,雪阶便也多,雪冻成冰后溜滑难行,故此木屐底须成排钉钉,以防摔跤。于唐土此称"欙",是为登山时防滑用。"欙"于日语读:kanziki。

雪 霜

无论冬春,雪气但遇器物便要起霜,俗称"雪霜"。有时雪气由门窗缝隙钻进屋内,遇物也会起雪霜,但早晨受了日温便会化去。入春后雪稍化,山野树木虽枝干仍埋雪中,树梢积雪却已融化,此时若起雪霜,树梢枝丫便仿佛玉雕一般晶莹剔透,十分可人。河边等野外劳动者有时头发上也会起雪霜,但于我盐泽少见。小出岛与盐泽同属一郡,却常见,或是因其地近大河,水汽较大,易起霜缘故。

初夏雪

于我越后乡里,积雪约自三月开始逐渐融化,清晨犹冰冻坚硬如铁石,到日中却上下一起化。而到月底,积雪显见地更一日浅似一日,一般既已不降雪,各家各户便动手拆除"雪城",掘去屋前屋后、院子周围积雪。但此时积雪仍冰冻坚硬，须用大锯（俗称：大切）锯开才能搬走。如此锯下雪块整齐方正，既可背负也可肩挑，与暖地雪大不相同。院中树木于冬雪期间为防树枝被雪压折，都以原木绑缚支撑着，此时也都松绑，撤去支撑。梅树更于雪中含苞待放，准备迎春，而春于暖地却已将暮。屋内自去年十月以来一直幽暗有如黄昏，此时也终于亮堂，仿佛盲人重见了光明。三月三偶人节，又称桃花节，家家户户虽也饰偶人，桃树却刚结蕾，无花可供。但到四月，田野积雪已大抵化尽，只斑斑点点地残留一些，去岁秋分前后播下的菜籽也从雪下探出了嫩芽，梅花已谢，桃花、樱花却才开放，错将夏天当作了春天。雪下泉水也重见了天日，去年初雪以来幽闭雪下二百余日的金鱼、绯鲤也欢快地游出水面，似乎还在欢呼："噢噢，太棒了！"虽如此，纵时至五月，乡人仍无力顾及背阴处之如山积雪，而山林幽谷之间则更终年积雪，三伏盛夏也不融化。

削冰（刨冰）

百树曰：丁酉年夏末，余携豚儿京水北游越后，过三国岭时为六月十五日。当日正行路间，忽闻谷底莺鸣声声，不觉咏歌一首道：

谷底莺声鸣不住，山头旅者过岭忙。

今日再读，自以为虽系拙作，却也真实描写了当时情形，姑录下于兹，以博一笑。过三国岭后行约四日里，其间山路崎岖，竟无一段平坦处，当夜宿于浅贝驿；又过二居岭二日里半至三俣驿，下芝原岭将抵汤泽时，遥见前方有一茶店，檐下地板上置一浅箱，内有白色方形物，远望似是石花菜羹。当时嘴上没说，心中却如是以为。又正值下了山汗流浃背，热既甚腿又乏，见有茶店自然高兴，便与京水走入店中坐下，却见那白物不是石花菜羹而是雪冻之冰。六月暑天见冰块，于我等江户人甚是稀罕，于是近前细看，见箱子深约五寸，箱内有水，水中放一雪冻冰块，大小有如小踏脚石[1]。问卖茶翁何来此冰，答曰取自山阴谷间，若食可为调制，于是要了一份。卖茶翁即操刀在手，取出冰块来削冰入盘，只听喳喳数声，转眼即成，又撒以豆粉后端出。冰白粉黄，煞是可笑，甚为我江户人所怪。京水也有同感，两人不禁四目相对，强忍笑意道："此粉当要钱，再各来一盘不加豆粉者。"言毕取出行囊中自备砂糖撒削冰上食之，觉冰冷异常，令齿发龃，而暑热之感顿消。其畅快感所未感，不可言表。（图40，见202、203页）

以削冰为佳肴事可散见古时各书。如定家卿《明月记》[2]即有

---

[1] 日式房子地板高出地面一小截，进房得脱鞋。为此于房前地下常置一石供人放鞋等，此称踏脚石。

[2] 藤原定家，1162—1241，镰仓初期歌人。官至正二位中纳言。其和歌对后世影响巨大，是幽玄华美象征风格之大成者。奉旨编有《新古今和歌集》与《新敕撰和歌集》。又有私家歌集《拾遗愚草》、歌论《近代秀歌》《咏歌大概》等。《明月记》为其日记，又名《照光记》。始记于1180年，终止于1235年，持续长达五十六年。内多和歌有关记录及镰仓初期重要史料，为和歌与中世历史研究所必需。

记载曰："元久¹二年七月廿八日途参和歌古迹，朝臣家隆²取出唐柜两个，中有食盒、瓜、土器、酒等，又有寒冰，自取刀削冰，甚助食兴。"由元久二年乙丑至今天保十一年（1840）已历六百三十余年，而余竟得如古人般尝削冰于越后山村，实属一奇。

据士清翁《和训指南》³考，"冰"本读"ひ（音 hi）"，而"こほり"（音 koori）是"寒凝"之意。"冰室"自古广为人知，可见于俳谐季语集等。《周礼》中也可见，以此可知唐土亦古而有之。日本《仁德纪》⁴中也可见，如此日本当也古而有之。据《延喜式》⁵载，山城国葛城郡有冰室五处，按例于每年六月朔日由冰

---

1 镰仓时代年号，起止于1204—1206年。

2 藤原家隆，1158—1237，镰仓初期歌人。官至从二位宫卿。人称"壬生二品"。曾师从藤原俊成学和歌，名与藤原定家齐。《新古今和歌集》编者之一，有私家歌集《壬二集》。

3 谷川士清，1709—1776，江户中期日本国学者。伊势人。曾学神道，兼修和汉之学，尤精史传与国语研究。著有《日本书记通证》等。《和训指南》为其所编日本国语辞典，凡八十二册，1777—1877年刊。所收古语、雅语、口语词条按五十音图顺序排列，释文包括词意、出处与用例，是日本现代国语辞典之始创。

4 仁德，日本第十六代天皇，天皇应神之子。史载仁德曾登高远眺，"见烟气不起于城中，以为百姓既贫，而家无炊"，遂下令三年内"悉除课役，以息百姓之苦"。于是"三稔之间百姓富宽……炊烟亦繁，"仁德因此"于今称圣帝"。《仁德纪》载《日本书纪》卷十一，其中有文称额田大中彦皇子"自山上望之，瞻野中有物，其形如庐"。派人询之，"冰室也"。再问具体，对曰"掘土丈余，以草盖其上，敦敷茅荻，取冰以置其上，既经夏月而不泮。其用之，即当热月、渍水酒以用也。皇子则将来此冰，献于御所，天皇欢之。自是以后，每当冬季必藏冰，至于春始散冰也"。

5 日本平安中期法典，凡五十卷，由藤原忠平等奉醍醐天皇命始编于延喜五年（905），完成于927年。是此前弘仁、贞观二式及其余各式之集大成。967年付诸实行，后成为平安朝政治的基本大典。

室出冰进贡朝廷，再由朝廷颁赐群臣。前引《明月记》所提"寒冰"应非朝廷依例所赐，因作者食削冰是在七月廿八日，而六月朔日所赐冰块不可能存至七月廿八日。当然，《明月记》曾经辗转抄写，或是有人将"六"误作"七"也未可知。但即便如此，冰室六月所出冰也不能存至次日。或是冰室守[1]献过朝廷后私自取出也未可知。

所谓"冰室"，是将厚冰藏于山阴等最为阴冷地下，并于其上筑屋看守之储冰之室，古时和歌所咏"冰室守"即此冰室看守者。诸书注释多称冰室之冰以水冻成，但水冻之冰不洁，而不洁之物不能进贡朝廷。且水冰存于地下易化，原因无他，惟因水是极阴之物，尤易感受阳气缘故。余于越后见削冰后曾想：既云取自山阴谷间，则山谷即天然冰室。古时所谓冰室当为藏雪冰之室，即于极阴处地下挖窖，地上建屋，另于一清净处垒起围墙，禁止人与鸟兽践踏、污秽，如此待降雪后，便将此地积雪藏入地窖严密封埋，派人守之，到六月朔日再开启雪窖取最洁净处冰块进献朝廷。此是余之臆断，欲以之据理解释古时冰室，但确否不知。

古时咏冰室和歌极多，不胜枚举。前述定家尝过削冰后即曾咏歌"春去暑往秋风起，冰室犹存去岁冬"（《拾遗愚草》），源仲正也曾咏歌"冰室山上樱花迟，犹如残雪散山间"（《千载集》[2]），

---

[1] 掌管冰室长官。
[2] 全称《千载和歌集》，平安时代八大敕选和歌集之七。凡二十卷，由藤原俊成等奉后白河上皇敕命、以俊成私家歌集为基础编成于1188年8月。代表歌人有源俊赖、藤原俊成、藤原基俊、崇德院、和泉式部与西行法师等。

源仲正和歌将冰室山上迟开樱花比作积雪化后斑斑点点散布山间残雪，由此看来，冰室之冰确为雪冰。今加州[1]侯每年六月朔日所献雪亦雪冰。由此也可知古时冰室所藏乃雪冻之冰，而非水冰。

再说于山间茶店尝过稀罕雪冰，次日即抵盐泽牧之老人家，此后日日都有山上老妪等前来卖冰，手掌大一块冰售价三钱。最初两三次颇觉有味，细细品尝，而后则渐觉平淡，不再有味。世间万物皆难得则贵，易得则贱，此乃人之常情。余居盐泽不以六月冰为奇，以此想来或吉野人亦不以吉野花为花，松岛人不以松岛月[2]为月。百看不厌者或惟孝儿之脸与家藏黄金之光。

雪 量

越后南有鱼沼郡与上州相邻，东有蒲原郡、岩船郡与奥州、羽州[3]相接，而交界处峰峦重叠，连绵起伏，有如波涛万顷般，是以无处不多雪。东北至鼠关（在岩船郡内与出羽交界处），西至市振（在颈城郡内与越中交界处），北面是八十日里海滨，受海气影响，积雪多不盈丈（年份不同，或有多少），融化也早。

---

1 古加贺国别名，位在今石川县南部。
2 "吉野"为地名，在今奈良县，是樱花的名胜之地，而"吉野花"即樱花；"松岛"亦地名，在今宫城县中部，由松岛湾海滨及湾内二百六十余小岛组成，风景极美，岛屿、松树与平静海面均为日本之最，而月夜更美，故有此说。
3 "上州"为古"上野国"别名，"奥州"即"陆奥国"，"羽州"即"出羽国"，皆古时诸侯国别名。

颈城郡高田去海不远但积雪颇深。文化[1]初年大雪，高田城（街市长一日里有余）被雪埋没，室内黑暗、昼夜不分达十余日之久，以致城内灯油耗尽，多人遇难，为此领主曾派人挨家挨户分送灯油。当时我盐泽也大雪，房屋深埋雪中，昼夜因此不分，十四五日不见日光（因连日降雪，无法掘去积雪，只能任由房屋被埋，室内黑暗），人因此郁闷，以致得病。

百树曰：余为牧之老人增修此书，愿就此书稿本事略添数语。为付梓，老人曾寄余一正稿，随稿附有一函，函中老人如是写道：

> 今年降雪迟，时至冬至驿站街积雪尚不盈尺，众人因此大喜，以为今年降雪将少于常年。不料至十一月廿四日黄昏大雪骤降，此后廿五六七八九日，一连五日连续降雪，昼夜不停，转眼间积雪便达一丈四五尺。大雪虽每年都有，但今年来得太过突然，由廿七日至廿九日，驿站街中家家掘雪，处处忙乱，屋外雪山平地拔起，堵塞了道路，阻断了交通，以致我等竟有门难出。今日又是暴风雪，家中昏暗，不得不白日秉烛作此书，而暴风雪仍不见有稍止模样，不知究竟要降到何时，为此众皆忧心忡忡。（下略）

---

[1] 日本古代年号，起止于1804—1818年。

老人此函发于天保十年（1839）亥十一月廿九日[1]，由此也可知越后雪量之大。

余游越后是在夏季，当时只见五谷蔬果生机勃勃，一点没有畏雪样子。山上田间也一片葱绿，与少雪地方并无两样，实难想象冬季曾积雪盈丈。《五杂组》卷一"天"部称"百草不畏雪而畏霜。盖雪生于云，阳位也；霜生于露，阴位也。"余观越后之夏而深服谢肇淛此说。

浦佐堂舞

由我盐泽往下越后方向过六日町、五日町两驿站即浦佐驿，驿站街中有真言宗寺院名普光寺，寺中有七间四方毘沙门堂一座。据传此堂建于大同二年（807），曾多次被毁、多次修复，而每次修复都作有"梁书"[2]，且都完好保存至今。毘沙门堂高一丈三尺五六寸，所供佛像据称系古时由椿泽村伐来巨大山茶树雕刻而成，作者名不传。山茶树既为佛像用材，伐之作薪便必遭报应，以故此地不种山茶树。亡灵又忌伤鸟，人因此不敢伤鸟，各种鸟类于是群集寺内，毫不畏人。据传此地人但捕或食鸟，必然立遭神灵

---

[1] 原文如此，正确应为"天保十年（1839）己亥十一月廿九日"。日本时值江户时代，庶民文化发达，且改元频繁，不到270年间改元36次，每个年号的平均使用时间不足8年，以故颇有纪年时略去天干，只用地支者。今按原文翻译，以尽可能保留原作风貌，反映当时的日本社会生活状态。

[2] 古时建筑物上梁时钉于大梁上牌子，牌上说明修建缘由、年份及修建者等，也有直接刻于梁上者。

惩罚。纵远嫁（或上门为婿）他乡且历多年，但食鸟也必遭报应。其灵验由此可知一二，而寺名也因此远扬，远乡近邑信者甚众。于此毘沙门堂每年正月三日夜都有"堂舞"，虽无人欲将之升格为祭神仪式，但堂舞却自古有之，年年不断。此地正月三日仍冰天雪地，寒冷异常，但来者踊跃，既有附近村民，也有顶风冒雪、长途跋涉一二十日里，专为参加堂舞而来此浦佐住上一宿者。

来赶堂舞者，无论男女都须先进普光寺脱了衣服，弃了随身携带物品，妇女一般浴衣细带，偶尔也有裸身者，男子则全部裸身。到点灯时分，众多浴衣细带及裸身男女即拥入毘沙门堂，直至堂内无立锥之地。余年轻时曾去此堂赶过堂舞，记得当时堂内拥挤非常，以致上举之手不能放下。堂舞开始，有人大喊一声"sanyousanyou"，喊声刚落，拥挤堂内之男女老幼即应声喊道"oosaikousai"，同时由北向南缓缓推挤；又喊一声，则由西向东缓缓推挤。奇的是，如此一推一挤，众男女头上原本齐整的发髻便都自行散开。此堂虽广，有七间见方，但裸身拥挤其中者却连上举之手也不能放下，可见来者之众。时值正月三日，天气尚寒，然众人呼出气息却如烟如雾般腾腾升起，以致堂内神灯也因之黯淡。气息上腾，或升至屋顶，结成露珠落下有如雨点；或从山形墙板缝隙间漏出，腾腾升起有如云雾。偶尔也有妇人背负婴儿来此堂舞，但婴儿多不哭不闹，令人称奇。更奇的是，来此堂舞者从来平安，至今不曾有一人稍受轻伤。妇人中也有仅腰围一布者，但昏暗混杂之中却从未有人欲行非礼，因众人皆畏毘沙门天惩罚。堂舞所以要裸身，是因堂内人多拥挤，闷热有如火烧。各人依所许不同愿望，甚至有不畏早春正月之刺骨严寒，裸身背负粗大冰柱，跋涉一二日里前来堂舞者。如此推挤一遍两遍后，所有人都热得不堪，一如处身三伏天般，而堂边备有巨大石槽，槽中有水，有人便跳入槽中，洗过冷水后又来堂舞。每推挤一遍都歇息片刻，七舞七推挤后即告结束。但所谓"舞"，其实不过如桶中洗芋一般，故此人人满身大汗。舞至第七遍时，普光寺山长（耕夫之长）便手持竹刷（以竹筒劈成细条做成），由两人交叉双手抬着挤入人群后大声喊道："毘沙门神之前降黑雪啰。"众人便问："说是什么降下来？"山长答："说是大米降下来啰。"边答边转动竹刷，竹刷向内转则歉收，故此须不断向外转。于是有许愿者将事先送来寺中神酒装入小桶，添以酒盅献上。山长命人手提灯笼，又让廿余人于头前开路，分开人群进入堂内。能得酒盅便能得福，因此人人争先，都来抢夺，其势有如狂涛一般。神酒供过神灵后分给众人，酒盅则抛向人群，抢得酒盅者须盖房祭祀，而其家必得上天降不意之福。那灯笼也被众人你争我抢，以故必破，而若能抢得哪怕一根灯笼骨，插之于田地进水口，则以此水所浇田中庄稼成熟后必不遭虫害，其灵验无人不知。祭过神后众人便离开此堂，去往普光寺，而先时随意弃于寺中之衣物则连草纸一张也不曾丢失。若有偷盗，当场便要遭神灵惩罚，以故无人敢乱拿。

堂内人散之后，山长要来堂内遍撒苎麻秆。次日早晨还须备齐神酒供品，后退着近前奉上，因神灵忌迎面来者。而再看地上，昨夜遍撒一地之苎麻秆则皆已寸断，据说是昨夜人散之后，诸神来此聚会舞蹈，因此将苎麻秆踩断。祭神事多似儿戏，但神灵奥妙，不可以凡庸之见度之。与此堂舞相类事他处或也有之，兹且记之以示其类。（图41，见204、205页）

图 33

驛中の正月積雪の圖

雪

图 34

塚山嶺雪吹圖

图 35

雪中演場を造る圖

雪

此地上
皆雪あり

図 36

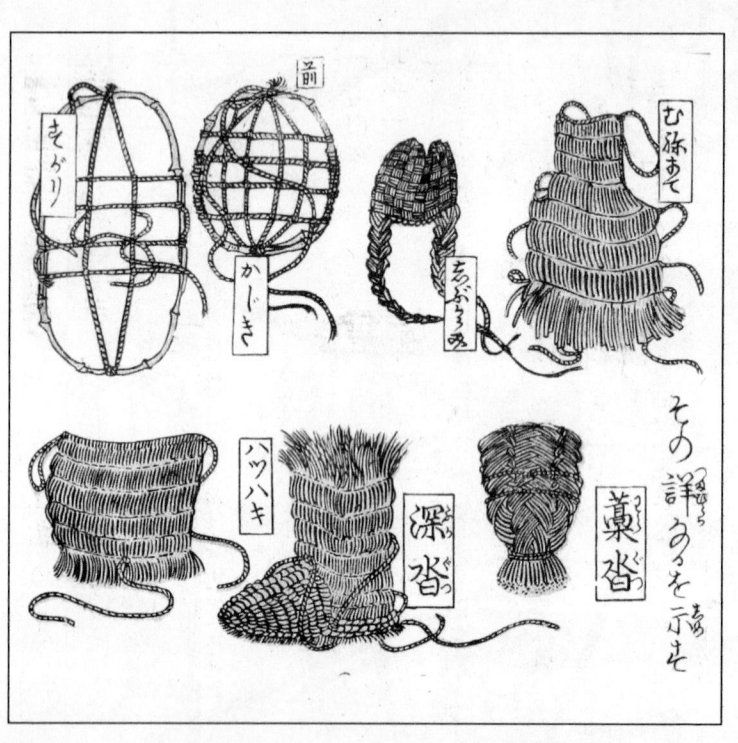

图 37

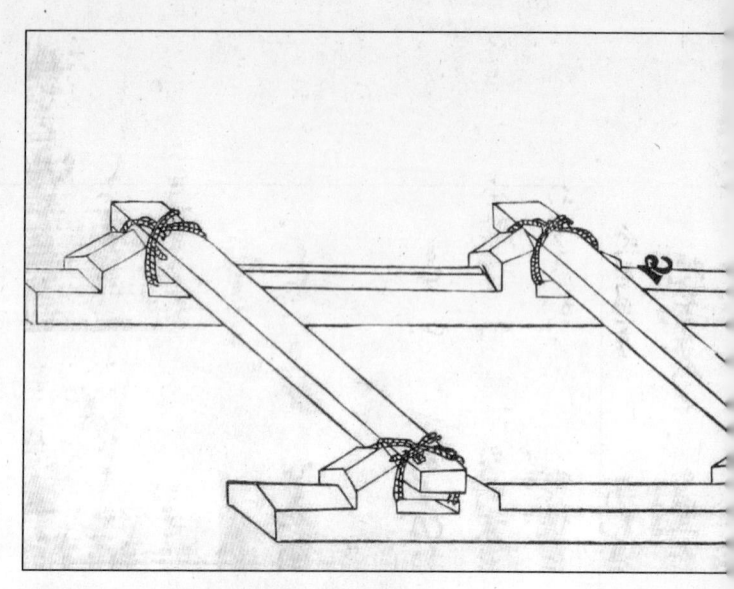

图 38

图 39

輴全圖 そりのぜんづ

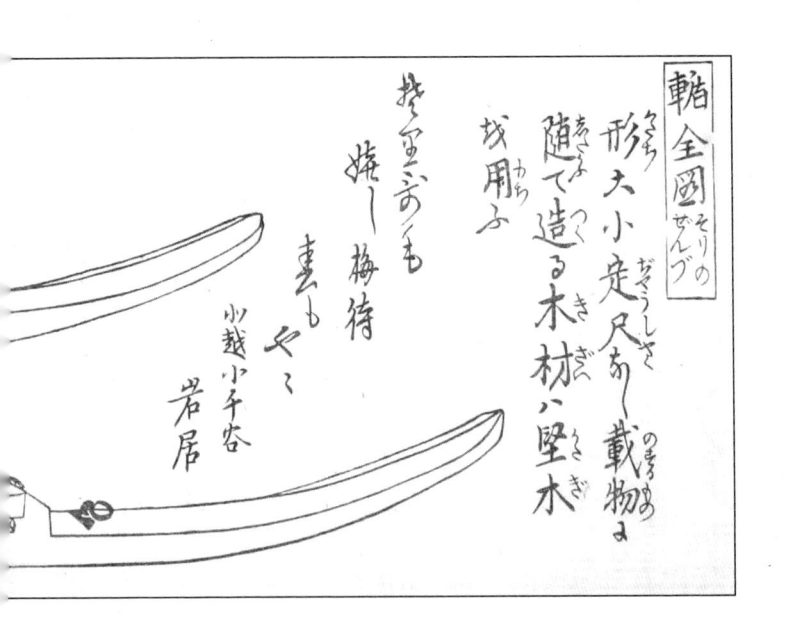

形大小定尺なく載物も
隨て造る木材ハ堅木
ぞう用ふ

挽重荷をも
焼し梅待
　　まちやく
　　小越小千谷
　　　岩居

秋夜尾牧之孝

児童ニ氷を
つくる

图 40

六月賣(やきと)雪圖

春の楷
雪の消えるのち
再び雪の降る景

図 41

佐浦詰堂押圖

《北越雪谱》二编·卷二

雪崩得熊

《酉阳杂俎》称熊胆春在首,夏在腹,秋在左足,冬在右足[1]。然余尝询之于猎人,答曰熊胆总在腹中,四时不变。或是唐土熊如《酉阳杂俎》所言,而日本熊却异之。但凡猎人进山,所欲猎者首先是熊。若能猎得一熊,则其皮、胆固大小有别,胆大者仅胆一枚便可值黄金五两以上,故此众人皆欲猎之。但熊凶猛、聪明,并不容易猎得。一如初编所记,雪中熊之皮、胆俱成倍于平时,故此猎人必欲探得雪中熊穴并戮力捕之。然猎得一熊虽能卖得高价,利益却须数人分享,每人所得其实不多。惟因

---

[1] 文载《酉阳杂俎》续集卷八"支动"。

雪中熊单枪匹马绝难捕获，猎熊时还是须数人合作，齐心协力才行。

且说我居地附近有一后谷村，村里有一农夫名弥左卫门，家中父母健在，但年事已高。一年初秋，父母为实现多年夙愿，前往信州[1]参拜善光寺。其间一日，弥左卫门去二日里外办事未归，家里却遭逢邻家失火殃及。仓皇之间，妻子带着两个幼儿逃出火海，保住了性命，所有家产却任由大火吞噬，转眼间化作了一堆灰烬。弥左卫门在外听说村里失火，慌忙赶回，却只见清晨离去时何等温馨之家如今已成了一片焦土，房舍用具无一幸存，只是妻小平安，多少得了点安慰。弥左卫门夫妇为人正直，事亲至孝，村人因怜之，纷纷解囊相助，富者还邀他来家暂住，却都为弥左卫门一一谢绝。他说："我虽微贱，却也知有恩必报。父母年事已高，拜佛回来若无家可归，不得不寄人篱下，则我身为人子，于心难安。"于是他暗将田地分片典出，借了钱来搭了一间简陋房屋，让父母回来有家可归。尽管他如今家徒四壁，连割草镰刀也没一把，却对不慎失火、烧得自己一贫如洗之邻居毫不怨恨，仍一如往常般亲密交往。如此好歹过了年，转眼到了早春二月。月初一日，弥左卫门进山伐薪，返家时见有雪块崩落谷底，白雪间一堆东西黑乎乎的，十分醒目。心想莫非是遭雪崩砸死谷底者，如此须去看个究竟，也好通知他家人前来收拾。于是冒险下到谷底，近前一看，却原来是头罕见大熊，被崩下雪块砸死于

---

1 古信浓诸侯国别名，现为长野县。境内长野市元善町有善光寺，传为皇极天皇元年（642）信浓国麻绩里的本多善光创建，又称"南命山无量寺"或"不舍山净土寺"。

雪中。此地雪崩已如初编所详述，山上积雪深达二丈有余，春来大地回暖，阳气蒸出，积雪自然开裂，便如巨大磐石般由山上崩落。所到之处人、马自不必说，便是大树巨石也要被砸倒击飞，这熊即因此毙命。弥左卫门得此天赐宝物，不禁大喜，马上就要剥皮取胆，猛抬头却见太阳西斜，日已将暮，知道时间来不及，只能明日再来。为不被他人发现，他抽出山刀挖开积雪埋好熊，牢记了埋藏地点后下山而去。回到家中，将事情经过禀告了父母，让两老先高兴了一夜。次日清早，他备好剥皮工具等一应物件，来到昨日埋藏地方，扒开积雪找到熊，剖开肚子取出胆来。那熊胆极大，竟有平常的两倍，因将之装入面桶带回家去。有人出一两黄金买了熊皮，又出九两黄金买了熊胆。弥左卫门无意间得了黄金十两，即将典出土地赎回。此后又好运不断，不久盖起了新房，日子过得比先前更红火。据友人谷莺翁云，弥左卫门因雪崩得熊，犹如孝子掘得了黄金一釜，众人闻之，无不交口称赞，说是他多年孝心感动了上天，真是好人好报。

雪崩之难

我居地盐泽为鱼沼郡下组六十八村之行政中心，乡中有一世代掌管乡政旧家，家中存着历年大事记。据此大事记载，元文五年庚申（距今近百年前）正月廿三日拂晓，汤泽驿之枝村、掘切村后山突然发生雪崩，巨大雪块由山上崩落，响声震耳，如百雷轰鸣。农民彦右卫门与浅右卫门两家房屋被毁，彦右卫门与马一匹当场毙命，妻与子重伤，半死不活；浅右卫门家父子双亡，妻被压于梁柱下，捡得了一命。领主闻报，各赐彦右卫门子与浅右卫门妻大米五袋。鱼沼郡乃一大郡，属会津侯领。由元文之昔直至今日，领主都怜悯领地内人民，可敬可仰，其为百姓所做善事后文还将记及，于兹只按顺序先记雪崩之难。近年来山上人家择地盖房都注意避开可能发生雪崩处，故此雪崩之难今已罕有所闻，但往来山间行旅遭雪崩遇难事仍时有发生。如初编所述，越后冬有雪啸，春有雪崩，此时外方人若来越后，行于山麓须备加小心。凡有外方人死于此难者，乡人都为之建塔安葬，如今此石塔仍随处可见，当畏之慎之。

雪中葬礼

如前所述，我越后所谓暴风雪，是指大风骤然刮起，搅得高山平原厚厚积雪漫天飞舞，有如万千寒箭般无孔不入地钻进每一个小小缝隙，路上行旅若不幸遇上，顷刻间便能被这雪箭射得周身冰冷，半截身子埋入雪中受冻而死。此暴风雪又说到就到，纵是朗朗晴空，顷刻之间也能风雪交加，有时更一刮两三日，直刮得天昏地暗，人迹绝灭，往来行旅也只能滞留馆驿，望雪兴叹。此时若有人死亡，暴风雪既连日不止，死人又不能久等，便只好冒着大雪抬棺出殡。身为丧主或无可奈何，送葬之人却也要跟着受苦遭罪，很是可怜，实可谓是雪国生活一大苦。余旅居江户时曾遇旅店附近有人死亡，出殡这日风雨大作，店主为送葬不得不用雨具将自己严严包裹，一边却嘟嘟嚷嚷抱怨道："今日这人究竟是何因果报应，竟以如此大风雨为难我等，看来必难升天，到不得极乐世界了。"然在余看来，与越后暴风雪相较，此风雨根本就不值一提。

龙　灯

筑紫[1]无名火于古人和歌中多有咏及，自古闻名于世。其燃烧状于春晖《西游记》[2]中有详细描述，据称为其亲眼所见。此无名火类乎世人所谓龙灯。又，于我越后蒲原郡有铠潟（越后方言称"湖"为"潟"），东西宽约一日里半，南北长可一日里，每年于二月中旬午日（即十五日）夜里酉时后半（午后六时）至丑时（凌晨一时至三时）前后，水上必有火燃起，乡人称之为"铠潟万灯"，常成群结队前往观赏。据友人观后称，其与《西游记》中描述一般无二。但近年乡人将铠潟之水排去北海，干拓成了田地，湖中万灯因而成了人家亿灯。又，我越后八海山因山顶有池八口而得名。山顶又有八海大明神神社，以八月朔日为大明神缘日，因而每年是日多有登山前往结缘者。山上每年亦惟此夜必有龙灯出现，但可惜无人知其来历。龙灯之火多燃起于春夏秋三

---

1 九州地方名称。具体所指不定，或指九州全境，或指九州北部与肥、丰两地，又或指筑前、筑后两地或单指筑前，有时也指太宰府。
2 即橘春晖。本名宫川春晖，号南溪，1753年生。一生行医，周游各地，著有《东游记》《西游记》《北窗琐谈》等。1805年殁，享年五十三岁。

季,各地都有。遍查诸书,可知皆出于海中或降自山巅,每年必于固定时刻燃起,堪称一奇。民间传说是龙神供奉神佛之灯,然余曾闻一龙灯传说,或有助于解开此龙灯之谜,兹且记下,以供好事者茶余饭后充作谈资。

我越后颈城郡米山山麓有医王山米山寺,寺创建于和同年间[1],至今已历千年。米山顶有药师堂,山中禁女人。米山山腰称米山岭,是我越后通往北海驿路上重要关隘,附近多古迹。数年前余周游下越后探访古迹,曾闻新道村长饭冢知义言一年夏季为乞雨,他率村人上了米山。山上有一处地方名御钵,盖有小木屋两间,专供参拜药师堂者歇息修行,众人于是夜宿其中。这日是六月初十二,恰逢每年龙灯燃起于御钵地方日子,众人不曾想能看到龙灯,闻说之后欣喜异常,早早便躲进小木屋静静等候。约酉时(午后五时至七时)时分,不知从何处不断有龙灯聚集前来,大者如手球,小者如鸡蛋,大小龙灯都只在御钵周围悠悠忽忽,上下飞行。其速或快或慢,仿佛有意游戏于此。其色皆如萤火虫,其亮却强弱不等。所有龙灯都上下飘飞,片时不停,其量之多,不可胜数。众人由一开始便紧闭了木屋门,只屏神静气于屋内窥视,并不敢发出半点声响。或是不曾料到屋内有人,有大小两三个龙灯竟飞至小木屋近前,与众人相距仅七八间。透过亮光隐约可见其状似鸟,亮光似由咽下发出。若能再近些或能看得更清,但神灯未再近靠,却慢慢远去。当日原就准备夜宿山上,因此有人为防万一带了土枪。当时见神灯飞近,便有枪法高明之

---

[1] 查日本年号,没有"和同"。或是"和铜"之误。和铜年间为708—715年。

年轻人要朝亮光射击,但被老人厉声喝止,说这龙灯是龙神献与药师如来的,不可造次。据知义云,忽闻老人一声怒斥"你这天杀的,要遭报应吗",龙灯仿佛受了惊吓,远远遁去再也不敢飞近前来。

芭蕉[1] 遗墨

和歌中虽多咏越后雪者,却罕有身临越后雪境所咏者。西行《山家集》[2]与顿阿《草庵集》[3]中既无咏越后雪者,彼等或也不曾

---

1 松尾芭蕉,1644—1694,俳人。其风格独树一帜,称蕉风,对后世影响巨大。又工俳文、游记,著有《奥州小道》《猿蓑》《背笈小文》《风雨纪行》等。其风格由号称"蕉门十哲"的森川许六、宝井其角、向井去来等高徒继承并普及全国,使芭蕉几成俳谐之神,到处有芭蕉冢、芭蕉句碑乃至供奉他的芭蕉祠。具体可参见后文介绍。

2 西行,1118—1190,歌僧。俗名佐藤义清,法名圆位、大宝房。曾为武士,仕于鸟羽院;后出家为僧。工于和歌,有《闻书集》《闻书残集》《西行上人集》《山家心中集》等,对顿阿、宗祇、芭蕉等后世歌人影响巨大。一生颇具传奇色彩,后世因多西行传说。以之为主人公作品有《西行物语》《西行一代记》《军法富工见西行》《时雨西行》等。《山家集》为其私家歌集,用词朴素不虚饰,自然平白而意境深远,为后世巨匠宗祇、芭蕉等所追求理想。

3 顿阿,1289—1372,南北朝时代歌人。俗名二阶堂贞宗。藤原为世门下四大天王之一。继二条为明之后编成敕选《新拾遗和歌集》。有私家歌集《顿阿法师咏》《顿阿百首》,和歌论著《井蛙抄》《愚问贤注》等。《草庵集》为其私家歌集,有正编十卷,续编五卷,约成于1359年。对当时乃至其后的室町、江户时代和歌影响颇大。

见过越后雪。朝臣俊赖[1]倒是有和歌"万丈深谷埋雪中，惟余树梢如草丝"咏了越后雪景，其人却未曾践越后地，只是如俗话所说，是"秀才不出门，能知天下名胜"而已。伊达政宗卿[2]也咏有和歌"白雪茫茫平关城，暮色苍苍不见人""雪中无曲径，隔山成近邻"等。然其为著名歌仙[3]，所咏因此能这般脍炙人口，广为传诵，所辖又也是大雪之域，以故能表现得如此真切，而实际并未来过越后。芭蕉翁游过奥州返江户途中倒曾来过越后，于新潟咏歌"偶与浮身[4]萍水宿，犹如雨珠落海中"，又于寺泊咏歌"万顷波涛阻归路，耿耿星河连佐渡"，但当时既时值夏秋之季，蕉翁便不可能见过越后之雪。近来虽多文人墨客来游越后，却都时近秋末便畏越后大雪而仓皇逃归，以故更无咏越雪之歌、纪越雪之文。或偶有于越后过冬、亲历越后之雪者，却又不通文雅，未能留下歌赋游记来。我越后三条人氏昆仑山人倒是出版有《北越奇谈》一部（共六卷，有插图，以假名写成，文化八年即1811年刊），却只言片语未提及越后雪。可叹如今文运昌盛，新

---

1 源俊赖，1055—1129，歌人。有和歌论著《俊赖髓脑》与私家和歌集《散木奇歌集》等。编有敕选《金叶和歌集》，对藤原俊成、藤原定家影响巨大。

2 伊达政宗，1567—1636，安土桃山时代（1573—1603，又称织丰时代）武将，仙台藩主。幼名梵天丸，成人后名藤次郎。1584年继承家业后平定会津、陆奥，后降丰臣秀吉。丰臣秀吉死后投德川家康，参加了关原之战与大阪之战。以战功加封为仙台藩主。信仰基督教，曾遣使罗马（1613）。独眼，善战，人称"独眼龙"。所领仙台在本州东北部，冬天雪大。

3 某一时代杰出歌人。如醍醐天皇时代（897—930）的六歌仙、一条天皇时代（986—1011）的三十六歌仙等，含义与中文"诗仙"不尽相同。

4 "浮身"系江户时代越前、越后地方私娼，常与滞留当地之行旅商人等同居并照顾其起居。此歌不见于松尾芭蕉各集，或是误传。

书问世有如潮涌，然记日本第一大雪——越后之雪者却一部也无。故此余不自量力，斗胆记越后大雪奇状奇事以示后来。又略记与越后相关事，以供好事者充作谈资。

且说元禄[1]年间，高田城住有一良医名细井昌庵，又名青庵，工俳句，俳号冻云[2]。一年芭蕉翁行脚奥羽各地，风闻冻云儒雅，又工俳句，因于归途中顺道前去拜访，见面即问"药栏何花作草枕[3]"，冻云随口答曰"荻帘卷起是月亮"。芭蕉翁当即取来笔墨，挥毫写了两幅，其中一幅写坏，以淡墨划去。两幅字原都藏于昌庵本家，后好的一幅传与了当地亲戚三崎屋吉兵卫家，坏的一幅舍给了当地五智如来寺。至文政[4]年间，因见当地领主好风雅，两家都将芭蕉墨宝献出。为此领主赏给吉兵卫银币五块，对五智如来寺也有厚赐，因而如今两幅都为领主所珍藏。此事系友人葵亭翁亲口对余所说。葵亭翁为蒲原郡加茂明神修验宫总院，号义方吐醋，别号无方斋，隐退后称葵亭，精通和汉古今掌故，为北越一名人。上述芭蕉俳句不见于各书，故兹记下。（图42，见242、243页）

---

1 日本古代年号，起止于1688—1704年。
2 "高田城"即今新潟县高田市。良医"细井昌庵"，号"冻云"为"细川春庵"，号"栋雪"之误。据考芭蕉于1689年7月8日抵高田，11日离去。又据芭蕉"药栏"句序称，"闻此境（高田）有良医，俳号栋雪，有风雅之名远播海内，因往拜访，并咏俳句"。芭蕉推重杜甫，"药栏"或即用了杜甫七律《宾至》末句：不嫌野外无供给，乘兴还来看药栏。药栏：药草园。
3 草枕，旅途中睡觉用枕头。在句中与"花"同为季语，表示"秋"。
4 日本古代年号，起止于1818—1830年。

百树曰:芭蕉居士于宽永[1]廿年生于伊贺上野藤堂新七郎[2]大人藩(次男)。宽文[3]六年蕉翁年廿四,辞官晋京,入季吟翁[4]门下学俳句,又从北向云竹习书法,改名始称宗房[5],名可见于季吟翁俳句集。延宝[6]末年后初到江户,寄寓杉山杉风[7]家(小田原街鲤鱼店藤左卫门),同时剃发出家,法号"素宣",后易名"桃青"[8]。"芭蕉"一名缘于其草庵旁所种芭蕉,先是他人以此呼之,后自取为号。芭蕉翁作有"移芭蕉词"一文,文末有如是言道:"(芭蕉)虽偶也开花,但花不艳;虽也秆粗,但不遭伐,一如《庄子》所谓山中大木,'以不材得终其天年'[9],其性尊。唐时僧怀素走笔蕉叶[10],宋代张横渠愿'旋随新叶起新知'[11],而予不取此

---

[1] 日本古代年号,起止于1624—1644年。宽永廿年为1643年,但今说芭蕉生年为1644年。

[2] 伊贺为日本古代藩国名,今为三重县。上野在其西北部,为藤堂氏居城。

[3] 日本古代年号,起止于1661—1673年。宽文六年为1666年。

[4] 北村季吟,1624—1705,江户前期古文献学者、歌人、俳人。又名静厚,号虑庵、拾穗轩、七松子等。祖、父医师,季吟也曾学医。精通和汉神、儒、佛诸学,为中世以后古典注释之集大成者。著有《徒然草文段抄》《源氏物语湖月抄》《枕草子春曙抄》《万叶集拾穗抄》等。门人有芭蕉、素堂等。

[5] 或有误。今说是辞官晋京前,仕于藤堂家时始用"宗房"名。

[6] 日本古代年号,起止于1673—1681年。

[7] 1647—1732,江户中期俳人。蕉门十哲之一。延宝初年入芭蕉门下,有《杉风句集》等。

[8] "桃青"与"李白"相对,可见李白于芭蕉心目中地位。

[9] 典出《庄子·外篇·山木》。

[10] 典出怀素广种芭蕉万余株,以蕉叶代纸练字,所居因名绿天庵故事。怀素,725—785,唐代书法家。以狂草出名,因继承张旭笑法而有"颠张狂素"之称。

[11] 典出《张子全书》卷三十三"愿学新心,养新德,旋随新叶起新知"。

二者，唯好悠然游于蕉叶之阴，独自怜其不堪风雨之脆弱。"又有俳句"风狂雨点骤，蕉叶响如豆，草庵盂盆中，夜静雨滴漏"，此芭蕉翁听雨之草庵旧址在今深川清澄町某侯爷庭园中，正与万年桥南头相对，据云其中古池遗址尚存。（余作有《芭蕉年表》一部，又名"芭蕉年代记"，曾拟刻于书肆，因觉考证未足，尚未付梓。）如所周知，蕉翁置身世外，云游四方，并非只在江户。后于元禄七年（1694）甲戌十月十二日，留下绝唱"病身既卧旅途中，游魂犹翔荒野上"后，客死于难波[1]花店旅舍。临终情况于门人榎本其角存于江州粟津义仲寺[2]之《芭蕉终焉记》中有详细记载，读来可有身临其境、目睹其景之感。据《终焉记》载，蕉翁先是感染病菌患上痢疾，自九月晦日起卧倒病床，十二日后撒手人间。当时侍候于病榻旁门人有木节（为翁施药医生）、去来、惟然、正秀、之道、支考、吞舟、丈草、乙州与伽香共十人。芭蕉翁发病时其角正游于和泉[3]淡轮，只闻蕉翁在大阪，并不知已卧床不起。偶于十日[4]来到病榻前，正赶上芭蕉将去，因得以为恩师送终，可谓一奇。又据其角《终焉记》载（此记施

---

1 地名，即今大阪南部。

2 "江州""粟津"为古地名。"江州"即近江，又作淡海，今为滋贺县；粟津即今滋贺县大津市，濒临琵琶湖，风景优美，自古为交通要地、港口。义仲寺在大津市马场，是天台宗寺院，因葬有源义仲而得名。源义仲又称木曾义仲，平安末期至镰仓初期武将，曾一度攻占京都一带，与东部源赖朝、西部平家三分天下，后战死于粟津平原。

3 地名，古为京畿五诸侯国之一，又称"泉州"，今为和泉市，在大阪府西南部。

4 实际为十一日。

于义仲寺，外人可乞而读之。俳人必读)，"(芭蕉遗体)移往义仲寺，葬礼极隆重。京都、大阪、大津膳所[1]等地俳友乃至官吏、从者皆慕翁名，不请而来者三百有余。所用丧服等皆由智月(百树按：大津米店老板母、蕉翁门人)与乙州妻缝制"，而"两千余门人得由偏远各地聚于一处，其因其缘不可思议，凡人实难勘破"。百树以为，孔子有门人三千而门下仅出十哲，芭蕉仅门人两千，门下也出十哲。至善之大道与游艺之小技，其尊卑之差有如霄壤，然孔子以年七十去世，葬于鲁国城北泗上时，诚心前来送行者有弟子三千；芭蕉以年五十二辞世、葬于粟津义仲寺时，不请自来者也逾三百，可见其师德之高。芭蕉虽为盆石，却可比孔子之泰山。其为人既毫无哗众之风轻薄之习，吟咏文章亦风格高尚，令人景仰。诚如其角所言，蕉翁广受世人推慕，至今仍为一奇伟之人，所咏所作无不被勒石为碑，永远传诵，时至今日，仍无一藩一郡不立其句碑。吟海之幸祥、词林之福祯，文藻之中无出其右者。正惟如此才如本篇所述，"药栏"一句虽是不经意咏出，其墨迹却能历经一百四十余年，于文政年间仍现白银之光，实堪称奇。蜀山先生[2]尝谓余曰，但凡以文墨游戏于世者，画且不论，死后一字能值一百钱即可谓文雅幸福足矣。嗟乎难哉，此先生今有其幸，一字能当百钱。

---

1 地名，在今滋贺县大津市，濒临琵琶湖，风景优美。
2 即大田南亩，1749—1823，原名覃，字子耜，别号方四方赤良、巴人亭、四方山人、杏花园、蜀山人、寝惚先生、山手马鹿人等。江户后期狂歌师，滑稽读本等作者。当时江户第一大文人。著有《万载狂歌集》《德和歌后万载集》《一话一言》等。

又《芭蕉行状小传》[1]散见各书，为众所周知，然其容貌却鲜为人识。爰得一证，或恐此类琐谈将湮没不闻，令人可惜，姑记于此雪谱中以示后来。此事记完，即再来记越后之雪。

第二代市川团十郎[2]承袭初代段十郎[3]俳号，称才牛，后易名柏筵（元文元年，1736年事）。柏筵于正德、享保、元文、宽保[4]数代久负盛名，当时无人不知无人不晓。有妻阿才，俳名翠仙，夫妻都能俳谐，且好文雅。传世有日记体随笔一部，名《老之乐》（为柏筵亲笔手书，凡二百四五十页）。原本珍藏家中，从不外借，后有狂歌堂真颜翁[5]闻说以为珍贵，必欲一读而后快，经再三恳求，终于借得，余与亡兄因有幸得一读为快。随笔中提及一年夏季演艺歇业期间，某日柏筵搬出小屏风吹风晾晒，自己则在一旁切人参，一边看着屏风上一蝶[6]所绘拖船忆起了往事，不觉自语道："记得幼时初逛吉原街，余身穿带双重黑羽三升家徽[7]

---

1 或是斋部路通编，1695年刊《芭蕉翁行状记》之误。
2 1688—1758。市川家业奠基人。
3 后易名"团"。1660—1704，歌舞伎演员，俳名"才牛"，幼名"海老藏"。江户人，勇壮、豪爽的武戏创始人。元禄年间（1688—1704）江户歌舞伎代表演员。
4 俱日本古代年号，起止于1711—1744年。
5 即鹿都部真颜，1753—1829，狂歌师，又名北川喜兵卫，别号狂歌堂、四方歌垣、俳谐歌场。曾师从大田南亩学狂歌，后成为四方（四方赤良，即大田南亩）派狂歌领袖，天明（1781—1800）狂歌四天王之一。著有《狂歌数寄屋风吕》等。
6 英一蝶，1652—1724，江户中期画家。京都人，原名安雄，号邻樵庵、北窗翁等，俳号晓云。英派画始祖。原以妓女青楼为表现对象，触犯幕府禁忌，遭流放返回江户后改名英一蝶，晚年主要画花鸟风景。
7 以假名"を"图案化而成，为市川团十郎家徽图案。

长袖和服,由其角、一蝶牵着左右两手悠悠行于日本堤。此二人皆曾闻名于世,而今却已双双作古,惟留余幸而存世,略有小名(中略)。今日小川破笠老来,谈起了旧事。据破笠老称,蕉翁瓜子脸上浅痘痕,白皮肤,小个头,常着一件茶色捻线绸短和服,说起话来柔声细气,总是'岚雪[1]呀,吾往其角处去去就来'般。"捧读至此,眼前不觉现出蕉翁之音容笑貌,仿佛正与余相对而坐,娓娓而谈一般(传为蕉翁门人惟然所作蕉翁肖像或其他蕉翁肖像以及世间所传蕉翁画像俱可与此说相印证)。小川破笠[2]俗名平助,壮年时放荡不羁,尝与岚雪(俗名服部彦兵卫)同在其角之堀江町家中为食客,有关记载可见于《老之乐》及《破笠自记》。破笠又号笠翁或卯观子、梦中庵等,绘画学于一蝶,俳句师从其角。余所藏其画上有"延享三年(1746)丙寅仲春梦中庵笠翁八十有四笔"题款。笠翁善泥金画,不蹈他人窠臼,别具一番情趣。人称"破笠细工",至今仍广受珍重。由其首创之吉原七月机灯至今犹存。有传颇详,于兹从略。

---

1 即服部岚雪,1654—1707,江户前期俳人。江户人,别号岚亭治助、雪中庵等,蕉门四哲之一。著有《其袋》《或时集》《玄峰集》等。
2 1663—1747,江户中期漆艺家。俳名宗宇、笠翁,伊势人。其风格世称破笠细工,于光悦风格的和式泥金画中又带了中国情趣。曾从芭蕉学俳谐,又工土佐画。

化石溪

据《东游记》[1]载,越前国[2]大野岭山中有化石溪,不论何物,但泡溪水中半月或一月必变为石头。器物等自不必说,即是以藁索捆起之纸张一束,泡入溪水中届时也将变作石头。我越后也有化石溪。据友人葵亭翁称,鱼沼郡小出地方有溪名在羽川,曾有人将既腐之蚕弃溪中,一夜后全变作了石头。大野岭化石溪因《东游记》而出名,我越后化石溪却不为人知,颇是遗憾。又据近江石亭《云根志》"变化"部(前编)称:有人云越后大饭郡有寒水瀑,位在深山幽谷极寒处。万物但投入瀑下潭中,百日后必变作石头。瀑潭附近随处可见有树木之枝叶、果实乃至其他生物所变石头。余去年尝见有人由此瀑潭中捞出石头,视之非平常石而乃钟乳石,内中含有树叶等。《云林石谱》中有钟乳成石说等。牧之案,越后既无大饭郡又未闻有寒水瀑。书中既谓"有人云",当为讹传。盖《北越奇谈》称相邻会津[3]处有驹之岳,入驹之岳深谷三日里处有一溪名化石溪,虫鸟草木但落溪中,一年之后都将变作石头。其水苦寒,纵夏季亦不能涉水而渡。又闻苏门

---

1 江户后期游记。凡二编,橘南溪著。为其于1784年旅行东海、东山、北陆各道时的见闻录。1795—1797年刊。有姊妹篇《西游记》,合称《东西游记》。
2 古诸侯国名,为北陆道七国之一,在今福井县北半部。
3 地域名,指福岛县西部地方,又称"相津"。

岳以北下田乡深谷中也有化石溪。《云根志》所载或是以上各地化石溪之误。

龟化石

我郡冈之町旧家村山藤左卫门为余女婿兄[1]，家中藏有祖传龟化石，据说掘得于附近山间泥土中，堪称化石中珍品。兹绘其图于下，以俟弄石家鉴。

百树曰：余视其图，见形状似与平常龟稍异。依此想来，或是《本草》中所谓秦龟。秦龟一名筮龟，又名山龟，俗称石龟。秦龟居山中，故名山龟。春夏戏于溪水，秋冬藏于山间，寿极长。"筮龟"一名缘于《周易》，据载因古人烧其壳以卜吉凶而得名。上述龟化石若能得本草专家鉴定为秦龟，则弥足珍贵。但既掘得于山间，则当近于秦龟。化石虽多见，然多体小且不完整，图中所绘化石体全且大，故此珍贵。

先年余周游大和[2]各地时，曾滞留京都半月有余，随旧友、

---

[1] 冈之町在越后藩出羽郡，与作者所在盐泽郡同藩不同郡，以故"我郡"当为"我藩"之误。作者有女名"桑"，迎出羽郡冈之町村山藏之助子藏吉入赘为婿，是为铃木家第十二代传人，名勘右卫门，号牧山，其兄为村山家第八代传人藤右卫门，以故"村山藤左卫门"当为"村山藤右卫门"之误。
[2] 所指不详，"大和"作国名可指日本国，作地名可指今奈良县（又称"和州"）或神奈川县中部地方。于此由前后文看，或是指日本国。

画家春琴子遍访诸名家。拜访鸿儒赖先生[1]（名襄，字子成，号山阳，人称赖德太郎）时曾与先生谈及化石事，并得惠赠蟹化石一块。此化石颜色不枯，润泽有如生时，但坚硬可比石块。《潜确类书》及《本草》、《三才图会》[2]等谓石蟹与泥沙俱化成石，果然不假。置之于盆养菖蒲草下水中，但觉蠢蠢欲动，栩栩如生。因也附图龟化石下以为从者，并以之为先生纪念。（图43、图44，见244、245页）

夜光玉

据《云根志》"灵异"部载，某人邻家有壮勇者名仪兵卫，一日摸黑经田上谷山中返家。当时夜已深，周围一片黑暗，忽见对面山涧有青光如虹射出，上接天空。仪兵卫原本胆大，便不顾一切地披开荆棘，翻过山岭，沿谷底寻至发光处，却见原来是寻常石一块。但拾起背上，继续赶路返家时，沿途山路却被那石照得明亮，因此得免摸黑赶路之苦。拂晓时回到家中，卸下那发光石于房外檐下，进屋去做好早饭出来，那石却已消失不见，虽再

---

[1] 赖山阳，1780—1832，江户后期儒学者、史学家。安艺国（今广岛县）人，十八岁到江户，师事尾藤二洲、山崎闇斋，后迁居京都开塾授业。一生致力于日本史研究，提倡尊王思想，著有《日本外史》《日本政记》《日本乐府》《山阳诗抄》等。

[2] 类书名。明嘉靖至万历年间，王圻与子王思义辑。凡一百零六卷，分天文、地理、人物、时令、宫室、器用等十四门，每一事物俱以图示并文字说明。日本有仿之所辑《和汉三才图会》。

三寻找仍不见踪影。又据越后甲贺郡石原潮音寺和尚称，其附近乡里一农人于挖地时掘得拳头般大小石头一块。见较平常石美丽许多，便带回家中把玩。入夜后石头放光，有如流星，友人告曰此是灵石，非凡人所该有，久置家中必致灾祸，宜从速打破丢弃。农人信其言，以斧敲碎玉石，弃之竹丛。当夜竹林有光芒四射，仿佛万千萤火虫齐聚其间。次日一早，左近乡邻闻说都来竹林中寻找，却连一块碎石也不曾找见。又闻筑后藩[1]上妻郡某氏因事夜出，去往邻村，途经一小河，涉水而渡时见水中有物发光，拾起看时却是小石一块，因带回，次日供于申之方向[2]，但不久消失不见（上引为全文）。上述夜光玉皆见于他藩，但我越后也有见。如新发田（在蒲原郡）东北有加治、中条两处地方，中间有路相通，路旁田中有一冢名庚申冢，冢上镇有径约一尺五寸圆石一块供人祭祀。此石原在当地一农家屋后竹林中，为主人挖掘竹根，清理竹林时挖出，因见其颜色青黑，十分光滑，便移至院中打草撚绳。当夜其妻偶然出房到院中，猛然见有一物灿然发光，以为来了妖怪，吓得大叫。农人闻见，慌忙叫了壮汉三五人，结伙来打这放光妖怪，不料却是白日刚挖出、移至院中之石。众皆以为怪，因弃之竹林。但此石每夜放光，吓得村人再也不敢夜间出门。由是众人经商议，祭之于庚申冢上，又涂抹泥土以隐其光，如今石上已长满了苔藓。曾有好事者来讨此石，村人恐遭报应，未敢应允。又驹之岳山麓有大汤、橡尾两村，中间有

---

1 古诸侯国名，又称"筑紫台"，在今福冈县南部。
2 西偏南 30 度方向。

佐奈志河穿流而过。一年河水干涸，河底发出一点亮光，有如水中萤火般。此亮光固定一处，数日不移，直至一日天降暴雨，河水陡涨后方才消失不见。后又现于下游四五町处，仍发光如萤火虫般。两村地处深山，村人愚昧，不知有夜光玉，竟无人敢去捞取，以致当年秋山洪暴发，玉石被冲走，从此不见了踪影（以上见《北越奇谈》）。还有一个夜光珠是余亲眼所见，姑也记下于兹。文政二年（1819）卯春余游下越后，入三岛郡参过伊弥彦明神，顺道拜访旧友高桥光则翁。翁大喜，留余一宿夜话。光则翁善咏歌，好古事，学识渊博，雅谈如涌，余不觉一住四五日。一夜与翁闲谈时，翁曰距今四五十年前，吉田（在三岛郡）旁大岛川中夜夜有物发光，人皆畏之，不敢近前。大岛川附近有一富长村，村中有铁匠兄弟俩奉养着老母一个，家境至为贫寒。但兄弟俩素来胆大，闻说河中有发光怪物，便要去看个究竟，若是妖怪则退之，也好让村人知道自己有能耐。当下兄弟俩商议停当，乘夜来到河边。时值秋雨水涨，又兼月光暗淡，水面上青幽幽的，但闻水声哗哗，却不见有一点光亮。两人举起火把四下寻觅，半天只是不见，更无任何怪异处。莫非是众人讹传？两人正觉得扫兴，打算归去，却突然见水上放出光来。于是急脱去衣服跃入水中，游至发光处上下摸索，半天只摸到了枕头般大小的石头一块。只好带之家去，随意放在灶下，不料那石却放出光来，照得一室亮堂如同白昼。两人将事情经过详细告诉了母亲，母子三人皆大欢喜，以为得了神奇宝贝一件。左近邻里闻说也纷纷好奇来看，但可惜俱无知无识，有眼无珠，不知此乃赵璧隋珠[1]，只以为是一般怪石。如此过了数年，兄弟分家，母亲嘱将家财一分为二，一人一半。但弟不要家财，只要发光石头。兄不肯，说去拾发光石是我主意，你不过助了一臂之力而已；发光石不是祖传之物，应归为兄所有，划分家产只能分祖上留下东西，此石断不能给。弟不服，辩说不然，此石应归我所有，要说理由，则首先捞石之议非你所倡，当初去河边只是为降妖伏怪；到河边后又是我首先入水，摸到此石并将之抱出水面，如此此石不归我还能归谁？如此这般，各执己见，互相不肯退让。起先还只是口角争论，后来竟动起手来，扭作了一团。母亲好不容易将两人喝住，不许再厮打，而后说："既如此，可将此石破成两半，一人一半。"兄闻说无语，弟同意，当即抱出明玉置之铁砧，抡起铁锤，用尽全身力气重重砸了下去。可怜偌大一块明玉竟被敲成了许多碎块，所含白玉也被敲碎，有水进出，四下飞溅。当夜凡水珠溅到之处皆晶莹发光，仿佛有无数萤火虫齐聚一处般，两三夜后才逐渐暗淡，不再有光。宝玉无论落入何等顽愚之手，都还可以放出光芒；可如今，稀世宝玉竟如此亡于鄙者一锤，无论对玉、对人都只能是一大不幸。牧之案：橘春晖[2]有《北窗琐谈》（后编之二）提及藏石家事，说是近年颇多知名藏石家，如江州[3]山田浦有木

---

1 典出《淮南子·览冥训》：譬如隋侯之珠、和氏之璧，得之者富，失之者贫。
2 江户中期医生，文人，伊势国（今三重县）人。著有《伤寒论分注》等，参见二编·卷二之四"龙灯"与之六"化石溪"注。
3 古近江国别名，今为滋贺县。

之内古繁、伊势[1]有山中甚作、大阪有加岛屋源太兵卫,此外更有三都[2]之好事者,诸藩国之逸人等。余亦曾见各家所藏奇石,动辄三千五千,非五日十日不能一一看过赏完。但各人所藏数量虽多,却无特别引人注目者,不能让观者为之眼睛一亮。据云曾有人对加岛屋源太兵卫说,去岁有人自北国来,自称有夜光玉大如拳头,光耀一室,若得好价愿出售。源太兵卫一听,当即托那人转告持玉者,说是愿出高价求其玉:若于暗夜置玉箱内,玉光能照亮箱子,使内壁呈白色,愿出黄金五十两;若暗夜里能照亮一个大字,则愿出黄金百两;若能照亮书信,使人读懂其内容,愿出黄金三百两;而若能照亮一室,则愿倾其所有换取。但那人却如泥牛入海,一去之后音讯杳然,从此再无任何消息,看来只是唬人的假话,其实并无此玉。此事流传于天明年间藏石风盛时,后为春晖照录于《北窗琐谈》中。但余所闻铁匠玉是文政二年(1819)春天事,当时说是去今已四五十年。如此算来,铁匠砸碎玉石事,应发生于安永[3]之末、天明之初。当时藏石风既已盛行,则上述加岛屋故事中所谓北国有欲售玉者,其玉能光耀一室云云,或即我越后绉商等闻说铁匠玉故事后,一传十传百,逐渐传出的。若如此,则加岛屋源太兵卫后来所以不得回音,当是因铁匠砸了宝玉,绉布商等无法回复之故。卞和玉惟得楚王方

---

1 古代东海道十五国之一,又名"势州""神国"。在今三重县中部地方。
2 指江户、京都、大阪,参见初编卷中篇十二注。
3 日本古代年号,安永起止于1772—1781年。天明起止于1781—1789年。

闻名于世[1],上述五个夜光玉故事有三个出自我越后,却无一个能得明主而闻名于世。嗟乎惜哉。(图45,见246、247页)

百树曰:《五杂组》"物"部也有类乎铁匠玉记载,说是明万历年初,闽中连江地方有人剖蛤得珠,不识而烹之。珠于釜中跳跃,火光烛天,里人以为失火,惊来相救。烹珠者问明缘由,启釜盖视之,而珠已半枯。其径一寸许,真夜光明月之珠。著者为之叹曰,悲夫,俗子厄事。同书之中,著者谢肇淛又曾叹曰,魏惠王有径达一寸明珠,能照亮前后车驾达十二乘之多,而今纵天府帝都也不见有如此明珠[2]。《神异记》《洞冥记》[3]中也有夜光珠记载,但俱孟浪之言,于兹不录。《古今注》[4]中还记有巨大鲸眼为夜光珠事。卞和之璞既剖之果有玉含其中,则石中孕玉当确有

---

1 典出《韩非子·和氏》、汉刘向《新序·杂事五》,说春秋时楚人卞和发现一璞玉,先后献给楚厉王、武王,却被以欺君罪裁去了双脚。楚文王即位后,和抱璞哭于荆山下,楚王使人剖璞加工,果得宝玉,因称和氏璧。
2 原文载《五杂组》卷十二:万历初,吾郡连江人剖蛤得珠,不识也,烹之。珠在釜中跳跃不定,火光烛天,邻里惊而救之。问知其故,启视已半枯矣。径一寸许,此真夜光明月之质也,而厄俗子,悲夫。魏惠王径寸之珠,前后照车各十二乘者十枚……今时隋珠赵璧,毋论民间,即天府亦不可多得也。
3《神异记》:或《神异经》之误。《神异经》,一卷,旧题汉东方朔撰,晋张华注。《四库全书总目》谓其中"所载皆荒外之言,怪诞不经","其中西北荒、金阙、银盘、明月珠事,陆倕《石阙铭》引用之。"《洞冥记》,一卷,旧题汉郭宪撰,又名《汉武洞冥记》。晁公武《郡斋读书志》引郭宪自序,谓:"汉武明隽特异之主,而东方朔因滑稽浮诞以匡谏,洞心于道教,使冥迹之奥,昭然显著,故曰洞冥。"
4 笔记。西晋崔豹作。凡三卷,分舆服、都邑、音乐、鸟兽、鱼虫、草木、杂注与问答释义八门,对各项名物制度加以解释与考订。

其事，铁匠所碎之玉当类于卞和玉。唐土有秦照王[1]欲以城十五座易赵惠文王之夜光玉[2]，与之相似，日本也有加岛屋许诺倾其所有购北国明玉。又《癸辛杂识》[3]续集（卷下）称有织娘将线浸泡水中，入夜有一大蜘蛛前来饮水，其体色白，有光芒放出。织娘见而异之，悄悄以鸡笼罩而捕之，见腹中有夜光珠，大如弹丸。（此事于前文牧之老人所引《北越奇谈》"玉"部中误为越后事，应以《癸辛杂识》为准。以愚想来，《癸辛杂识》是唐土之书，非容易可得，或是《北越奇谈》作者为取悦俗子，令其惊奇而戏将之作为越后事写入书中。但《癸辛杂识》续集纵于京都也难觅得，《北越奇谈》作者当是由博识家听来。）又《增一阿含经》（第三十三、等法品第廿九）称转轮圣王德高望重，因此拥有径一尺六寸夜光摩尼宝，光亮耀人，可照彼国十二由旬。是文太长，于兹不引，但一由旬于彼国为四十里，十二由旬于日本则为六十六日里。其玉径一尺六寸而能光耀方圆六十六日里，堪称一奇。据传转轮王得此玉后曾试举之于高高幢首，周围百姓不知是玉放光，只道是旭日既出，天已大亮，纷纷起床开始忙碌。了阿上人素有硕学之闻，曾告余以此事，余闻后又借经文来细读。按经文描述，此玉当为夜光玉之首。

---

[1] 应为秦昭王。

[2] 典出《史记·廉颇蔺相如列传》。

[3] 笔记。南宋周密撰，凡六集。分《前集》《后集》《续集》《别集》。为作者居杭州癸辛街时作，故名。所记多为人物琐事，见闻杂言。

饼　花

饼花[1]于江户等地制于十二月捣年糕时。做成后供于年德神[2]龛前。俳句中视为冬季事，于我越后却是春季事。按我越后习俗，正月十四前称大正月，十五至廿日称小正月，故此门松、藁索等新年饰物都于十三日或十四日撤去（越后长冈一带于正月七日撤去，只将祝木穗[3]悬至十四日）。而后制饼花，并分别供于大神宫、年德神及惠比须神前各一枝。饼花制法是：取来瑞木（树名）或柳树枝条，将捣好年糕（即"饼"）切成三角或梅、樱等花朵形状后插于枝上，间或也杂以团子，此称"茧玉"[4]。又将稻穗或纸制成钱币（绉布商家则纸绉布，农桑之家则小木锹、小木锄等农具）悬于饼花枝上。如此各家各户都在饼花枝上悬挂与自己家业相关模型以祈祷家业兴旺，多财多福。饼花多由青年男女手工制作。制时众青年共处一室，边制饼花边欢声齐唱插秧歌，以表达雪国人祈盼屋顶积雪快融、美好夏季快来之热切心情。饼

---

1 正月、小正月期间各家各户装饰物。将年糕（日语称"饼"）做成各种形状后插于稻草或柳、竹、桑树枝上，使如开花一般，故名。饰于神龛或室内他处。一般于正月十一或二十日撤去，而后煎而食之。

2 掌管当年幸福好运等吉利事之神。

3 以柳枝等一端劈成细条呈穗状后倒悬装饰之物。江户时代民间于正月十四日撤去新年饰物后，当日黄昏悬之于门上以驱邪招福。

4 茧状小球。插茧玉者多为养蚕人家。

花也可见于早期俳句季语集，二百年来一直流行于日本各地。但据闻近年来江户店家一年四季都有制，以售与儿童作玩具。

斋神[1]劝化

我盐泽一带习俗，每年正月十五日前，七八岁至十三四岁男童须上街为斋神劝化。为此稍富家男童会砍来盐肤木棍，将两头削圆成护手形状，此谓"斗棒"。而后上衣下裙穿戴整齐，腰插长短双斗棒，随带童仆一人上街游行。童仆手捧一升量斗或以绳吊之胸前，斗中置长约五六寸、仅雕出头脸、绘出眼鼻之木偶一对，此为男女二神。女神头缠棉布，身穿纸衣，衣上绘红梅；男神头戴乌帽[2]，身着纸衣，脸上刻有胡须，衣上绘着青松。主仆二人置此男女二神于斗中，相随穿行于村中镇上，边走边喊"斋神劝化啦"。其意不在讨要东西，而只在正月游戏。因此并非一人两人，所有男童都会各自去做。所得施舍有年糕也有钱币。贫家儿童常五个一伙七个一群地头扎浅黄边金黄头巾，腰插斗棒一根，将男女二神置柳条包中吊于胸前，口喊"斋神劝化啦！有钱给钱，有金赐金，快快施舍吧"，一边挨家挨户讨要钱物。每到一家，主人必或给钱币或给浊酒，而后墨涂其脸，笑闹一番。长

---

[1] 斋神又名幸神、道祖神，近似于土地神，以守护一村一地，使不受外来恶神侵扰为任。又可保佑旅行平安等。

[2] 日本古时一种礼帽，因涂成黑色而得名。原为成年男子日常戴冠（样式依身份阶级而异），由十六世纪中叶开始逐渐演变为仪式用礼帽。

冈一带做法与此不同,不是儿童而是身份低下成人腰插长约三尺、绘有万宝图之斗棒沿街劝化,同时如唱一般吆喝道:"有钱舍钱,有金赐金,舍了金钱,明春必能娶媳嫁女,财源滚滚有如泉涌。快捐吧!快舍吧!"如此化得钱财即用以祭祀斋神(祭祀斋神事容后再记)。又凡去年有婚嫁之家,天将拂晓时都会有许多儿童聚来门前以棒敲门,同时齐声高喊道"交出新娘!""交出新郎!"此是乡俗,意在祝贺,故此各家主人并不恼怒,倒是有人乐意开门,将儿童迎进屋里分给食物等。此俗于其他地方应也多见。

原以为斋神劝化只是儿戏,不值一提,后读醒斋京传翁之《骨董集》[1],方知颇有来历。《骨董集》上编之下"粥木"项下所列粥杖、祝木等,即上文所述斗棒。据京传翁考,所谓粥木,乃是以正月十五日煮粥之薪为杖击打无子妇女臀部、使之怀孕生男儿习俗。就此京传翁又引《枕草子》[2]《狭衣物语》[3]《弁内侍日记》[4]等古代许多典籍,例举上代宫禁、近世市井之粥杖故事周密考证,详加说明。余因此得知今日我郡之斗棒即古代粥杖习俗遗风,而越后一些地方也称之为"祝木"或"御祝棒"。由京传翁

---

1 参见二编卷一篇六"羽毛毽"注。

2 平安时代随笔。清少纳言撰,约成于1001年。凡三百余段,可分日记、随想与类聚三大部分,对后世随笔文学乃至近世俳谐、近代樋口一叶作品都有影响。

3 平安后期物语。凡四卷,又称《狭衣》,作者或为源赖国女,作品当成于1092年前。主人公狭衣大将犹有如《源氏物语》中光源氏与薰大将。

4 中世前期女流日记。凡二卷,约成于1252年。作者弁内侍为藤原信实女,生卒年不详。内容主要为宫中生活记录与和歌二百零九首。

所引诸书可知，此于七八百年前即为正月十五日行事。翁所引诸书中有明人撰《日本风土记》，其中有关记载最与我越后相似。其所记既是明人所闻距今三百年前日本风俗，则上述我越后今日儿戏，应也缘于三百年前此一风俗。京传翁所引《日本风土记》（卷二"时令"部。原系汉文，于兹杂以假名译成日文，以便读者）如是记曰："但街道乡村儿童年已十五八九以上者，各取柳枝去皮雕成木刀，而后复以皮缠刀上，用火烧黑去皮，以分黑白之花，名曰荷花兰蜜。再取荆棘枝条，插供香花神前，而后集各童手执木刀于途结队戏闹。凡遇已婚而无子之妇，即以木刀遍身打之，口中则颂'荷花兰蜜'，则此妇当年必怀孕生男。"我越后儿童以斗棒敲人门户，令出新郎、新娘，当是上述《日本风土记》所记古时民俗遗风。

百树案：上引《日本风土记》中有"再取荆棘枝条，插供香花神前"一句，此或是作者将粥杖习俗混同于供饼花神龛前做法所致。若如此，则饼花也应为古代遗风。

斋神祭

我越后正月十五日有斋神祭，亦即所谓左义长。唐人有咏除夕诗曰"爆竹"，内中一句是"竹爆响千门，灯燃明万户"，如此爆竹应燃于除夕日，然于我朝日本却是正月十五日行事。古时于禁内清凉殿院中是日要举行仪式，点燃青竹，将正月首次书法作品烧送上天，奉于天神；十八日又于同一院中装饰竹子，系以扇子并烧送上天。此仪式后传入民间，逐渐演变为正月十五集中焚烧正月饰物习俗，俗称"左义长"。此俗自古有之，且自古称作"斋神祭"。有关爆竹左义长来历典故，于俳句季语集《年浪草》中有广征博引，详加说明。

我郡小千谷地方有人家千户，极是富庶，故此斋神（也作幸神）之祭规模也十分盛大。为举行斋神祭，各村各镇每年都要先选定一处场所，踩实积雪，筑起一径约三间、高可六七尺之圆形雪坛，两侧堆出雪阶以供上下，此俗呼"城"。再于城——雪坛中央树一新伐杉树为柱，将正月种种饰物系于柱上或堆于柱旁，并以藁索自上而下一圈圈捆起，使如外罩蓑衣般（可杂以茅草，使更像）。最后于顶上饰以特粗藁索，于藁索两侧插以打开折扇作翅膀，使成飞鸟形状。一切准备停当，便于坛上铺设坐垫，供奉神酒，由一村镇长者身着礼服登坛祭拜，祷祝地方新年繁荣、百姓幸福。祭毕，由四周点燃圣火烧饰物。因事先撒有油滓等易燃物，饰物堆迅速燃起，火焰炽炽，火光熊熊（民间自古传说以此火烤年糕食之，可祛百病）。此即爆竹左义长，其他地方也有见。又据说此俗百余年前还流行于江户，后因屡屡引发火灾而被禁止[1]。

又有作"onbe"复左义长上焚烧之祝祷仪式。所谓"onbe"乃"onhei"之讹，即币帛。做法是将白纸与彩纸数百张齐齐叠起，压紧后如币帛般细细裁去周围使成扇面形状，再将如此裁成

---

[1] 但至今于名古屋等大城市佛寺中，每年正月十五日还可见有举行左义长祭事者，且祭法与此文所述相近。

之数千张各色扇形纸成串扎于嫩竹上,大小长短各随其意,但家家户户都争长斗大,以长大夸耀。竹梢上又扎折扇四柄,折扇打开扎在一块,其上彩绘家徽等图案。如此图案是彩色绘成,纸束又是彩纸扎成,看去五颜六色,五彩缤纷,煞是美丽。币帛做成后先树于自家门前,一如五月男儿节之鲤鱼幡。到正月十五日,各家各户都将币帛送去斋神祭所,复于左义长上焚烧以增添喜庆气氛,慰藉先祖亡灵。是日前来围观者成群结队自不待言,仪式结束后还要于各处大开喜宴,共同庆贺,十分热闹。此皆有赖国君盛德洪福。斋神祭于其他地方也有,但都不如小千谷盛大。(图46,见248、249页)

百树曰:余携京水游越后时,尝居留小千谷岩渊氏(牧之老人亲戚)家中凡十四日(八月份)。主人嗣子年廿四五,号岩居,善书法,待余甚笃。小千谷为北越地方一大都会,商贾云集,百物具备,一无或缺者。又去海仅七日里,海产丰富,不乏鱼鲜。其先余在盐泽四十余日,其地去海远,夏季尤少海鱼,令余身为江户人而不知鱼肉味竟达四十余日之久。直至到了小千谷才又得生食鲷鱼,其味之美,令余至今犹觉齿有余香。当时恰值鲑汛,小千谷又有大河前川通海,鲑捕到后可直接送至厨下烧煮,其味之鲜美,自然又胜过江户百倍。一日饭时有油炸鲑,余问岩居此于当地作何名,答曰:"テンブラ(音 tenbura),但多年来一直不解其义。问过长老,亦无知之者。愿闻先生高见。"余答先用过之后再告以此名来由,于是尽情饱餐了一顿油炸鲑鱼天麸罗(テンブラ)。

天麸罗故事

余语岩居曰，去今五十余年前，天明初年，余家（在京桥南街第一衖）对过陋巷中来了一对男女。两人都自大阪来，男家颇殷实，用有奴仆四五人，他为次男，名利助，年约二十七八，因与年长两岁之歌妓相好而遭家人反对，于是愤而携妓出走，来到江户。一日因事来家，之后便常来家中为余办事，仿佛家仆一般。但此人既栖身花柳界，自然言谈风趣，有才能，能办事，亡兄因此常对他戏言道："足下万般具备，只欠金钱。"偶有一日利助来说，江户多有于街头叫卖油炸食品者，但大阪有油炸鱼，味极美，而江户夜市上至今无卖者。我有意做此买卖，但不知能赚得钱否。亡兄（京传）答曰："此是好主意，可先一试。"于是当场令他做了来尝，果然味美无比。利助又说："若于街头夜市叫卖，须有方形座灯作招牌，但不知灯罩上应写何名才是。若写鱼之油炸，似乎不够简洁醒目，还乞先生赐给一名。"亡兄低头思忖了片刻，取过笔来，大书"天麸罗"三字。利助不解其意，乞赐教。亡兄于是微笑戏言道："足下今为天竺浪人，无意间飘然[1]而至江户做此生意，故此所卖应是'天ふら'（假名音 fura）。又'麸'是小麦粉，'罗'指薄织物，足下今以鱼肉薄薄裹一层

---

[1] "飘然"于日语说ぶらりと，音 burarito，首两字母与"麸罗"发音相近，以故京传将之与"天"相连，既言食物由天竺飘然而来，又言食物是以面粉包裹油炸而成，一语双关，足显幽默，所以利助听后大赞。

小麦粉油炸，因此可用'麸罗'（音 fura）二字。"利助也是诙谐之人，闻说大喜道："天竺浪人之包裹面粉油炸物，因此称'天麸罗'，妙哉妙哉！"不久买卖开张，利助拿了座灯来求写招牌。余当时年龄尚幼，不知天高地厚，便提笔写了"天麸罗"三个大字给利助。此油炸鱼肉天麸罗一片四钱，夜夜卖完，极是好销。一月不到，周围早已如雨后春笋般冒出了许多天麸罗夜市摊，而今更风行日本，即于此小千谷也得闻天麸罗之名，堪称一奇。但事虽如此，由京传命名、利助首创之典故却依然连硕学鸿儒也不得而知，能说清道明这天麸罗之来龙去脉者，普天之下惟余一人。"听余如此一说，岩居也拍手大笑。

前些年余曾语友人静庐翁（翁通晓和汉故事，当时名闻海内）以天麸罗故事，得翁告曰《事物绀珠》（明人黄一正撰，共廿四卷）夷食部有菜名与天麸罗（音 tenbura）相似，于是借来细读，果见其中提及菜名塔不剌（音 toufu-ra），注明做法是：先以葱、椒、油、酱熬汤，而后放入鸭或鸡或鹅，以慢火煨熟。另有油炸螃蟹，做法或与天麸罗同。

熬羊羹起源

与天麸罗相似者还有熬羊羹之起源，姑也附记如下。

据《橘庵漫笔》（享和元年，1801 年京都田仲宣撰）载："京都下河原地方有一名佐野屋嘉兵卫者，享保[1] 年间由长崎晋京，

---

[1] 日本古代年号，起止于 1716—1736 年。

首创十二大菜宴,是为京都、大阪一带宴席菜肴之始。嘉兵卫有女名范,今已年迈,仍健在,是今日佐野屋始祖。大阪各地虽盛行宴席菜,但惟野堂街贵德斋持续时间最长。"再说那日岩居飨以油炸鲑,当晚又有其友蓉岳(樱屋糕点店主)来访,闻余不嗜酒,特惠余以自家熬制之羊羹,其味同于江户。余游越后得尝羊羹,不觉大感慨,因谓岩居曰:"此羊羹亦近年新产品,味道胜于一般羊羹。余幼时因恶一般羊羹而从来不尝,不料今日远离江户来到此地,却得喜尝熬羊羹,实是泰平德化之功。"蓉岳亦善书画,好文章,尤喜考据,闻余此言,移座趋前问道:"糕点制作是某家业,先生既言熬羊羹是近年新产品,小可愿闻其由来,还望不吝赐教才是。"余遂语之曰:"宽政[1]初年,江户日本桥大街一条[2]有胡同人称式部小路,胡同内有喜太郎夫妇雇一小学徒经营着糕点店。店面以木板钉成,十分简陋,又无招牌,看去不像是糕点店。喜太郎原在世代承做高级糕点之杜氏糕点店帮工,如今辞了东家移居此地,专制极品糕点售于茶人与大户人家。经潜心研究,他发明了熬制羊羹方法,并将产品取名炼羊羹出售(据《艺苑日钞》称,"羊羹"原作"羊肝"),因味美而备受欢迎,人称喜太郎炼羊羹。但他仅一人熬制,供不应求,常见有前去购买者提着空盒怏怏而回,说是今日羊羹又已卖完。故此不过一二年间又有两家糕点店效仿喜太郎熬羊羹出售,但仍供不应求。时至今日,江户之糕点店自不待言,即此小千谷地方也有了熬羊羹。如此看来日本再也无一处不熬羊羹。"蓉岳笑曰:

---

[1] 日本古代年号,起止于1789—1801年。
[2] 此处"一条"即现在所称"第一街区"。

"然。且品种极多,既有小仓羹又有八重也羹,可谓不胜枚举。明日当再奉上,还请笑纳为是。"此等事或有悖于"雪谱"之名,但本篇既谈及小千谷,勾起了余此一段回忆,便且记下,以供诸位闲谈时充作话题。此外有关近世食品之起源故事尚多,一一都于拙著《食物沿革考》中由上古至今详细做了考证,于兹不须赘述。

雪中之狼

如初编所述,我越后冬季雪深食少,野兽多翻山越岭徙往积雪较少、食物较多地方,待来春再返回原来洞穴。但初春时积雪未融,食物仍难寻觅,偶尔便也趁夜闯进村庄,攻击人与狗等。此等事只在山村时有发生,山下乡里人多,野兽惧怕,不敢来犯。整个冬季穴居雪中者,惟熊而已。据云熊可将山蚁蹲在掌中,冬季穴居雪中时即舔之为食。

且说我郡某山村(事出不祥,故隐其地名、人名不记)有一贫苦农夫,家中有老母,有妻子,还有一女年十三,一男更幼方七岁。农夫为人笃实,事母至孝,日子过得虽然艰苦,却也一家团圆,和和美美。一年二月初,他因事要去两日里外一处地方,途中全是山路,临行母亲因嘱曰:"山里多野兽出没,我儿可把枪带上,一路多加提防。"儿子听话,遵嘱带了枪上路。这农夫平时务农,闲时也进山打猎以补家用,因此国家准他带枪。一路无话,到了地方办完事,不觉已日头西斜,天色将暮,于是急忙赶路返家。将进村时，突然见山阴雪地里有一匹狼正撕咬着什么。看看恰在射程内，便扣动扳机，一枪打死了那狼。但近前一看，却见所撕咬的竟是一只人腿。农夫大惊，此处离村不远，莫非这狼窜进了自己家里？他顾不得管那死狼，拔腿就往家跑。刚到家门前，就见地上白雪已被鲜血染红，不由更加惊慌，三脚两步就要进屋，却迎头撞见两匹狼从屋里蹿出，一溜烟往村外逃去。急冲进屋定睛一看，不觉倒吸了一口凉气。只见老母被撕作数块，横七竖八地散在地炉四周，但少了腿一条；妻子倒在窗下，满身鲜血，身旁绉纱散了一地；七岁儿子被拖在院中，吃得只剩了一半身体。妻子倒还有一口气在，见丈夫回来，挣扎着要撑起身来，却终于力不从心，只挤出了一个"狼"字，便脖颈一歪咽了气。农夫傻了，半天不知是噩梦还是现实。好不容易缓过气来，抄起枪刚要往外走，猛然想起还有女儿没见到。颤抖着哭声一喊，却见女儿从地板下应声钻出[1]，一头扑向父亲放声大哭。农夫也抱着女儿大哭。山村住家都较分散，农夫家发生了如此惨事竟无一人知晓。可怜他转瞬间失了六十老母、三十贤妻和七岁娇子，恨得咬牙切齿，悲得心痛欲绝，不愿再生。父女俩抱头痛哭了许久，这才有人听见哭声跑来，一见这惨不忍睹情景，顿时吓得尖叫不已。众人听见尖叫声方才知道出了事，先后赶来，七嘴八舌向女儿打听情况。原来是三匹狼撞破窗户，突进屋里，女儿正在灶前生火，急中生智，一头钻进地板下躲了起来，随即听见祖母、母亲与弟弟声声惨叫。她不敢出来，只能于心中急急地

---

[1] 日式房中，人日常起居坐卧处较其他地方略高出数十厘米，故可藏人。

念佛不已,耳闻着撕心裂肺的惨叫声渐渐微弱,终于不闻。人既死不能再生,众人只得将此惨状报告了官府。次日黄昏即以一口棺材殓了妻、子,又备一口棺材殓了老母,两口棺材一起抬到山上下了葬,送葬者、旁观者无不泪落如雨。事后想来,幸亏遵母命带了枪去,这才得打死于山阴雪地上撕咬母亲一腿之狼,算是为母报了仇。可还走了两匹狼,妻儿之仇不能报得,每每想起都令他悔恨不已。自此之后农夫便弃了家业,带了女儿四处朝山拜庙,为母亲妻儿祈祷冥福。此事发生于不久之前,知者颇众。(图47,见250、251页)

百树曰:日本狼未闻会幻化,但唐土之狼会幻化,一如老狐狸般。宋人李昉等撰《太平广记》[1]"畜兽"部(卷四百四十二)即有引《广异记》[2]《宣室志》[3]等书,说有狼幻作美女与少年相通,或变作人母长居其家,至年七十方显露原形逃去。又说有狼咬杀人父后幻作其父,长年居其家中,一日其子入山采桑,有狼前来如人一般立起,衔其衣裾似有话要说。子惧而举斧斫狼额,狼遁去。回到家中却见父亲额上有伤痕,方才醒悟是狼幻化,遂杀

---

1 小说总集,北宋李昉等编辑。始于宋太宗太平兴国二年(977),编成于次年,雕版成于六年(981),故名。凡五百卷,另目录十卷,总共约三百万字。按性质分作九十二大类,采录汉至宋初小说、笔记、稗史等四百七十余种,保存了大量古小说资料。

2 唐代小说集。凡二十卷,十余万言,杂记唐朝各代之事。撰者戴孚,肃宗至德二年(757)进士,曾任校书郎,后为饶州录事参军。

3 传奇小说集。唐张读撰。汉文帝曾召贾谊于宣室,问以鬼神之事,书名即取义于此。凡十卷,补遗一卷。读为牛僧孺外孙,本书当受僧孺《玄怪录》影响,内容也多为神鬼灵怪故事。

之，果是老狼一匹。因杀父有罪，便到县衙自首，说明了事情原委等等。唐土凡悍恶之事多以"狼"字称之。譬如生性残忍谓"豺狼之心"，声音可怖称"狼声"，毒之甚者称"狼毒"，事情荒诞称"狼狼"[1]，异相之人称"狼顾"，无义之人喻为"中山狼"，贪食之状比作"狼餐"，病之重者称"狼疾"[2]，又有"狼藉""狼戾"[3]"狼狈"等许多说法，皆以狼作喻[4]。故此百兽中最可恶者非狼莫属。然余窃以为，狼固为狼而可憎恶，而人之为狼者匿其狼性，隐其狼心，更常使人受其狼毒。人之为狼当较狼之为狼更可惧可憎。外表笃实，内心奸而贪者谓"狼者"，虐待儿媳者称"狼外婆"。此等恶人虽能巧妙匿其"狼心"，但识者心中自有明镜，不会受其蒙蔽。为狼者当自畏之耻之。

---

1 似无此说。

2 似有误。按中文"狼疾"应是"昏乱、糊涂"意。

3 喻人贪暴凶残。

4 详见明谢肇淛撰随笔《文海披沙》卷一"狼"：禽兽中为人口实者多矣，然皆美恶相半，即狗彘亦然，惟狼最多而皆非美称。言残忍曰豺狼，曰虎狼；声不美，曰狼声；毒曰狼毒，很曰狼狠；有反相曰狼顾，无义曰中山狼，恣食曰狼餐，无厌曰狼贪，掣肘曰狼跋，奔走曰狼奔，不检曰狼藉，又曰狼戾，失次曰狼狈，疾曰狼疾，边警曰狼烟，陆梁曰狼扈佻伥曰狼子野心，贼星曰天狼，丘墓精曰狼鬼，察贼虫曰狼箸。

图 42

芭蕉翁訪凍雲図

甲之図

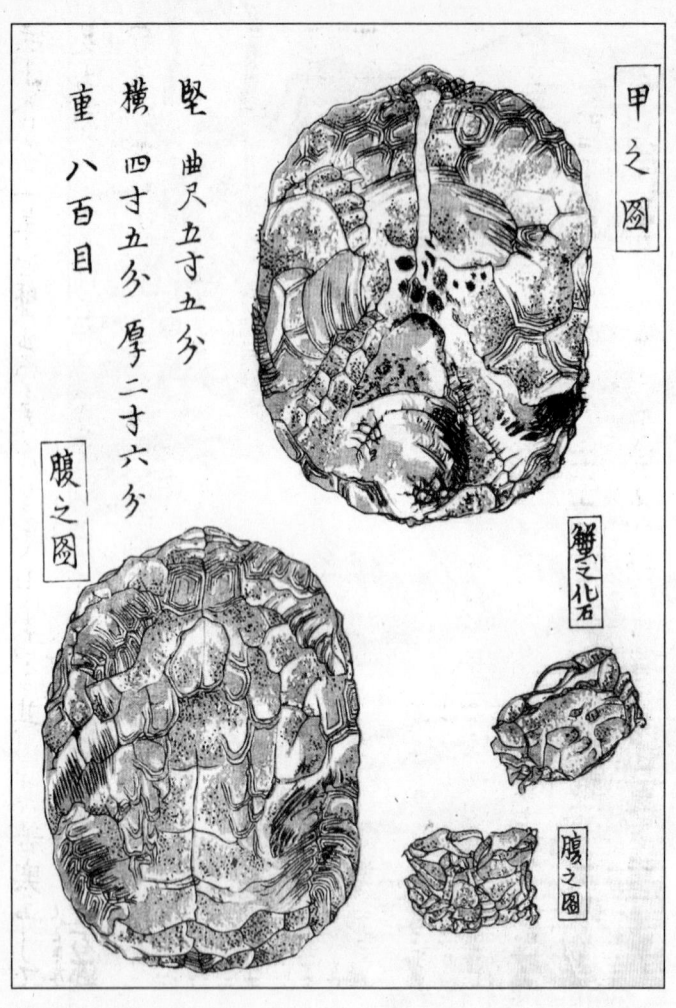

堅 曲尺五寸五分
横 四寸五分 厚二寸六分
重 八百目

腹之図

蟹之化石

腹之図

図43

图 44

图 45

剛夫得名玉図

图 46

鷹の神祭事之図

图 47

雪中狼入人家図

《北越雪谱》二编·卷三

驱鸟台

乡间集镇于正月间照例要行驱鸟事。此事各地都有，具体做法却因地而异，并不相同，有关介绍可散见各书。譬如江户驱鸟者是弹唱非人[1]妇女谣曲之女太夫。她们身着鲜丽布衣，头戴精致草笠，涂脂擦粉，浓妆艳抹，弹着三弦、拉着二胡走街串巷，沿途故作滑稽地唱着贺岁歌，挨门挨户乞讨赏钱。此事只在正月初一至初七间可行，但有闻一些地方过了初七仍不时可见。我越后驱鸟与此迥异，具体做法是先于小正月（正月十五之后称小正月）初垒建驱鸟台。年前家家户户都要清除房前屋后积雪，清出

---

1 江户时代指社会地位在士农工商之下的从事低贱娱乐业者。

积雪堆积如山，驱鸟台即以雪筑于其上，高可八九尺乃至丈余；下宽上窄，有雪阶可以上下。台顶平坦，四角插以松、竹，周围圈以藁索（大小随意），圈内铺以座席供坐卧。台既筑成，童稚便可登台吃喝、游戏，唱驱鸟歌。歌曰："那鸟哪里来？信浓地方来；背了什么来？背了柴捆来。噢噢！树上鸟儿河边鸟儿全都飞起来啰！屋后秧田里的鸟儿呀，赶也赶不尽。噢噢！麻雀鸽子全都飞起来啰！"亦可于所清出如山积雪上筑起四方雪堂，搭起置物雪架，铺上草席，搬来锅、壶、盘、碗等置雪架上，而后众儿童聚雪堂内烧煮饮宴，齐声欢唱驱鸟歌；上下往返，终日尽情地玩耍游戏。此一正月游戏于暖地不见，然于我越后一个驿站街即可有驱鸟台数个，上有许多儿童各自结伙，尽情游戏。（图48，见280、281页）

雪　霜

如上再三所述，越后为北国第一多雪处，其中又以鱼沼、古志、颈城三郡尤多雪，每年积雪总在一丈以上。但据曾在江户过冬者称，其冷却与江户相去不远。诚如《五杂组》所言，霜为露之所凝故为阴，雪为云之所成故为阳[1]。越后虽如此大雪，但为夏季上市而播下之蔬菜种子却于雪下也能发芽。成熟时间虽与暖地有先后之别，味道、形状等却一般无二。此地于三月初见梅花

1《五杂组》卷一"天部"：雪生于云，阳位也；霜生于露，阴位也。

开，五月瓜茄始上市，较暖地迟了许多。但在山里，更有迟至四月底五月初才见山樱盛开处。

地狱谷之火

本书于初编卷上"雪中之火"中记了六日町（在鱼沼郡）西部靠山处有地火燃烧事，但漏了地狱谷之火，今补记于下。我越后有七大奇迹，其一是蒲原郡如法寺村农户庄右卫门家地火（七兵卫孙六家也有地火），此火远近闻名，广为人知。但鱼沼郡小千谷有地狱谷之火，火势更大更盛，名声却不如蒲原郡如法寺村地火，不太为世人所知。此火于唐土称火井，近来有人于地狱谷盖起房舍，引来地火，烧水供游客洗浴，夏季秋初多有来入浴者。火井于其他地方未曾有闻，惟我越后多有。据闻数年前蒲原郡某家掘井，当夜有相熟医生来询掘井情况，归去前点起灯笼伸下井去想看个究竟，不料井中突然火起，其势熊熊，光耀夜空。左近街坊以为失火，赶来一看却是井中起火，于是七嘴八舌都怪主人掘井引出火来，害得众人虚惊一场，今后还不知有何报应。主人也心生恐惧，只得填了井了事。地下火一名阴火。前述如法寺村阴火亦先由地下有气如微风般细细飘出，点以引火木阳火（即明火）后才顺风燃起[1]，不见阳火不会燃烧。据传如法寺村地

---

1 阴火：又称"地火"，指天然气。引火木：用来点火用的木头，如松明等。

火始燃于宽文[1]年间，是在庄右卫门家院中以风箱送风助燃时点燃的，上述井火应也是因医生伸灯笼下井，由灯笼阳火点燃的。

又闻颈城郡海边北陆官道上有驿站名能生宿，由能生宿朝山约行两日里有一间濑口村，村中也有农家出地火，燃烧状同如法寺村。此村周围水源缺乏，旱时有就山挖横井取水习惯。据传一次掘井，由竖井转而横向挖掘后井下黑暗不能施工，因点燃火炬照明，不料却因此点燃阴火，烧死了掘井人。以此推想，越后地方应多地下火脉，能生地火，不少地方只因未得阳火而至今尚未燃起。

百树曰：余在小千谷时曾应岩居之邀前往地狱谷看地火，同行相伴有社友五人，又有奴仆二人肩挑酒食随行侍候。余同京水、岩居一行十人离小千谷西行，经新保、薮川、新田等村抵一宫村，其间山道弯弯曲曲，约行有一日里半多。好在当日秋高气爽，沿途山川秀丽，令人心旷神怡，陶陶然如置身仙界，因此不太觉累。翻过一平缓小山后是一面大坡，坡底即地狱谷。由坡顶俯瞰下方，可见有茅屋一座，此即本文前述浴室。我等刚下至半山坡，便见茅屋楼上跑出四五个美妇人来，各凭栏而立，或笑或唤，或拍手或招呼，朝着我等指指点点。于此四面群山环抱，满山老树葱郁之间竟能见到如此美人，余大出意外，不觉愕然而脱口道："此狸耶狐耶？"岩居等闻见，相顾拍手大笑，余这才得知此美人是号称小千谷城下町地方酒楼的陪酒歌妓，被岩居与朋

---

[1] 日本古代年号，起止于1661—1673年。

友私下密谋，暗中招来为余助兴。如此彼等非狐非狸，倒是余为岩居所蒙蔽。下至地狱谷后众皆上楼，惟岩居陪余及京水前去看阴火。

地狱谷多山樱，原名樱谷。后因地火燃起，有精明商家平整了四五十步（六尺为一步）见方的土地一块，盖起了浴室，引来了地火烧热水供人洗浴，于是渐次成了游乐场所。原名樱谷，却因地火燃起被更名为地狱谷，樱若有知，当必愤恨、委屈不已。

再说那地火由一口浅井中烧出，火势较一般澡堂既猛且旺。火井上有大锅，锅上是一间见方浴槽，有细竹筒自后山引来清水注入槽内。热水由浴槽向四方溢出，不冷不烫，正好洗浴。如此只要天工地火无尽时，人作热水则不竭，汤水之清洁，自不待言。与浴室相邻者厨房。厨房灶内也有洞，可引地火烧煮食物，其功用与薪柴同。厨房之后是中央大厅，厅内地板下埋有竹筒导引地火。竹筒口嵌有铜片约一寸长，可防地火烧着竹筒。竹筒口上方吊有一锅，可自由升降。地火由竹筒引出，可用以烫酒煮茶，入夜还可照明。细察此火，见只在筒口上方约一寸处燃烧；以扇扇之，则如阳火一般熄灭。试以手捂筒口，但觉有微风习习，并不疼痛。放开手以点火木点之，则火又倏忽燃起，一如先前。老主人说此火夜晚较白昼更旺，照得人脸青幽幽地，煞是可怕。主妇说水中也有地火，可值一看，因随之转到浴室后，见有小小一些山田，田中水下有气泡咕嘟嘟冒出。试以点火木点之，果然自水中有地火如蜡烛般燃起。主妇称能如此燃烧处此外还有不少，入夜后尽数点燃可拒野兽。余久居江户寡见少闻，如今见了，备觉奇妙而不可言。唐土称此火为火井，《博物志》及《琅琊代醉》中所载云台山火井亦同此地狱谷火，但不似地狱谷般遍地都是，火势旺盛，如此地狱谷地火堪称唐土、日本之第一火井，亦余此番游越后所见之一大奇观。唐土火井在北方蜀地，日本火井亦在北部越后，或是自然地势使之然吧。

正看火间，一歌妓出来于楼梯上再三招呼岩居。岩居闻叫，应声上楼而去。而余与京水方入浴，楼上却早已三弦琴声响起，欢歌笑语，热闹非凡。浴毕登楼，则酒席已残，杯盘已狼藉。惟有那美似婵娟的众歌妓仍联袂而坐，素手弄丝弦，朱唇唱谣曲。伽鸟美声，又兼外面如菩萨般的姣好姿容，将个地狱之谷骤然变作了极乐世界。歌妓主人当时也在场，因唤随行厨子再整酒菜，重开宴席。此主人虽是俗物，却也颇具雅趣，对文人颇推崇，据说当日来前已与岩居约好，请为介绍与余相识。此君暴牙，因自起家号为双坡楼，其诙谐幽默由此可知一二。且性格飘逸洒脱，颇好相处。自称其家前后皆坡，故而双坡两字颇得其妙。又出双坡楼扇，乞余赐句，众歌妓也纷纷效仿，拿出扇来乞余题咏。于是命京水作画，余即兴题咏。岩居等见了也纷纷题诗壁上，为当日之会平添了许多风雅。

如此又过了不久，忽见日头西斜，天已将暮，急匆匆收拾东西，准备归去。众歌妓原都穿草鞋来，出门穿鞋时便你争我抢，此是我的，彼是她的，乘着醉意又尽兴嬉闹一番，而后才踏上了归途。途经一小河时，红唇粉面之歌妓撩起红裙涉水而过，花姿柳腰之美人穿着草鞋蹚水而渡，如此这般，着实令余这久居江户者备觉稀罕，兴致大增。一路之上，醉客口唱民谣，醉妓则手舞足蹈，醉客见旧绳唬作长蛇，醉妓则吓得夺路而逃，一不小心踩进烂泥田里，乐得众人捧腹大笑，经久不已。但所行是乡间农用小道，两旁无茶店可供小憩，众人走得累了，半途便进一旧神社暂歇。一歌妓想是要方便，到神社殿后去了一会儿，回来后于石水盘中掬起些水洗过手，便去到树下立于地藏菩萨前，怀中掏出脂粉来涂抹描画，修补残妆，顺手却将粉盒胭脂等放在了菩萨头上。平时常听人告诫"外面似菩萨，内心如夜叉"，却不知菩萨此时作何感想。再上路时午后四时已过，众人加快脚步，返回了小千谷（此游记有另辑一册，收于我《北越旅谈》中）。

越后人物

板额女[1]为加治明神山城主长太郎佑森妻室，古志郡人（图49，见282、283页）。而三岁小儿也知其名之酒颠童子[2]为蒲原郡沙子冢村人，有府邸遗址至今尚存。童子初为云上山国上寺之行法印弟子。玄翁和尚为伊弥彦山麓箭矧村人。近世越后虽无德僧高儒及和歌书画名人，但声名远播者却也不少（画师吴俊明后到江户成名）。近年来闻名相扑界者有新潟人越海鹫浜、高田今

---

[1] 镰仓初期壮勇女子，越后城九郎资国女。据《吾妻镜》载，她英勇善射，百发百中。1201年，其外甥城资盛起兵反源赖家，在乌坂城之战中，她披挂上阵，射杀敌兵无数，后因双臂射伤被俘。但她凛然不屈，感动了浅利义远，被收为妻。今为骂人话，意思是"四肢强壮的丑女人"。
[2] 也作"酒吞童子"或"酒天童子"，古时强盗，常装鬼抢夺他人财物与良家女。活动于丹波国大江山与近江国伊吹山，前者后为源赖光及其属下四天王奉敕命剿灭。故事后被画卷、御伽草子、净瑠璃与歌舞伎等用作素材。

町人九纹龙与次第浜人关户等。常人而有力士之名者有颈城郡之中野善右卫门、立石村之长兵卫、蒲原郡三条之三五右卫门等，皆以力大无比而闻名。铠潟附近横户村之长德寺与谷根村之行光寺也以力大闻名，俱能独自一人轻松吊起或卸下寺内大钟。知名孝子则古有村上小次郎、新发田阿菊女与颈城郡僧知良，近有三岛郡村田村之百合女（农民伊兵卫女）、新发田荒川村之门左卫门（农民丑之介子）、冢原豆腐匠春松（镰介子）与蒲原郡释迦冢村农民新六等。俱为当地极负盛名孝子，其中一些或至今健在。

百树曰：余原拟到越后一定探访板额女与酒颠童子遗迹，游览新潟，参诣著名神社、佛寺，遍访寺泊顺德帝遗迹以及源义经[1]、梦窗国师[2]、法然上人[3]、日莲上人[4]、为兼卿、艺妓初君等名人

---

1 1159—1189，平安末期至镰仓初期武将。一生战绩辉煌而充满悲剧，有如我国项羽，其生平成为文学素材，被广泛用于文学创作，其中最著名者为《义经记》。因俗名"九郎判官"又深受后人同情而有"判官情"一词，意思是"对不幸者、弱者的同情与偏爱"。

2 1275—1351，名梦窗疏石，镰仓末期至南北朝时代临济宗僧。天龙寺开山祖师，门下多杰出僧人。日本庭园艺术之大成者，所建西芳寺庭园是枯山水庭园典型。著有《梦中问答集》《临川寺家训》等。

3 1133—1212，平安末期至镰仓初期僧人，净土宗开宗祖师。名源空，号法然房，死后谥月光大师，明照大师等，有尊称法然上人、黑谷上人、吉水上人等。有《选择本愿念佛集》（1198，事实上的开宗宣言）与《黑谷上人语灯录》（遗文集，十八卷）等。

4 1222—1282，镰仓时代僧，日莲宗开宗祖师。原名生房莲长，幼名善日，敕号立正大师。因触犯幕府禁忌而屡遭流放。著有《观心本尊抄》《开目抄》《报恩抄》等。

遗迹，然抵越后却逢气候失调，年成不丰，谷价日涨，人心不稳。因急切盼归而失风雅之心，许多名胜古迹过而不看，知名文人雅士失之交臂，日日只匆匆赶路，成了一介寻常旅行者，至今想起仍深感遗憾。嗟乎，天公不作美，如之奈何？

无缝塔

蒲原郡村松以东一日里处有来迎村，村中有寺名永谷寺，是曹洞宗[1]寺院。寺附近有河，名早出川。寺下方约八町处有观音堂，流经堂下之水名东光渊。按永谷寺惯例，每有新住持入主寺内，须将法统谱图一册投入东光渊。如此于住持迁化前一年，必有可作墓石之天然圆石一块由渊中升起，漂到岸边，此称无缝塔。此石既出，翌年寺中住持必染病仙逝。此事自古如此，至今尚无例外。或有墓石因大小等不合住持心意而被送回渊中，则当夜渊中必起巨浪，托出住持满意之石来。此等事至今已发生多次。据称数年前有凡僧在此住持，因见石出而畏死出走，结果翌年病死他乡。如此想来必是此渊有灵，以故能预示人之自然死亡。友北洋主人（蒲原郡见附地方旧家，好文善书）曾往永谷寺游览，据称该寺大殿正面宽十间，右有住持居室，左有两间禅房，一宽八间，一宽五间，中间有坡道通往正殿，坡道左边有钟

---

[1] 日本禅宗之一宗。一说因中国禅宗第六祖慧能曾在曹溪说法而得名。于镰仓时代由道元和尚入宋从如净禅师学得后传入日本。

楼，禅房之后是莲池。莲池后有小山坡，登上坡顶即可见住持墓地。墓以渊中涌出圆石座于人工雕成石台上建成。墓地中央是开山住持墓，左右两边依次共有墓二十三座。大者直径一尺二三、小者也可八九寸或六七寸，据云大小依住持功德而定，绝不有错。台高俱一尺许。至于渊中之灵，据寺里传说是当初永谷寺住有一贵人，其妻因男女情事妒恨夫君，怨而投东光渊自尽身亡，冤魂即变作了恶龙盘踞渊中，滋扰百姓。永谷寺开山住持（姓名遗忘）为救一方百姓而将法统谱图投入渊中安抚冤魂，恶龙得和尚化度解脱了烦恼，从此不再为害地方。又为表示感谢，将墓石由渊中托出以示住持死期。是以至今凡有新住持入主永谷寺还须将法统谱图投入渊中。

于我越后邻藩信浓也有无缝塔。据近江石亭《云根志》（前编灵异部）载：信浓藩高井郡涩汤村横井温泉寺前有大河名星河，宽约三町。温泉寺每有住持迁化，前一年河中便会漂来方形石塔一座。石塔来自何方，无人知晓，但体高二尺许，造型精美，仿佛人工雕成，其实天然生成。此石一出，当地村民便报知温泉寺，而翌年住持必迁化，他人便立此石为碑。此事至今已历九代，而代代石塔都一样，并无半点差异。某年寺中住持得知塔出后拜天祝祷，说是许了愿要诵读《法华经》千部，再有一年便能满愿，恳请上天延其阳寿一年，祝罢投塔入河，平安过了一年。到千部《法华经》诵毕这月，去年那塔又从河中浮出，翌年这住持便圆寂升天。而其继任者闻说石塔漂来，不做任何祈祷便将石塔投入河中。但白天投下，当夜浮出，如此屡投屡出，次年这住持一样病逝。无缝塔于当地又称无帽塔（以上为该条全文）。

越后有永谷寺,信浓有温泉寺,两地相去甚远,而事情却如此相似,实堪称奇。

百树曰:牧之老人曾来函问文中"无缝塔"之"缝"字意思不通,不知是错字否。余答曰:历来如此书写。《云根志》作"无帽塔",而"帽"字于此似也不通。愚意或是"无望塔"[1],因住持心中畏死而又无望延寿故。此说当否不知,权作无稽笑谈记下,以俟博学家考定。

北高和尚

鱼沼郡云洞村云洞庵是越后四大寺之一。所谓四大寺,乃泷谷慈光寺(在村松)、村上耕云寺、伊弥彦指月寺及云洞村云洞庵。云洞庵十三世住持通天和尚为霜台君[2]亲戚,以德高望重而远近闻名,至今仍享誉一方,有口皆碑。景胜君[3]也曾于此寺静心修学。而既为越后一大寺,所藏古代典籍、传世宝物便极多,

---

[1] 日语中"望"与"帽"音同,都作"ぼう(bou)",以故有此说法。
[2] 即上杉谦信。上杉谦信,1530—1578,战国时代武将。越后代守护长尾为景子。原名景虎,后改政虎。袭上杉宪政之关东管领职后用上杉姓,易名辉虎。出家后号不识庵谦信。领有北陆,长于用兵,曾与武田信玄大战于川中岛,此战后来成为日本古代军事史上著名战役。
[3] 即上杉景胜,1556—1623,安土桃山至江户初期大名。长尾政景子、上杉谦信养子。丰臣秀吉帐下五大老之一,曾领会津一百二十万石。关原之战中加盟西军,后移封米泽,领三十万石。

其中之一为袈裟"落火车"。此是一领香染[1]麻布袈裟，上有血痕。所以取名"落火车"[2]并奉作传世宝物，是因天正[3]年间云洞庵十世住持北高和尚才德兼备，备受尊重。一年寺院附近三郎丸村一农家死了人，时值严冬，又兼连日暴风雪不止，无法出殡。一连等了三四天，葬礼一延再延，天气仍然不晴，无奈之下只好冒雪出殡。云洞庵是其檀越寺，因请了北高和尚来主持佛事，起棺出殡，亲属人等都披上蓑衣，戴上斗笠，顶风冒雪随后送葬。于风雪中约行至半途，突然狂风大作，黑云翻滚，四周霎时暗下如黑夜般。冥冥之中，不知何处飞来大火一团，转眼间笼罩了棺材。火中但见一头罕见之双尾大虎，龇牙喷鼻，朝着棺材俯冲下来，眼看就要将之攫走。众人见了无不大骇，甩下棺材跌跌撞撞地四下逃散。只有北高和尚毫不畏惧，念动咒语大喝一声，抡起铁如意朝俯冲而下的大虎当头就是一棒。大虎头被打破，鲜血迸出，溅了和尚一身。而妖怪立时遁去，风住雪止，众人终于平安无事地举行了葬礼，安葬了死人。和尚打退妖怪时身上所穿法衣因而得名"落火车"，被视为珍宝代代相传，直至今日。（图50，见284、285页）

百树曰：余游越后而至盐泽，曾得牧之老人相伴访过云洞庵（距盐泽约一日里），并与庵主交谈，观瞻了此"落火车"袈

---

[1] 以丁香（一说乾陀树）煎出浓汁染就，黄底略带红色。
[2] 所谓"火车"，乃指送葬时风雨骤起，刮走棺材事。古人以为是妖怪所为，意在掳走死者。
[3] 日本古代年号，起止于1573—1592年。

袈及其他许多宝物与古代典籍。云洞庵伽蓝极大，内有一竖匾，上书"祈祷"两大字，据云是顺德院[1]御笔（当是流放佐渡时御笔所书）。门前有直江山城守所立告示，内容为禁止放火私伐山林等。院中池畔有智勇双全名将宇佐美骏河守自刎身亡后所葬古坟，坟前有牧之老人于数年前新捐立墓碑一座，可谓是不朽善行一桩（文中所谓"火车"应指夜叉，有关妖怪夜叉事，于唐土书中也多见）。

贺年之歌

余集有六十一岁还历[2]年之贺年字画，作者既有越后人士，也有各地文人、三都名家、妓女、演员乃至渡来日本之清国人。字画上都有"赠牧之"字样，或是人送，或是讨得，总计共有千余幅，全都装裱成轴妥善收藏着。一年因恐潮湿霉变，撤去店铺与客厅间拉门，将贺帖字画摊于客厅地上吹风去湿。适逢有朋友来访，便一同观赏、品评其创意笔力。正谈话间，一对云游各地朝山拜庙夫妇由门前经过，驻足檐下（乡里俗称廊下）。余家常备有草鞋施舍巡礼者，这日便也施舍了他们草鞋与钱。但巡礼老翁收下后并不离去，只若有所思地专心看余摊在地上的贺年字画，良久之后开口道："老朽不才，但愿献丑。请赐笔墨诗笺。"

---

[1] 参见二编卷一篇二"和歌古迹"注。
[2] 古人以天干地支记年，六十年为一轮。人生六十一岁因重逢诞生年干支而称"还历"。

余见老翁衣着如乞丐,言语谈吐却颇高雅,故而虽然狐疑,还是取过诗笺笔墨来递上。老翁接过,蘸墨挥毫,颇流利潇洒地写下了短歌一首:

冥府之河我先过,君请留步再百年。五放舍

其趣旨既不同于一般贺年歌,朝山拜庙而戏称"五放舍",其署名亦颇幽默,友人与余俱奇之。余要留之住下,以便从容交谈,友人也从旁再三挽留,老翁却只是不从,与老妇相偕着拄杖而去。临行但说家在西国,至今不知何许人也。

逃入村之奇

距小千谷一日里许,近山处有村名逃入村(逃入俗称"ごろ",音 goro),村中有一大一小并排两个古坟,人称大冢、小冢。据当地人称,大者为时平[1]冢,小者为其夫人冢。毋庸赘言,此非事实,不过一民间传说而已,时平大臣夫妇绝不可能葬于此地。然此地有一事不可思议,据此或可断定古时有时平族人被流放越后,终老于此。此不可思议之事是逃入村人自古皆文盲,但

---

1 藤原时平,871—909,官至左大臣,曾进谗陷害菅原道真,将之贬往太宰府。

习字便要遭天满宫¹报应。栖身他乡可习字不遭报应，但只要返回逃入村，所识之字便必随时光流逝而遗忘殆尽，最终仍为文盲。为此村里人要用文书时总须拜求他村人。又传说村里儿童但得江户礼物而其中又有天满宫彩画，则必遭神灵报应。如此看来，此大冢小冢自古传为时平大臣夫妇坟当有缘由。菅家逝于筑紫谪所是延喜三年（903）二月二十五日事，距今（百树按，"今"指牧之老人作此稿之文政三年，即1820年）已有九百一十七年，而神之有灵仍分毫不爽，实可敬畏。

与此相类事也可见于南溪《东游记》²。据载南溪东游去到津轻，接连六七日风雨不断。于是有当地官役来各家旅店，挨店严查有丹后人否。南溪奇怪，因问店家缘由，店主人答说如人所周知，本地岩城乃安寿姬与对王丸³出生地，古时当地人奉此二人为岩城山神，有神社至今犹存。姊弟俩流落丹后时曾为三庄太夫所苦，当地人因此仇恨丹后人，自古传说但有丹后人来必风雨大作，经日不息；而只需将丹后人逐出便立即风停雨止，因而要查

---

1 即菅原道真。菅原道真，845—903。平安时期公卿、学者。官至正二位右大臣，死后追赐太政大臣，人称菅公。894年奉命为遣唐使，但建议并终止了遣唐使的派遣。901年受藤原时平谗害，左迁太宰府为权帅，两年后死于谪所，年五十九。后被奉为天满天神，掌管学问。编有《日本三代实录》《类聚国史》《新撰万叶集》，有汉诗文集《菅家文草》与《菅家后集》等。
2 参见二编卷二篇四"龙灯"、篇六"化石溪"与篇八"夜光玉"注。
3 安寿姬为平安后期奥州领主岩城判官正氏女。父左迁筑紫后与母、弟厨子王（即文中对王丸）前往寻父。途中与弟一起被拐卖与山椒大夫即下文所谓三庄太夫，受尽折磨。后设法让弟逃走，而自己受拷问至死。森鸥外有小说《山椒大夫》以此为素材。

丹后人。两姊弟父岩城判官正氏在京都遭诬陷家亡是永保[1]年间事，至今已历七百五十余年，而姊弟冤魂仍然不去，实非人智之可理解（百树曰，《盐尻》[2]卷廿二以安寿为对王妻，确否待考）。又据《西游记》（前编）载，景清[3]冢在日向，此已为世所共知。但其母冢在肥后，位于东距求麻人吉城约五六日里之切幡村。当地人称景清之女坟也在此，并被奉为一村氏族神。该村忌盲人，说是景清后来双目失明，成了盲人，其母之灵因而恶盲人，但有盲人由外地来村必遭报应。此等事都与逃入村之奇相似，且都或有神社而忌丹后人，或有坟墓而恶盲人，逃入村因此也当有冢而招天满宫神灵忌。以此看来，那大小双冢中所葬者必是时平血亲无疑。

百树曰：余游越后到小千谷，曾得当地人告以逃入村事，并要引余去看古坟。但余以为此坟既为菅神（道真）所忌，习文弄墨者或不该专程前往观瞻，因而未去。天神菅原道真深受世人景仰，纵三岁小儿也都但闻其名便油然而生敬意。而若提及时平，则无人不知是谗杀天神者，因而无人不恶之。时平之恶，

---

[1] 日本古代年号，起止于1081—1084年。

[2] 随笔。江户中期日本国学家天野信景著。是作者于元禄、宝永、正德、享保（1688—1735）的近四十年间所见所闻所感所想，内容涉及历史、地理、语言、文学、社会制度、宗教、艺术等诸多方面。

[3] 平景清，？—1196，平安末期武将。以身材魁梧、作战勇猛而闻名，又因杀叔父大日坊而被人称恶七兵卫。降源赖朝后绝食而亡。后世戏剧等多有以之为素材者，如谣曲有《盲目景清》，歌舞伎有《菊重荣景清》《五条坂之景清》等。

自当遗臭万年，歌舞伎、狂言等既对之多有鞭笞，妇孺之辈也都耳熟能详，但可惜罕有清楚了解史实者。为此本册子虽不过是随意之作，记述天神事深感惶恐，但既提及逃入村，便且将史实概述如下，以利妇孺。

菅原本姓土师。土师氏先人于光仁帝[1]时受封于大和国菅原地方，因而改姓菅原。菅神名道真，字三，小名阿呼（对此余有详细考证，因恐文章冗长，于兹省略不记）。生于承和[2]十二年，为仁明帝[3]时文章博士、参议是善卿第三子。自幼聪明，七岁赏梅时见梅花鲜红可爱，即口占一歌道"梅花鲜红似胭脂，阿呼脸上也当施"。十一岁时（齐衡[4]二年春）又奉父命即席咏"月下梅"道"月辉如晴雪，梅花似照星。可怜金镜转，庭上玉房馨"。但菅神不惟承祖（清公）、父（是善）学业，工文章诗赋，且又精通武艺，可谓文武双全。

清和天皇[5]贞观[6]元年，菅神年十五，始加冠。同四年（862）举文章生，出任下野权掾。同十四年（872），母伴氏故，菅神年二十八。阳成天皇[7]元庆[8]四年八月晦日，父是善卿故（享年六十九），菅神时年四十一。

---

1 日本第四十九代天皇，770—781年在位。
2 日本古代年号，起止于834—848年。承和十二年为845年。
3 日本第五十四代天皇，833—850年在位。
4 日本古代年号，起止于854—857年。齐衡二年即855年。
5 日本第五十六代天皇，858—876年在位。
6 日本古代年号，起止于859—877年。
7 日本第五十七代天皇，876—884年在位。
8 日本古代年号，起止于877—885年。元庆四年即880年。

宽平[1]四年，菅神年四十八，撰成《类聚国史》二百卷传世。又有和歌《菅家集》一卷、诗文《菅家文草》十二卷及《菅家后草》一卷（后草一卷作于谪所筑紫）等传世至今。大纳言藤原公任编《和汉朗咏集》[2]中收有菅家诗"送春不用动舟车，惟别残莺与落花。若使韶光知我意，今宵旅宿在诗家"。此诗为延喜帝[3]尚在东宫为太子时，菅神奉旨所作。当时要求一个时辰咏诗十首，此为其中之一。

如此菅神年轻出仕，累得进阶，宽平九年（897）年五十二，官至权大纳言兼右大将，与大纳言兼左大将藤原时平同掌朝政。当时未设大臣，因由大纳言执政。是年七月三日，宇多帝[4]禅位与太子敦仁亲王后入住朱雀院，称亭子院，又随即出家为宽平法皇。敦仁亲王即位为醍醐天皇，后世人称延喜帝（时年十三）。翌年改元昌泰，二年（899）时平公任左大臣，菅神任右大臣，两大臣共同辅佐醍醐天皇。是年时平公年方二十七，而菅神年已五十四，两公虽同朝为左右大臣，却无论才德、年龄都相去甚远，不成双

---

1 日本古代年号，起止于889—898年。宽平四年即892年。
2 藤原公任，966—1041，平安中期歌人，和歌理论家。官至正二位权大纳言，世称四条大纳言。长于诗歌管弦，是当时歌坛中心人物。有私家歌集《前大纳言公任集》，和歌理论《新撰髓脑》《和歌九品》，编选歌集《拾遗抄》《和汉朗咏集》等，著作极丰。《和汉朗咏集》凡二卷，约编成于1013年。收有当时公认最为优秀的和歌二百一十六首与汉诗、文摘句五百八十八句。入选诗句最多者为白居易（一百三十五句），远远多于第二的菅原文时（899—981，平安时期学者，汉诗人。菅原道真孙。叙爵三品，世称菅三品。入选四十四句），由此也不难看出当时日本贵族对汉文学的重视程度与接受特点。
3 即醍醐帝，日本第六十代天皇，897—930年在位。
4 日本第五十九代天皇，887—897年在位。

璧反两心龃龉,相互不和,为菅神日后遭谗被害种下了根源。

且说时平公为大职冠[1]九代孙照宣公嫡男,祖上世代大臣,自己又为延喜帝皇后兄,故此年纪轻轻便身居大臣要职。但他行为淫乱,毫无廉耻。有叔父大纳言国经卿年事已高,而叔母却正当妙龄,又是在原业平[2]孙女,绝世美人,时平因此深恋叔母,暗存歹心,而叔母也对年老夫君心存嫌恶。一日时平到国经府上赴宴,乘着酒兴向叔父讨要叔母。国经当时已半醉,意识蒙眬,以为只是戏言一句,并不当真,便随口应允了他。不料时平待叔父醉倒,竟真就将叔母抱上车载回府去,两人所生儿子即后来的中纳言敦忠,其不道由此可见一斑。宽平法皇(延喜帝父)见时平如此无道,便欲罢其官职,让菅神独掌朝政。延喜元年(901)元月三日,延喜帝到亭子院朝见父亲,法皇便向他说了自己想法,延喜帝也赞同,并于次日密召菅神到亭子院宣以内敕。菅神固辞不受,帝不准(同月七日晋阶从二位)。此事本来机密,却不知如何被时平探知。他先发制人,花言巧语向延喜帝进谗诬陷,说是风闻皇弟齐世亲王娶了道真女为妻,对之宠爱有加;道真因此密谋废今皇,立亲王,独揽朝廷大权,而法皇竟也与之相勾结。延喜帝当时年十七,已立时平妹为皇后。兄妹俩里应外合,反复进谗,渐渐说得年轻天皇信以为真。

---

[1] 此处指与中大兄皇子共同推行了大化变革的中臣(后由天智天皇赐姓藤原)镰足。

[2] 825—880,平安初期歌人。六歌仙、三十六歌仙之一,官至右近卫权中将。所咏歌富含激情,多为八大敕选和歌集所收。有私家歌集《在原业平朝臣集》。《伊势物语》即以之为主人公,又称在五中将或在中将。

于是延喜帝为时平谗言所惑，于同月二十五日降旨革去菅神右大臣职，只保留从二位品阶，贬往筑紫任太宰权帅（文官）。宽平法皇闻讯大惊，也顾不上备车便急匆匆徒步赶到清凉殿见天皇。或是受了时平同党朝臣菅根指使，左右诸阵警固不予通报。法皇大怒，于院中铺上草垫，面北静坐终日，至晚才无可奈何地还归本院[1]。

菅神有子女二十三人。儿子四人也因时平谗言而遭流放，各徙一方。女儿多留京都，惟最幼两个随父去了筑紫。平日里最爱之梅花如今也只得挥泪而别，但"春风既度梅千树，无主亦望报春开"，如所周知，后来这梅也追慕菅神，飞去了筑紫。菅神又有咏樱花歌"樱花若是不忘主，请托春风捎信来"广为流传。

如此于延喜元年辛酉二月朔日，菅神离开京中高辻府邸，踏上了谪官之旅。于摄津国须磨浦稍作停留后最终抵达了筑紫（由离开京中府邸至抵达筑紫谪所，其间种种遭遇，所见所闻，菅神都有记录，并辑成《须磨日记》流传至今。但一说此系伪作）。

于筑紫太宰府，菅神咏有汉诗"离家三四月，落泪百千行。万事皆如梦，时时仰彼苍"与和歌"暮霭沉沉罩山野，愁绪重重满心田""雨中无来者，湿衣无干时"等。其中"湿衣"又指冤屈之罪。

到筑紫后菅神作有"不出门行"一首，寸步不出宅门。因

---

1 事载《日本纪略》后篇一、《扶桑略纪》卷二十三等。但各书所记略有不同，《扶桑略纪》称阻止上皇见天皇者为左大弁纪长谷雄，《江谈抄》说是藏人头藤原菅根。藤原菅根于次日被贬为太宰大弐，同年2月19日官复原职，908年位列参议，同年卒。

他敬畏朝廷，以为身为谪官，理当谨言慎行，故此不敢乱动。有诗句"都府楼惟看瓦色，观音寺只听钟声"等。

菅神于延喜元年二月朔日离京城，八月抵筑紫。此前所作诗文编作《菅家文草》（十二卷），被贬后所作诗文归为《菅家后草》（一卷），俱流传至今。《后草》中有题为"九月十三夜"诗一首：去年今夜侍清凉，秋思诗篇独断肠。恩赐御衣今在此，捧持每日拜余香。诗后有注，大意是：去年是昌泰三年（延喜元年前一年），九月十三日夜侍君于清凉殿，奉命以"秋思"为题咏诗一首。因寓谏于诗，而皇上贤明，闻谏欢喜，当场赐给御衣一领。余感君恩，带来谪所，日日拜闻衣上余香，片刻不忘皇上天恩。据此可知菅神虽身被不实之罪，流于荒僻之地，却仍对天皇感恩不尽，毫不怨恨。世间传说菅神因怨恨朝廷而堕入魔道，变作了雷神，此说甚谬，以下还将详细辨之。

闻说高辻宅中樱树枯萎，菅神感而歌曰：梅飞樱枯松常绿，世间惟松最无情。

菅神谪居太宰府三年。到延喜三年（903）正月前后始感不适，二月二十五日辞世而去，享年五十九。原定葬于临近太宰府的四辻地方，但棺木抬至中途却停下再也不能移动，只好就地埋葬，其址今为天神庙。

延喜五年（905）八月十九日，当地安乐寺始建神殿祭祀菅神。神殿由味酒[1]一名安行者承建，于同九年（909）落成。此前

---

[1] "味酒"读音于原作注为"あじさけ（azisake）"，但日本《国语大辞典》等称或有误，正确应是"うまさけ（umasake）"。意思主要有二，一是美酒，二可指代三轮、铃鹿等地方，不作姓，今按地名译。

菅神四公子已获赦由流放地返京，各官复原职。

菅神逝去后，水旱风雷等天灾频发，人心不安。世间风传是菅公报应。

菅神逝去后七年，延喜九年四月，左大臣藤原时平去世，年三十九。此后时平长子八条大将保忠、次子中纳言敦忠，女稳子（延喜帝女御）乃至外孙东宫太子也相继辞世，而此前助纣为虐，与时平合谋谗害了菅神的朝臣菅根已于延喜八年（908）十月死去。世人本就哀怜菅神，为他蒙冤受屈抱不平，如今更以为此是菅公冤魂作祟，时平作恶报应，罪有应得。

延长[1]元年三月，保明太子逝世（保明太子是时平外孙，亦即前述东宫太子）。

同年四月廿日，追赠菅神以正二位品级，官复右大臣原职（此时菅神逝世已整廿年）。

一条院[2]治世的正历[3]四年五月廿一日，再赠菅神以正一位左大臣（是年为菅神逝世百年忌[4]）。

同年闰十月十九日又赠以大政大臣职。至此菅神已官居正一位大政大臣。后因菅神灵验，屡显神灵赫赫之兆，又一再追赠天满宫、自在天神等封号。

---

1 日本古代年号，起止于923—931年。
2 日本第六十六代天皇，986—1011年在位。
3 日本古代年号，起止于990—995年。正历四年为993年。
4 实为九十周年忌。

夫醍醐天皇（在位三十三年）于百廿代天皇[1]中最为贤明有德，以故其治世人称延喜圣代，又因其在位年久而世称延喜帝。醍醐帝初即位时虽然年幼，但轻信时平大臣一时谗言，不辨真伪，草率行事，将素有贤者之闻的重臣菅公贬出朝廷，逐往筑紫，仍不可不谓为一代明君之一大失德。而菅神对此并不怀恨，就此有流放地咏歌可以为证。然菅神不恨，上天对贤臣蒙冤被谪却不能不怒，故此有水旱风雷等自然灾变频发，又有谗者奸佞等恶人相继病亡。世人皆视之为菅神冤魂作祟所致，却不知此是对菅神贤德之大误解。但话虽如此，窃仍以为：贤者虽不念旧恶，然或因蒙冤太甚而于心中对进谗首恶时平大臣暗怀怨恨也未可知。本篇所记神忌逃入村事当可为证。

菅神去世二十八年后，延长八年（930）六月廿六日，雷电击中清凉殿西南角第一柱，藤原清贯（大纳言）、平稀世（一作希世，右中弁）等侍候殿上数人当场毙命。延喜帝避往常宁殿，幸免于难。世人亦以此为菅神报应，但正如安斋先生（伊势平藏[2]）于其《菅像辨》中所指出，此说更是荒谬无稽。

西去太宰府一日里处有拜天山。民间至今传说菅神曾登上此山，手捧祈文祷告上苍，诅咒朝廷后变作了雷神，此山因而得名

---

[1] 日本天皇至今已历一百二十六代，但于作者撰此书时恰逢第一百二十代仁孝天皇在位，故有此说。
[2] 即伊势贞文，1715—1784，江户中期掌故考据家。俗称平藏，号安斋，江户人。继承家学，为中世以来武家典礼、仪式诸掌故之文献考据大成者。著有《贞文杂记》《安斋随笔》《安斋杂考》《安斋小说》与《军用考》等。

拜天山。但传说者其实是不解菅神之贤德，而《和汉三才图会》[1]竟也信以为真，可见作者未曾注意菅神之《不出门行》诗。

传说法性和尚尊意在比睿山时，菅神幽灵曾去拜访，说是要为自己洗冤复仇，求大师勿以法力相拒。尊意答曰："普天之下，莫非王土，率土之滨，莫非王臣。我若不奉帝诏，将无藏身之处。"菅神闻言惭愧，适逢尊意请吃石榴，刚咬了一口，不禁喷出，顿时化作了一团火焰。此说源自《元亨释书》[2]（由东福寺虎关和尚撰于元亨二年，距今天保十年已五百二十年），但又如安斋先生所言，记录此等奇怪事原本佛徒之习，不足为信。

白太夫为伊势渡会[3]神官，菅神诗文密友，因此也得奉于北野，至今受人祭祀（有俗曲讲述天神故事，其中梅王、松王、樱丸等名俱源于前述菅神之梅飞歌）。

北野神社敕建于天庆[4]五年六月九日。当时有一女名文子，家住西京[5]七条，自称奉了神示来晓谕世人建北野神社，于是天

---

[1] 图解事典。凡一百零五部。寺岛良安著。1712年成。事典效仿明王圻《三才图会》，分中日古今万物为天、地、人三才，分别绘图表示，并附汉文说明。

[2] 凡三十卷。卷一至十九为僧传，卷二十至二十六为资治传，卷二十七至三十为志，卷末附有略例与"智通论"。所记为佛教自传入日本至镰仓末期约七百年间历史，又成于元亨年间，因名。1360年，获朝廷准收入《大藏经》。天保十年为1839年，元亨二年为1322年。东福寺在京都市东山庄，创建于1236年。开山祖师是圆尔弁圆（圣一国师）。寺名取自东大寺与兴福寺。于京都五山中排名第四。虎关和尚名师炼。1278—1346。南北朝时代临济宗僧人。1342年得赐国师号。除《元亨释书》外，还著有《济北集》二十卷等，为京都五山儒家文学之先驱。1322年后曾为东福寺住持。

[3] 伊势国郡名。在今三重县。自古为伊势神宫之神郡。

[4] 日本古代年号，起止于938—947年。天庆五年为942年。

[5] 地名，即京都西部。

皇下诏修建（详见《北野缘起》[1]）。

世间流传有渡唐天神图，图中菅神身着唐服，手持梅花一枝安详站立。据云所据为古书上一段记载，说是曾于佛鉴禅师[2]（死后敕谥"圣一国师"，东福寺开山禅师，始得国师名号者）之博多住宅遗址挖出一石，石上刻文记录了菅神之灵渡往唐国，师从经山寺无准禅师（圣一国师师父）学得佛法后返日经过。安斋先生于《菅像辨》中称"此事固为妄言"（《菅家圣庙传历》附录中有沙门师嵩之"菅神渡唐记"文，此亦孟浪之说，无稽之言）。

记有菅神遭贬实况之史籍有《日本纪略》[3]、《扶桑略记》（卷三十三）[4]、《日本史》（卷一百三十三）之"列传五十九"及《菅家御传记》（天神年谱。与菅原陈经朝臣所作正史相较，可知此传翔实可信）。其余虚实混杂、不足为凭之古今书籍不胜枚举，兹从略。

---

[1] 或全称《北野六神缘起》，镰仓时代画卷。凡八卷，作者不详。内容为祀奉菅原道真之北野天满宫来历。俗称《根本缘起》。日本国宝，现藏京都北野天满宫。

[2] 原名弁圆，字圆尔，1202—1280。1235年入宋，1241年回国。初于九州传播禅宗佛法，1243年应藤原道家之邀到京都创建东福寺。著有《三教要略》《十宗要道》等。

[3] 平安后期史书。凡三十四卷，编成于平安末期，编者不详。汉文编年体，所记为由神代至1036年、后一条天皇时代历史。相关记载见后篇篇一。

[4] 院政时代史书。凡三十卷，皇圆著，成于1094年后。以佛教史为中心的编年史书。所记为由神武天皇至1107年、堀河天皇时代历史。所谓"卷三十三"应为"卷二十三"之误。

《本朝文粹》所载大江匡衡[1]文中有"天满自在天神或作安排于天下，辅佐一人（指天皇），或为日月于天上，照临万民。而就中尤为文道之大祖、风月之本主也"等句。大江家与菅原家同为朝廷世代儒臣，故而如此尊崇天神。是以凡习文弄墨者，无不尊崇天神，信奉天神。

但凡祀奉菅神之神社大都有避雷护身符。菅神为雷，而神灵忌雷，故此可以护身，十分灵验。

以上诸条均摘自纪实各书。本篇因记逃入村之神灵事而录菅神略传于兹，以示儿曹之辈。余固不学，见识浅陋，遗漏谬误在所不免，还望读者诸君多多海涵。诚惶诚恐，谨此附记。

再按孔子之圣，死后较生时更显赫，更灵验，其墓周围十里之内荆棘不生，鸟不筑巢。关羽之贤亦如此，死而为神，有求必应。故谓生以形运，死以神运[2]。菅神亦如此。由此逃入村一例亦可知神之灵验虽历千年而仍赫赫如初，可敬可仰。盖冥冥之中既不置年月，则百年亦犹一日（类似菅公成神显灵之事和汉多有，于兹从略不记）。

---

1 《本朝文粹》：汉诗文集。凡十四卷，藤原明衡撰，约成于十一世纪中叶。收有809—1036年，嵯峨天皇至后一条天皇时代诗文四百二十七编，仿《昭明文选》分作三十九项。主要作者有菅原道真、大江匡衡等。后者为平安中期汉学家、歌人，952—1012。有诗集《江吏部集》及歌集《大江匡衡朝臣集》。

2 详见明谢肇淛撰随笔《文海披沙》卷二"生不如死"：孔子之圣，不能使天下宗王，而既没之后，林木十里无复荆棘鸟巢；关庄缪之贤，不能保其首领，其没乃为神御灾捍患，家敬户奉……是皆生不如死。生以形运而死以神运故也。

田代七釜[1]

南距鱼沼郡官驿十日町七日里许之妻在庄山中（通称上妻在）有村名田代。去村七八町处有瀑名七釜（此地俗称瀑下水潭为"釜"），因瀑有七叠而得名。壶口、不动等名瀑俱其中之一。其景之妙，其状之奇，不可言表。下图所绘为第七叠瀑布周围景致，由此一斑或可大致窥知七釜全貌。此处绝壁称"竖御号"或"横御号"。当地俗称伊势师僧[2]所携化缘箱为"御号"，而绝壁上岩石块块有如此箱，因而得名。这些岩石每块宽约六七寸，长约三四尺，大小虽然不一，却全都方正、平整，仿佛人工切割而成般。如此石块数百成千地整齐立着垒起，便成为图右所示之数十丈高绝壁。其上与山相连，巨树参天，郁郁森森，是为"竖御号"。图左绝壁亦仿佛由无数石块垒成，石块大小与图右绝壁相当，只是一块块都横倒而不竖立，故称"横御号"。（图51，见286、287页）其垒砌之工，横平竖直，一如精心砌就的石墙般，真是鬼斧神工，奇妙不可思议。更令人称奇者，绝壁上石块惟田代村人可取作种种用途，其他地方人倘或用之，纵一片半块

---

[1] 田代七釜在今新潟县中鱼沼郡津南町田代清津川支流釜川上游，自古为越后七大奇迹之一，今为日本自然保护景观，著名风景名胜之地。由釜川穿过巨岩泻入峡谷形成。于茂密的阔叶树掩映下，七个深渊如链般层层相连，极是壮观。

[2] 与特定信徒结有师徒关系，为其祈祷，得其捐赠之神职人员。近世师僧多出自伊势大神宫。

也要遭报应，此等事已屡有发生，至今尚无例外。余于文政[1]三年辰七月二日曾到七釜探访奇景，并有作文记录当时之亲眼所见。天地广阔，茫茫无边，其他地方或也有相似者，于兹姑示一例。

百树曰，余在仕时曾闻同藩文学关先生言，藩主领地内（丹波笹山）山上随处可见有天然磨盘状巨石层层叠起有如石柱，彼此相连而成绝壁。又据春晖随笔[2]载，西国某地山上有产磨盘状巨石，自然天成，却仿佛人工雕成一般。可惜具体地点今已遗忘，不能忆起。

又尾张藩名古屋人吉田重房著《筑紫记行》卷九有记载称由但马藩多气郡纳屋村乘河船至但马温泉途中，右手岸上有爱宕山、宫岛村、野上村与石山（地名）等依次相连。石山临河地方有奇石，形状扁平如磨盘，上下两面平坦，周围或三角、四方，或五角、八角，都齐齐整整如石工精心切割而成般，其色青黑。巨石被掘起处深深凹进，黝黑有如岩洞。天下之大，无奇不有，此石亦奇，顺便录下于兹。

---

1 日本古代年号，起止于1818—1830年。文政三年即1820年。
2 当为《西游记》。参见二编卷二篇四"龙灯"与篇六"化石溪"、篇八"夜光玉"注。

新年都未芳
華二月初驚見
草芽白雪卻嫌
春色晚故穿庭
樹作飛香
　涼仙書

图48

正月鳥追櫓之図

図中山をあす所
皆雪なり

図 49

阪額野陣之圖

をき長の太郎
說く說小遣ひ
鎌倉より
討手來りし
を阪額女大將
として遠く
のゞき軍小勝て
野陣を張る
事を本文ふ
あり文もわ
けたし今省を
てふ一圖を

图 50

北高禅師勇之気図

图 51

七ツ釜之図

《北越雪谱》二编·卷四

怪　兽

鱼沼郡有堀内、十日两町相距七日里许,其间虽有村落若干,往返却惟山间小道。一年夏初,十日町绉商向堀内町布商要白绉若干。因要得急,堀内町布商便挑一胆大精干脚夫名竹助者,于当日午后背上白绉,出发送往十日町。一路无话,很快日头西斜,时间已近午后四时,竹助见行程将半而时间尚早,便想稍事休息后再赶路,于是在路旁石上坐下,掏出饭团来充饥。正吃着饭团歇息间,忽闻谷底沙沙作响,仿佛有人拨开茅草走来,顿时警觉起来。待来者近前后注意一看,却见是兽而非人,似猿却又非猿,头上长毛披肩,毛色半白,身材较常人略高,脸似猿而不红,眼既大而有光。竹助本来胆大,见此怪兽并不害怕,只迅速抽刀在手，小心戒备，同时示意怪兽止步，再敢近前便要砍去。但怪兽略无去意，只以手指竹助放在石上饭团，仿佛想要状。竹助会意，扔给一个，见怪兽拣起就吃，一副津津有味样子，于是放下心来，又扔了一个给它，怪兽近前来拣起又吃。待它吃完，竹助开口对它说道："我由堀内来，往十日町去，明日返回时还将路过此地，届时还将给你饭团。但如今事急，我要去了。"说着搬过背架就要背起，不料怪兽抢上前来拎起背架，轻轻松松背上肩膀朝前就走。"看这样子或是要助我，以谢我给它饭团。"心中如此想着，竹助便也不慌，只随后紧紧跟上。那怪兽身背重负却若无其事，一副轻松自在样子，仿佛并未负重一般。竹助去了重负，顿觉身轻腿健，崎岖山道似乎也不再难行，很快便行了一日里半多。看看将近池谷村，那怪兽迅速卸下背架，转身飞也似的翻山越岭而去。据云竹助到十日町绉布店后对人详细说起此事，说那怪兽动作之快捷，有如疾风一般。此事相传至今已四五十年，而据说当时靠山生活者多有见过此怪兽的。（图52，见308、309页）

据上述池谷村一人说，他十四五岁时村中有一少女善织绉布，曾受布商指名委托，在家织绉。当时积雪尚深，方融未尽，她临窗而织，猛抬头见窗外立着一怪兽，脸似猿而不赤，头毛长垂，体高过人，正隔着窗户向内窥探。恰此时家人都上山讨生活去，少女只一人在家，孤独无援，不觉惊恐万分，有心想逃，却因正在纺织，腰上缠着东西而一点不得动弹。如此这般，正惊慌不知所措间，那怪兽却突然消失，不久竟进屋来到灶旁，手指着饭桶讨要饭吃。少女此前听说过怪兽事，知道怪兽喜吃饭团，便捏了两个给它，怪兽接过后欢喜而去。从此每当家里没有其他人时，怪兽便时时前来乞讨饭团，久而久之少女也与之相熟，不再惧怕。

如此有一日，少女受托开始为贵人赶织绉布，却逢月经来潮，不能上机（详见初编介绍）。就此停织要误期限，而月事在身又不能上机，如此左右为难，一筹莫展，少女与父母都为之发愁，日日只长吁短叹不已。如此到了第三日傍晚，仿佛探知了家人都已下田干活，不在家中，那多日不见的怪兽又来了。少女为它捏着小米饭团，一边就如对人诉衷肠般向它诉说了自己因月经来潮不能上机，将误期限却又无计可施的忧愁。怪兽听了，接过饭团后不像往常般高兴离去，而是若有所思了好一阵后方才辞去。当天夜里，少女月经突然止住。她虽觉怪，却也顾不得多想，忙斋戒洁身，上机将布织出，交父亲送去绉布店。而其父刚到绉布店，少女突然月经来潮，这才醒悟是那怪兽听了诉说，暗中助了一臂之力，不由得心生感激，闻说此事者也都感觉不可思议。此怪兽当时偶也有人在山中遇见，但据云非单身一人绝不得见。又据说有高田藩士带了樵夫进黑姬山伐木，在山上搭起小屋住了数日，曾见似猿而非猿怪兽于夜间偷进小屋来烤火。体高约六尺，赤发，裸身，通体灰色，似乎脱了毛，腰际以下围着枯草。高田人说此兽颇通人意，能按人吩咐做事，后来渐与众人相熟，并不惧怕。据《和汉三才图会》[1] "寓类"部载，飞騨、美浓与西部深山也有上述怪兽。如此或各地深山都有此类怪兽。

---

[1] 参见二编卷三篇八"逃入村之奇"注。

火浣布

宝历[1]年间,平贺鸠溪[2](源内)曾发明火浣布[3],又著《火浣布考》,博引和汉诸典籍详加考证,堪称日本前不见古人之伟业。可惜其没后火浣布纺织术不传,好事家至今引以为憾。然我越后有产可用以纺织火浣布之石,地点在金城山、卷机山、苗场山、八海山及其他一些地方。此石质软,可以指甲刻出痕来。色青黑,粉碎后可制石棉。试以此石纺之,可知所谓石中之棉,乃是如将棉花纺成细线后断成两三分者。以之纺织火浣布须有秘诀,若得其诀,则纵为小女子也能轻易织出火浣布来。

于我驿站街有一名稻荷屋喜右卫门者,多年来为石棉纺织术绞尽脑汁,竟也悟得其术,织出了火浣布。其时于我附近大泽村有医生黑田玄鹤也悟得了火浣布纺织术,但两人各自保密,不将技术传人。于相邻两村竟同时出了两个火浣布能人,实堪称奇。此是文政四五年(1821—1822)事,距今尚不出十年。据此二人称,若倾全力而为之,可织一丈以上,但十分不易。据《火

---

1 日本古代年号,起止于1751—1764年。
2 平贺源内:1728—1779,江户中期本草学者,戏作者。今香川县人。原名国伦,字子彝,号鸠溪,笔名风来山人,净瑠璃作者名福内鬼外。曾发明火浣布,制造温度计,创始源内烧陶瓷,仿制摩擦发电机,于自然科学方面颇有建树。又有充满讽刺与诙谐的游戏文学作品多部。后因过失杀人入狱,死于狱中。著有《物类品骘》、《风流志道轩传》及净瑠璃《神灵矢口渡》等。
3 即今所谓石棉布,因可以火燃法除去布上污渍,故名。

浣布考》载，平贺源内仅能织五六尺长，尚不如玄鹤。玄鹤胜源内处此外还有一个：除火浣布外还能造火浣纸与火浣墨。若以火浣墨于火浣纸上写字作画，并以烈火烧过后轻轻取出，则待火气散尽，纸与字画都能完好如初。但火浣布与火浣纸虽有此种种神奇，却并不实用，难以用来抵御火灾。一旦火灾发生，火浣布或火浣纸遇火燃烧，而此时又无人将之由火中取出，则无论火浣布、纸都将被烧碎，不能还原，只是不会成灰而已。火浣布、火浣纸可用以制各种玩具。源内死后其术失传，幸有上述二人出而再得火浣布纺织术。呜呼惜哉，此二人又不传其术而没，令火浣布再度绝于此世。源内织火浣布在繁华江户，故此名声也大；此二人织火浣布在偏远越后，故此名声也小，不闻于世，故记于兹，以供好事家茶余饭后充作谈资。

弘智法印

弘智法印为儿玉氏下总藩山桑村人。曾上高野山学密教，后归乡里，住持大浦莲花寺。行脚来越地后，于三岛郡野积村（俗读"のぞみ"，音 nozomi）海云山西生寺东一名岩坂地方结庵驻锡，贞治[1]二年癸卯十月二日圆寂庵中，有辞世歌传世，歌曰：若问谁是岩坂主，水墨画中松风音。圆寂前遗嘱勿埋尸骸，至今

---

1 日本古代年号，起止于1362—1368年。贞治二年为1363年。

天保九年（1838）已历四百七十七年[1]，而尸骸仍栩栩如生，是为越后廿四奇之一。此事各杂书多有记载，惜俱无图，今附其图如下（图53，见310页），以飨诸君。此图所绘是余先年游下越后时亲眼所见，但惟面部，手足不见。寺规不许近看，远观只见法印闭目皱眉有如睡中。身上头巾、法衣或非旧时原物。此为越后一大奇，他处未曾有闻。

百树曰：唐土亦有类此弘智事。据传唐代僧义存没后曾存尸匣中，每月由徒弟开匣奉出修剪头发、指甲，经百余年而不废。后因国家动乱，尸骸火葬，遂不传至今。又据宋彭乘之《墨客挥犀》称，鄂州有僧人无梦与义存同，亦于死后尸骸不埋，头发、指甲日长。后经妇人以手抚摸方才不长。此事载《五杂组》中[2]，虽言之凿凿，但似有诘难释氏之疑，故不赘述（《高僧传》[3]中似有义存传，确否待细考）。

---

[1] 原文如此。实际应为四百七十五年，或是作者计算错误。
[2] 见于"人"部卷八：唐僧义存没后置函中，每月其徒出之，发爪皆长，辄为剪剃以为常，经百余年不废。后因兵火乱，始封而灭之。《墨客挥犀》所载鄂州僧无梦亦然，后为一妇人手摸而触之，遂不生。又《墨客挥犀》为宋人笔记，凡十卷，又有续十卷。录北宋遗闻逸事，兼及诗话文评。
[3] 此《高僧传》当指唐道宣撰《续高僧传》，又名《唐高僧传》。凡三十卷，体例大致依《梁高僧传》。梁传为南朝梁惠皎著。凡十三卷，附录一卷，分译经、义解、神异、习禅等十门。唐传之后又有《宋高僧传》与《大明高僧传》，四书合称《四朝高僧传》。

土中之舟

距蒲原郡五泉一日里多有一村名下新田。一年村人因事挖开阿加川河岸，由土中起出一船。船体长约三间，船身完好，一点未朽。形状异于今船，船上寸铁不用，该用铁件相连处皆以鲸须代之。所用木料是何树木，无人能辨，或说是异国来船。余游下越后时曾于杉田村小野佐五右卫门家见过以此船木料制成砚盒，其木似为唐土所产。不知是否上古时代漂来日本夷船。

白　鸟

如前所述，题作"雪谱"而言他事，此于和歌创作上称"落题"（离题）。但于此且将雪放过一边，任由记忆所及记些逸事。

我盐泽中町有锁匠某，所居宅旁有大树。天保三年辰[1]四月，树上有乌鸦飞来结巢孵雏。幼雏稍能探头出巢时，主人偶见其中有白头者，异之。因使人上树捕来，却见它全身毛白，而喙、眼、足俱赤。众人奇之，闻讯纷纷来看。主人于是使人编樊笼，精心喂养白雏于其中。稍长大后，闻其鸣声与一般乌鸦并无不同。余

---

1 天保为日本古代年号，起止于1830—1844年。天保三年为1832年。辰即壬辰，参见第188页注。

既住在附近，便也时时去看。因是奇鸟，求者甚多，还有劝主人送去江户展览者，主人皆未允。如此到了冬天，大雪包裹了越后，山中鼬、狐等觅不到食物，便常来村里人家盗食。或是这些野兽所为，一日早起后主人发现笼子被毁，笼中白鸟不知去向，惟有白色羽毛数片散在廊下。初编记了白熊事，于此因也略记白鸟事以为呼应。

双头蛇

文政十年（1827）亥[1]八月廿四日，于左邻驿站街六日町乡下余川村，有农夫太左卫门于自家檐前捕得双头蛇一尾。蛇体长不足一尺，双头并立有如枝杈，其余颜色、形状与一般蛇无异。既得之则饲之，农人因喂以饵食，养之于旧箱之中。两三日后蛇遁去，从此不见踪影。

水中草岛[2]

小千谷以西一日里处有芳谷村，村中有一池名郡殿。郡殿池方圆二三町，池中有草岛十三座。晴天无风时，日出则十三草岛

---

1 即丁亥，参见第188页注。
2 所谓草岛，即湖沼中生长茂密之水草丛。因遥望如岛而得名。

各自离散，有如随意漫游池中般；日落则十三草岛齐集池中央，团团聚为巨大草岛一座。此郡殿池颇多奇异，为不致文章冗长略去不记。羽州草岛因载于书而闻于世，郡殿草岛因无人为记而知之者罕。余惜之，因为之记。

石打明神

小千谷农人某家地里有小神社名石打明神，自古受人奉祀，信者颇众，但可惜缘起不详，于兹不能多做介绍。这神社有一神妙之处是：但凡有人长了赘肉，起了疙瘩，只需前来拜过此神，再以小石抚摸疙瘩后投入神社廊下篝中，不日便能疙瘩尽消，平复如初。所投入小石还有一奇，即不论原来是何形状，不久都将变成圆石，仿佛被人刻意研磨过一般，因而如今神社廊下尽是圆石。

百树曰：余游小千谷时亦曾去看过此石，并听说了趣事一个。据当地人称，有人闻神爱此石，便将取走之石送还。再细看廊下，但见遍地圆石，个个溜滑，有如玉球，仿佛数万石人精心研磨而成般。神灵之妙，实非常人凡智可以测知。

美 人

百树曰：说到小千谷，不由忆起一事来。天保七年（1836）

八月，余旅居小千谷岩居家。一日写作疲倦，想外出散心，登高观赏秋季山水，便独自一人步出房外。小千谷前有一河，临河有小山一座正宜远眺。因登上小山，于老树下铺上毛毡，燃起烟斗后放眼四望。但见山下河中船行如梭，逆流而上者缓慢迟滞，仿佛龟移；顺流而下者快速迅捷，有如飞箭。头顶不时有大雁翔空，列字掠过；山间隐约现樵夫归家，星星点点。万木经霜微带红，群山覆雪一片白。余久居江户，见此寒域秋景倍感新鲜，不觉思潮涌动，得了一绝。正如痴般忘我陶醉间，三个年约二八村姑却不知何时已背着柴篓登上山来，于我近旁坐下歇息，一边并大声说笑着。余本醉心山水，只觉有人说笑，并不知在谈些什么，缘何而笑，不期然却被一个声音唤了回来，"喂，对个火！"回头一看，原来是其中一人手持烟管来借火。此村姑虽蓬头乱发、不施脂粉，却也天生丽质、如花似玉，百结鹑衣下竟裹的是美玉赵璧[1]。余不觉愕然，弃了山水待要细看，那村姑却一揖而去，回到树旁于草地上坐下，伸直了双腿燃起烟来，三人一同吞云吐雾。所谓双无盐[2]而独西施，有如蒹葭倚玉树[3]；皓齿灿烂显露于笑口，有如出水白芙蓉摇曳于微风之中。嗟乎惜哉，如此美人却生于如是僻地，长大嫁与昏庸顽夫，巧妻常伴拙夫眠，而终与荆棘俱腐，实堪可怜。若能去到江户，必或成朱门解语之花，或为

---

1 即和氏璧。因完璧归赵故事而于日本又称赵璧。

2 传说中人物，姓钟离，名春，相貌丑陋但关心政事，旧时常用以比喻貌丑而有德行女子。此处显然只用其"貌丑"意义。

3 语出《世说新语·容止》："魏明帝使后弟毛曾与夏侯玄共坐，时人谓'蒹葭倚玉树'。"蒹葭，指毛曾；玉树，指夏侯玄。谓两人品貌极不相称。

青楼摇钱之树,一如出生于邻国出羽之小野小町[1]般扬美人之名于天下。天公竟将如此美人生于这般僻地,实令人不可理解。正如此这般独自叹息间,三村姑却已起身背起柴篓,结伴而去。目送着三人远去,余不禁又想,人说越后多美女,果然不假。原因无他,惟水美而已。惟其水美,故天下织物之清白无胜越后白绉者。而此地又乃越后白绉产地,更可知其水至清至洁。一如谢肇淛所说,江河清洁则多美女佳丽[2]。如此这般胡乱想着,不觉就回到了住处。但将登山遇美女事对岩居一说,岩居却道:"此女识得人,欺先生是外地人故来借火,实可憎恶。""不然不然,不必憎恶,余借美人烟火结得美人之缘(烟缘),岂不可喜!"闻余戏言,岩居拍手大笑道:"先生谬矣,彼等乃屠者[3]之女也。"余闻此言再度愕然。古人所谓粪土生妖花,原来却是此等事,真让人始料不及。

又按小野小町是日本羽州郡司小野良实[4]女,杨贵妃为唐土蜀州司户元玉女[5],和汉之闻名于世美人俱出于北国乡间,可谓北方有佳人。究其原因,或是因北为阴位,故多美女。当今二代高

---

1 日本古代四大美女之一。生卒年不详。歌人,六歌仙之一。家庭及生平不详。据《古今和歌集目录》称,其母衣通姬为允恭天皇妃,绝代美人。
2 语出《五杂组》"人"部卷五:"山气多男,泽气多女,故山陵险阻,人多负气,江河清洁,女多佳丽。"
3 读作eta,江户时代备受歧视之最下层人,只能从事屠宰等业,不得与士农工商等其他阶层人通婚。也写作"秽多"。
4 当为"小野良真"之误。但此说是将《尊卑分脉》与《古今和歌集目录》两说捏合而成,不可信。
5 或有误,当为杨玄琰女。

尾[1]生于野州，初代薄云[2]出自信州，两人亦俱北国美女。由此看来，余得于越后见美人，当也因其地处北国之故。

娥眉山下桥柱

文政八年（1825）乙酉十二月某日，出羽郡（属越后）椎谷乡（在堀侯领地内）一渔夫出海捕鱼，于椎谷海面见有一木漂来。因想可作柴烧，便将之捞起带回，倚在檐下晾晒。椎谷一好事者由房前经过偶然瞥见，感觉此木非同一般，因近前细看，见木上刻有"娥眉山下乔"五个大字，知是异国之物，便以薪柴向渔夫换得了此木。余故友观励上人（住椎谷乡田泽村净土宗祐光寺）素有博识之闻，又有好事之癖，因将木上文字双钩描下刊出，送与同好共同玩赏。又以"桥柱"为题向众人征集歌吟。原拟梓行传世，后因故不果，桥柱今为领主收藏。椎谷与我盐泽同属越后，相去不过数日里，却因此咫尺之隔而无缘得见真品，至今犹感遗憾。今且摹其图如下（图54，见311页），以飨诸君。

（百树曰，余观牧之翁书稿中此图，略有所感，因详究其说，概述如下。）

了阿上人歌友（和歌之友）相场氏为椎谷侯家臣，余由上人

---

[1] 江户时代之江户新吉原三浦屋艺妓名，共传十一代。又称"子持高尾""万治高尾""绀屋高尾"等。
[2] 原为《源氏物语》卷十九名，此处为江户时代艺妓名。

介绍得见相场氏并问过桥柱事。相场氏告曰此非桥柱而乃路标，并取出绘于信封（俗称书翰袋）上图示余。图为余友画师千春子对实物写生而成，图中"娥眉山下乔"五字由相场氏精心临下。木柱上方为左顾人头，人头下刻上述五字，由此可知是路标，指示过往行旅曰：由此向左即娥眉山下桥。此事显见无疑。于今道上仍不时可见有路标上绘手指，下写所指示地名，其构思亦与此同。由此也可见和汉民俗多相通。

又问此路标究竟如何得到，答曰北海各地入冬后常有强劲北风将各种东西刮上海滩。椎谷地方缺燃木，贫民因此常来海边拣拾木头充作柴薪。文政八年十二月，有人如常至海边拾柴，遥见海上有柱状物随波逐流，渐渐往岸边漂来。漂近时见一端仿佛人头，形容凶恶，因惧而避之，躲在隐蔽处窥探。后见那怪物被冲上海滩，躺倒不动，这才纷纷跑出来看。木上有字，然无人能识。正七嘴八舌胡乱猜测时，恰有附近西禅院小和尚由此路过，识得其中三字是于《唐诗选》中见过的"娥眉山"。听说是唐土漂来之物，贫民也知是宝贝，便扛回家去好生保存，不曾烧掉。此事传开后被领主得知，派人来将路标要了去收藏起来。

按说娥眉山乃唐土北方峻岳，高可比富士山。因最高处有双峰并立，呈八字形，故名娥眉山。此山之路标如何竟漂至日本北海？为细寻其漂来日本水路，余据《唐土历代州郡沿革地图》查知娥眉山在清国都城以北四百余日里处，距山不远有大河东流，娥眉山下诸河皆汇入此河。大河经泸州、过三峡，至江汉后入荆州，联通洞庭湖、赤壁、浔阳江与扬子江四大江河[1]，横贯江南后

---

1 原文如此，译者不改。

注入东海，水路总长五百多日里。如此上述路标或是因山洪暴发而落入水中，辗转漂过洞庭、赤壁、浔阳、扬子四条海也似的大江，既不朽又不沉，经五百余日里滔滔水路到了东海。东海之上虽有大风倒海，巨浪排空，路标却不为之摧折粉碎，完好无损地漂入日本海域，来到北海地方，遇椎谷贫民拾起，方才辞别江海到得岸上。但刚脱水患又遭火难，险些成了灶下之薪。幸得识字者相救，这才由死灰中九死一生逃出，从此既受歌人韵客题咏赞美，又得椎谷君侯垂青爱护，因而有幸跻身宝库，安享万古不朽洪福。此天赐之幸，真奇妙不可思议，而能得此天赐者，更堪称是稀世珍宝也。

按蛾、娥同韵（俱五何切）相通，各书因多混用者，然将"桥"写作"簥"却颇怪。余遍查明人黄元立之《字考正误》、清人顾炎武收于《亭林遗书》中之"金石文字记"与"碑文摘奇"（《藤花亭十种》之一），以及杨霖竹庵《古今释疑》中之字体部，俱未见有"簥"字。娥眉山所在蜀州地处偏僻，去都城遥远。以此推之，此乡间路标当系凡夫俗子所写，而非出于学者书家之手，一如余乡间凡俗之辈常将"竹"字误作"竹"或"亻"一般。此说确否，还待博学家评断。

苗场山

苗场山为越后第一高山（在鱼沼郡），由山脚至山顶有二日里之遥。山顶有天然秧田，因而自古得名苗场山。崇山之巅竟有秧田，实堪称奇，多年来余因此常欲往探奇，却每每因故未能成行。文化[1]八年七月又偶然兴起，便邀了啸斋、撷斋、扇舍、物九斋四友人，命奴仆背上食物及其他应用之物，于同月五日黎明动身。当夜宿于三俣驿馆，次日清晨诣过山神社，各自祓禊后雇了向导一名。向导衣白执币头前带路，我等十余人随后紧跟，渡过清津川，不久到了苗场山麓。由此而上山路巉峭，两旁榉树森森，遮天蔽日；山篆密密，阻径塞途。又有老树枯折倒地，横亘道上有如卧龙。涉过一溪又登半日里许，所过山道皆曲曲弯弯，崎岖不平，十分难行；然奇岩怪石，千姿百态，却也美不胜收，妙不可言。将近半山时飞鸟绝迹，林木却更加茂密，东西为之不辨，道路因而难觅。好在向导熟悉山上地理，拨开杂草细竹，高扬币帛头前引导。但藤蔓如网，不时缠去了斗笠；丛竹似海，瞬间隐没了身影，彼此虽近在咫尺，却但闻其声不见其影。不时又有巨石挡道，使小径更加窄小崎岖，竟无一步坦途可行。午时稍过终于登到半山腰，寻得一块小平地，于树下铺上坐垫，一行坐下进食并稍事休息。小憩之后又登了一程，这才抵达神乐冈。由此往上再无他树，一色全是松树。此松俗称唐松，或是因风大不能长高，树梢又被霜雪打折，看去显得特别低矮，东一丛西一片地散布山上，视野因此顿觉开阔。又往上登一程，稍下一段小坡便是御花圃。恰逢此时山樱盛开，百合、桔梗、石竹等许多花朵也姹紫嫣红，绚丽多彩，仿佛由人工所精心栽培。许多异草不知其名，问向导，说是药草。又登

---

[1] 日本古代年号，起止于1804—1818年。文化八年为1811年。

许久遇一峭壁，上下笔直无法攀缘，惟中间有栈道般小径一条可以通过。余将身体贴附岩上，双手紧抓竹根，一步一声喊地慢慢挪动，汗流浃背，千辛万苦之后才终于攀过，到了一名马背地方。此处山路更险，路宽仅约一米，左右却俱万丈深谷，但一脚踩空便将摔下深谷，粉身碎骨。各人屏住气息，提心吊胆，如履薄冰般小心前行，竟也都平安走过，到了山顶。（图55，见312、313页）

一行十二人先于草地上坐下小憩，而此时日头西斜，已是午后四时许。来时向导说山路险峻，又有二日里之遥，一日之内绝难往返，而山顶有棚屋，登顶者可夜宿其中。而今看那所谓棚屋，却只是以藤蔓捆扎树枝、山箣、枯草等随意搭就的窝棚，人须匍匐才能进入。众人笑曰："此等窝棚只该野人来住，我等今夜却要蜷缩其间，实属可悲。"众仆人运石搭灶，捡来枯枝准备做饭，而我友数人却或找水准备烹茶，或烫酒急于解馋，煞是可爱。余迎风而立，极目远眺，但见越后自不必说，即便是那浅间烟霭与信浓群山也都尽收眼底，仿佛万顷波涛般连绵起伏，上下翻滚。千曲川变作了白色飘带一条，佐渡凝成了绿色盆景一座，能登沙洲若娥眉，越前远山似青娥。拭目再看那扶桑第一的富士高山，又只成了白雪一握。山川如此秀美，令我等无不拍手称奇，赞叹不已。而万千美景瞬息万变，更让我等目不暇接。刚见白云起于脚下，倏忽却又晴空万里，阳光耀眼，让人仿佛置身天外般。山顶据说方圆一日里，莽莽原野上野草萋萋，一望无际，而亮晶晶点缀其间的，便是此山因之得名的秧田。犹如人工修成的秧田中野草茂密，仿佛人工播撒的秧苗般颜色葱绿，长势齐整。一些地方则如拔去了一半秧苗般,齐刷刷地半是绿草、半为白水。更有奇者,此秧田竟如平常秧田般也有青蛙、蝗虫;又据说无论怎样大旱,秧田中水从来不干。于此距山脚二日里之遥的高高山巅竟有如此奇迹,此山真可谓灵山。向导称,由前述御花圃另有小径可通龙岩窟,洞内有清水流出,水旁多古钱,并悬有祀神铃铛两个,据传自古如斯,但如今道路已被草木掩蔽,难以寻觅。山顶也有石刻"苗场大权现"[1],向导说此乃天然形成而非人工刻成,当只是民间传说吧。如此各处游游看看,不觉已太阳西落,四下模糊难辨路径,遂钻进棚屋,于内点起灯笼照明,于外燃着篝火再做饭菜,饮酒吃过。当日时值初六,月光皎皎,天空显得格外贴近,仿佛伸手便能攀到月宫桂树。各人于是兴致大发,赋诗作歌,吟咏俳句,不觉夜深,寒气渐渐逼人,虽身着带来棉衣而仍冷不可当,只好彻夜烤火,不能成眠。好不容易天将见晓,向导说若是晴天还能拜迎东方日出,便依言来到拜日处,虔心诣过日出,收拾行装下山而去(别有纪行,于此只记其略)。

百树曰,余游越后时曾向牧之老人详细问过此山形势,见过所绘此山之图,当时曾想山巅既有平整秧田,又有龙岩窟古迹,用水也方便,或是上古时代有人来此挖山开垦,修成水田,依托马背(地名)天险抵御外族入侵,一族老小世代于此耕作生息。后因故灭亡而亡魂不去,于是形成了今日所见之苗场山种种奇

---

[1] 权现:佛之化身、显灵。

迹，若能仔细查阅国史典籍，当能寻得一些线索。此说当否，愿闻博识家指教。

三四月雪

我越后冬天下雪不下雨，入春后约至二月仍如此，到仲春方始偶降小雨。此时无论天晴天阴，刮风下雨，去年积雪都在逐渐融化。只是房舍东北面积雪融化较慢，而山里积雪更较村里融化得慢。但春至阳生，地气渐暖，积雪既逐渐消融，河水便不断上涨，每年此时因常有水患发生。到了春末，各家各户等不及积雪自然融化，纷纷动手清除房前屋后积雪。或以筐运，或以锯割，无处可弃者，便将切割下雪块如木料般垛于向阳处，以促其尽快融化（少量积雪可施以土或灰，使融化更快）。说来也是，前一年自入冬以来一直多雪，偶尔不下雪也天色阴沉，难得一见朗朗晴空。又兼房屋为积雪所没，室内幽暗不辨晨昏，纵为生于兹长于兹，对此早习以为常者，于雪中幽居也难免心情郁郁，不能畅快。故而到了仲春，积雪之围既撤，人间世界复又沐浴了灿烂阳光，自然令人豁然开朗，仿佛由阴间返回了阳世般。一年夏季，有行脚俳人由江户来越后小住，见此地富家庭园虽也精心修整，十分可人，围墙却都简陋非常，仿佛临时围起、不久便要拆除般。因感奇怪，询余以因。余答曰："诚如所言，于外人看来是颇奇怪。但原因却只在一个雪字。此地冬季积雪逾丈，围墙再坚固也难承受如此重压。以故只能简单围起，雪季伊始便拆去；而到翌年三月末，各家各户复又争先恐后将围墙修起。"又积雪期间马不能运输又不能耕地，空养于马厩凡百余日（我越后一些地方只用牛，不用马）。到积雪始化之时，马仿佛也知道春既暖雪正化，不久又可大显身手于道路、田间，因而时时嘶鸣，要出马厩。主人为让它舒活筋骨，常也将之牵出遛遛。此时马必欣喜踊跃，欢蹦乱跳，引得主人兴起，也不备鞍便翻身上马，尽情驰骋于积雪既融地方。马被雪困于厩中整一冬，全赖主人喂给草料，料足则肥，料缺则瘦，而马瘦则主人必穷。此外，儿童也与马一样，降雪伊始即被困家中，不能外出游戏。好不容易到了夏初，这才终于可以脱去稻草靴子，换上竹皮草履，出到室外奔跑游戏放风筝，欢乐异常。桃花、樱花也于此时盛开，使雪中人终于得见世外之花。（图56，见314、315页）

仙鹤报恩

天保[1]七年丙申春，我郡小千谷绸商芳泽屋东五郎（俳号二松）为生意事前往西国。居留某城期间，闻旅店主人说附近乡里有农夫于自家田中发现病鹤一只，当时已气息奄奄，眼看不活，因怜之，抱回家中喂以家藏人参，精心调养，不日鹤病愈飞去。转眼到了翌年十月，一日，农夫家场院附近飞来仙鹤两只，丢下两株稻禾后各长鸣一声飞去。农夫拾起稻禾来，见植株长六尺有

---

[1] 日本古代年号，起止于1830—1844年。天保七年为1836年。

余，穗也特长，每穗有谷四五百粒。心想必是去年病鹤为报恩而由他乡异国衔来，因是罕见之优良稻谷，便将之献给了领主。不久领主又回赐农夫，命他好生种植。农夫奉命，由播种育秧开始即精心料理，到秋天果然获得大丰收，因将之也献给了国守（官职名）。东五郎闻说备感兴趣，因向店主打听农夫姓甚名谁，家住何村，得知此救病鹤者也曾卖纻布与自己，便立即赶往其家询问详情，又乞赐稻谷一二粒，以便带回家去作礼物。农夫闻说越后盛产大米，便说若种此稻必获更大丰收，因赠给稻谷五六十粒。东五郎将之带回越后，献给藩主，并讲述了稻种来历。藩主大喜，命人种在城内，又赏给东五郎许多东西。此事为余亲耳闻小千谷人所说，当不诬。想来如我等卑贱农夫正因生逢如此盛世，方得安居乐业，执笔著作，故此当以仙鹤报恩事结束此书，以祈祝国运昌盛，社会泰平。有关雪之奇谈及其他珍闻此外尚有许多，且待今后于生产闲暇时再续而编之。

图 52

山中異獣の圖

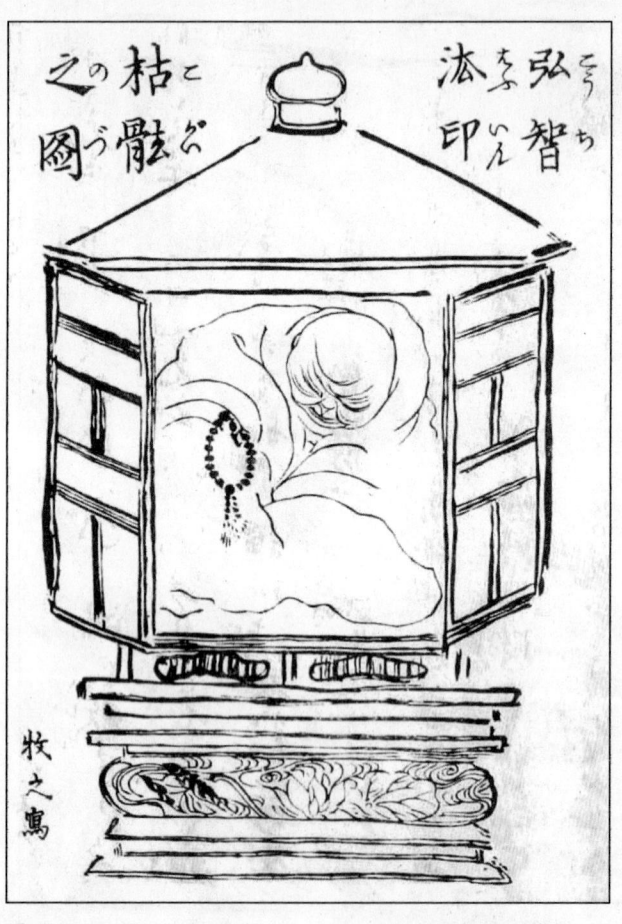

弘智法印（こうちほういん）
枯骸（こがい）の図
牧之寫

图 53

图 54

图 55

登（とうぎ）茜場山之図

霄間清露湿衣中
爽隙平蕪四望新
呼吸極方通帝座
徘徊却悔問天人

吐息毛雲となり舞峯の秋
秋月庵牧之

图 56

市中四月雪解圖

译后记

译毕搁笔,不觉已是深秋。大海对岸的越后此时大约已积雪盈丈了吧。不过,由于全球性的气候变暖,也许如今已不怎么降雪了。

越后之雪与今日之我,其间既远隔重洋,又相去近两个世纪。可是,一本《北越雪谱》就将我们联系起来了。

文字这东西真好。它既可以引着我们穿越时间隧道,又可以导着我们跨越万水千山。确实,人类文明,有文则明。

只可惜,今天的生活过于匆忙,追得人们只"急于生活,而来不及感受"。但正如先人所告诫的,所谓"忙",就是竖心旁加"亡",亦即"心亡"。而如果亡了心,那我们还是什么呢?也许连动物都不是,只是机器。

为此我们特别感谢首都师范大学日语系李均洋先生的信任

与督促，使我们得以与牧之老人对话，与北越之雪相伴，在炎热的南国榕城度过了一个凉爽而充实的夏天。因为书中说"七夕卖竹声让人凉爽"，更何况是雪。

原想再为译本作个序，但本书编修既有云"不踏越地，不可谈越事"，便也不敢妄谈，而只将原作介绍出来。好在译者后天就将东度（因是乘飞机，不敢加水），也许一年后回来可以补作。

《北越雪谱》是近两个世纪前的作品，却又不像其他许多古典作品一样有详细的注释或现代日语译文，只能依靠本人一点浅陋的古文法知识进行翻译，误译之处想来难免，还望多指正。

为帮助读者诸君对本书的理解，我们对书中出现的引文与历史人物适当作了些注释。注释所据颇多，但主要为《辞海》（上海辞书出版社 1989 年版）、《国语大辞典》（日本小学馆 1982 年版）与《和刻本汉籍随笔集》第一、五、六集。特此说明。

感谢河北教育出版社为本书提供了出版的机会。感谢范闽仙（福建师范大学外国语学院副教授。已故）、陈燕（福建师范大学外国语学院日语教师）与邱美双、赵细芳（同为福建师范大学外国语学院日语专业学生）四女士为本书翻译所给予的大力帮助。

译　者
2000 年秋于榕

附
作者与作品

(一)

"穿过长长的国境隧道便是雪国",这是于日本几乎无人不知的《雪国》开头。作者川端康成以之不仅准确写出了上越国境上的自然景观骤变,而且为作品营造了一种神秘的氛围,将读者带进了一个充满幻想的银白世界,一如陶渊明《桃花源记》的开头一般。但于《桃花源记》中,武陵人穿过"芳草鲜美、落英缤纷"的"数百步"夹岸桃花林后见到的是作者心目中的理想世界,而于《雪国》中,位于长长国境隧道另一头的却是现实日本的最大雪地区。

特大雪于现代日语中称"豪雪",而于日本的一百九十三个国家指定特别豪雪市镇村中,有五十一个在今新潟县上越地方及其周围，其余北海道五十个、山形二十四个、秋田十七个、福岛十二个。特大雪地区不集中于最北的北海道，却集中于濒临日本海的本州东北部，这已出人意外，而北海道积雪一般不过一二米，越后及其周围地区积雪却普遍深达三四米，则更令人咋舌。据说1681年天降大雪，有信使从加贺来到越后高田。目之所及惟茫茫白雪，并不见有高田城。满心狐疑地转了一圈，只找到告示牌一块，上书"足下即高田城"六个大字，不禁愕然，当年的越后高田今为上越市，仍是日本平原地区积雪最深处。

生活于如此大雪地方，常会有横祸天降，让人猝不及防。由越后汤泽镇往三国岭的旧道途经二居岭，岭下是二居村。二居岭于当地又称小豆岭，因于岭上呼喊，其声可达村里，村人由镇上回来路过此岭，但朝岭下大喊一声，家人就知道是亲人回来，于是生火熬小豆，豆烂人到家，故此得名。小豆要熬烂颇费时间，由此可见这下山路有多陡多长，难怪古人有"鸡犬之声相闻，老死不相往来"之感慨。

距今五十多年前，二居村民某与另两人由汤泽镇结伴滑雪回村。到二居岭望见村庄，不约而同地加快了速度。村民某参加过县里的滑雪比赛，技高一筹，滑在最前。暮色苍茫中滑下陡坡前的一刹那，他回头望了望，见伙伴两人紧跟其后，相距不过数米。其中一人不一会儿赶了上来，两人风驰电掣般转眼回到了村里，另一人却永远地留在了山里。原来就在第二人既过，第三人将过未过的一瞬间，表层积雪崩落，如暴发山洪般飞泻而下，转眼间吞没了第三人。仅仅一步之差，两人就被分隔在了两个世界。与登山时的友人遇难不同，这条山路为二居村人外出之所必经，尽管心有余悸，村民某后来仍得不断地往返于此，不时地温习着丧友的悲痛与对随时可能葬身雪底的恐惧。

但村民某的经验绝非前无古人后无来者，因为早在百余年前问世的《北越雪谱》中，作者铃木牧之就已经为我们讲述了一个几乎完全相同的故事（见初编卷中篇一"雪崩伤人"）。这意味着：近年来由于道路的开通，雪国于积雪期间的交通状况有了巨大改善。由于生活水平的提高，雪国反而因其"豪雪"而成了人们冬季旅游、滑雪的好去处，但尽管如此，因此而受益者只是雪国中各方面条件较好的一些地方。对于雪国中的大多数人来说，面对深达数米的积雪还是只能忍耐、忍耐、再忍耐，与百余年前并无太大区别。亦即，铃木牧之的《北越雪谱》对于今天的我们来说仍具有十分现实的意义。

（二）

由中央公论社出版于1983年7月的《铃木牧之全集》上卷中收有《永世记录帖》（又名《永世记录集》）上、下两卷。这是铃木家历史的权威记载，原稿现藏铃木家。据之可知铃木家先祖原为战国一雄上杉谦信帐下一武将，于今盐泽附近食邑五千石。传至第三代时因杀人罪领地被没，家道中落。第四代解甲归田，后渐定居于鱼沼盐泽。第八代即作者祖父仪右卫门，由贩绉起家，兼营典当，逐渐积攒起财产，中兴了家业。但长子与右卫门继承家业后因经营不善又破了产，幸有次子恒右卫门（作者父）为兄清偿了所有债务并继承家业，成为铃木家第十代传人。

恒右卫门由挑担贩灯油赚得十五两黄金起家，继而贩苎，"日日天刚见晓便挑苎上路，纵三九寒冬也从不或歇。穿草鞋冒大雪跋涉雪中，犹如赤脚踏冰般寒彻骨髓，但仍如常一般负重担，涉冰河，为省时间而边走边啃干粮于暴风雪中。回到家总在日落之后乃至夜深之时"（《夜职草》）。又贩绉贩粮，经营典当，如此经十年奋斗，到1770年作者出生时，已有家产值黄金二百五十余两。

恒右卫门勤于劳作也乐于文雅，自号周月庵牧水，广泛涉猎和汉典籍，是当地远近闻名的俳谐大师。受父亲的言传身教，作者也自幼喜好诗书图画，八岁开始学书习字，诵读四书、唐诗等。自幼患有耳疾，听力不佳，因而尤其钟情于画，并终生与画笔相友伴。只是二十岁继承家业后因致力于经营而先商后艺，白天在店里忙碌，只有当夜里得了闲暇才读书作画，吟咏俳谐。

作者深受父亲感化，因取父亲俳号中"牧"字自号"牧之"，又号子孙曰"牧山"（养子勘右卫门）、"牧仙"（长子传之助）、"牧原"（孙荣右卫门）、"牧翠"（末子源左卫门）等，希望他们永远保持祖上遗风，勤于事业，俭于生活，诚信处世，乐心助人，自己也身体力行，始终以之为座右铭。为能有时间做更多事读更多书，他"夏不午睡，冬不烤火，连入浴与理发时间也充分利用……据说往汤泽温泉入浴时就曾带了书去边浴边读"。又终生坚持"来年之事今年着手，下月事本月，明日事今日完成"原则，每年伊始都必定如日历般详细安排好一年三百六十五天日程，因而得于经商之余有《东游记行》《西游记行》《苗场山记行》《秋山记行》《北海雪见行脚集》《北越雪谱》等著述多种，而且都是作者身临其境的客观观察与记录。

作者十九岁进江户，二十七岁诣京都，同时周游西国，四十二岁登苗场山，五十九岁探秋山……他平生好游，每游必记，不仅客观记录，而且总有批判。但其旅行又不只是对未知世界的探讨，同时还是对个人世界的拓展。他交友广泛，既交俳人歌人、书家画家，也交神官僧侣、医生藩士等，层次既遍及三教九流，范围也遍布二十余藩，数量更多达二百余名，仅江户友人中闻名者就有山东京传、泷泽马琴、十返舍一九、葛饰北斋等文豪、画家，甚至还有吉原名妓花扇等，当之无愧为越后鱼沼一知名雅士。

但作者虽"性嗜文雅"，却又能"抑骄情""尚节俭""尝以堪忍二字铭自守"。他自称信仰堪忍大明神，而"忍"非惟制怒，且"不求美食曰忍，不事博弈、饮酒曰忍，戒骄谨慎亦为忍"。他一生追慕松平定信，崇尚节俭朴素，却又乐善好施，从不吝啬。1816年，当地台风成灾，发生饥荒，为救难民他慷慨解囊，翌年因此受到了官府褒奖。他论身份不过是一介商人，但于其父时代既已获准用姓带刀（按江户时代法律，惟武士能用姓、佩刀），到作者五十三岁（1827）时更得享"町年寄"（江户时代官名，位在町奉行——相当于市长之下）待遇，位居盐泽乡绅之首。

作者的成功得益于他身体的强健。除耳疾外，他一生仅两次大病。一次在二十一岁时，为除耳中肿块而置砒霜耳中，结果导致脸面肿大，半口牙齿脱落，辗转呻吟于病床达百日之久。愈后听力大减，到五十岁时即不得不借助螺壳扩音与人交谈，因而自称螺耳道人。又一次大病在六十七岁时，中风而全身肿胀，昏迷不省人事。延医五人，都说已无药可治，后虽捡得了一命，却从此手颤不止，步行艰难，轻易无法出户，终日只蜗居家中二楼。六年后，1842年5月15日，因再度中风而去世，享年七十三岁。死后葬于盐泽町长恩寺，法号金誉志刚性温居士。生前改建的盐泽町祖宅于战后因修路而一分为二，转手他人，而长恩寺藏经楼现为牧之纪念馆，由铃木牧之显彰会管理。

（三）

铃木牧之纪念馆内收藏有作者亲手装订成册的《泷泽马琴书简集》与《山东京山书简集》。于后者序言中，中风后卧床不久的作者如是写道："予一生惟愿著述北越雪话，并使广布海内。经三冬三春绘图著述始得完稿，因寄京传，不料志未遂而京传先去。又得玉山、芙蓉两先生愿为玉成，却也都事未竟而人已成黄泉之鬼。"幸而有京传弟京山对书稿兴趣浓厚，再三致函作者，称愿以"北越盐泽秋月庵牧之著，东都山东京山校合"形式出版，这才又经一番周折后，终于1835年出版了初编卷上。此时作者年六十五，身体尚健，但至初编三卷结集梓行的1837年秋，作者却已因中风而行动不便，轻易不得外出了。

二编春、夏、秋、冬四卷于1841年11月问世。按俳谐要求，作品以"仙鹤报恩"结束，使结局显得圆满、吉庆。但作品后四卷以"越后城邑""雪中元旦"开始，以"三四月雪""仙鹤报恩"结束，只记了越后一年四季中的春季，又不名"后编"而称

"二编",显见得作者原有意再作三编、四编,只可惜天不假寿,后人因此无缘得识豪雪越后之夏、之秋。

作品最初由江户书肆文溪堂梓行,后版权虽数易其手,但于明治年间仍有印行。活字印刷本以1936年的岩波文库本为始,战后虽又有官荣二监修、野岛出版的《校注〈北越雪谱〉》及精装岩波本《北越雪谱》(1982年6月初版)等刊行,但流传最广的还是岩波文库本。仅就译者所见,该本自1936年1月10日初版问世,1978年3月16日第二十二版改版发行,到1998年4月6日已再版五十二次,几乎每年一版,1978年以来更二年三版,足见其魅力长存,价值永在,而译者之辛苦,因而也必不会徒劳(本文主要参考有益田胜实之"略谈《北越雪谱》"——载岩波文库本《北越雪谱》、官荣二之"铃木牧之生平与著述"——载铃木牧之显彰会编《铃木牧之资料集》与中央公论社1983年版《铃木牧之全集》上、下卷,特此说明)。

译 者
2002年6月于榕